A TRAVÉS DEL OCASO

Libro 2

LILIZ BLACK

LB INK

Autora: Liliz Black

ISBN: 979-8-9952730-1-1

Esta obra es una obra de ficción. Los nombres, personajes, lugares y eventos son producto de la imaginación del autor o se utilizan en un contexto ficticio. Cualquier parecido con individuos reales, vivos o muertos, eventos o lugares, es pura coincidencia.

ADVERTENCIA. Este libro explora temas y contenidos complejos dirigidos a un público de 18 años o más. Se recomienda a los lectores que ejerzan discreción.

LB Ink funciona como un sello de LB Books.

A mi fan de la fantasía,

Tu apoyo hizo que esta historia fuera más fuerte.

Gracias.

Advertencias

A través del Ocaso es una novela de romance fantástico dirigida exclusivamente a un **público adulto (18+)**. Contiene lenguaje explícito, violencia gráfica y escenas sexuales intensas. Se recomienda discreción a los lectores sensibles a los siguientes temas:

Violencia y Trauma Físico

- Violencia gráfica y explícita
- Transformaciones sobrenaturales
- Contenido sangriento (Gore)

Contenido Sexual y Dinámicas de Poder

- Contenido sexual explícito
- Consentimiento dudoso e influencia mágica
- Dominación y sumisión

Temas Oscuros y Sensibles

- Manipulación y coerción
- Trauma y abuso
- Horror médico
- Guerra y persecución

Nota de la autora: Aunque esta historia explora la oscuridad que surge del poder y la obsesión, por favor, prioriza tu bienestar mental mientras lees.

1

Cambia formas

No me gusta estar en esta situación. Pero por mi mamá, tengo que hacerlo.

Todavía recuerdo las lágrimas en sus ojos cuando me suplicó que me fuera. Necesitaba retroceder y hacer lo que ella me había pedido.

Quería convencerla de tomar una decisión diferente, de buscar otra alternativa. No quería dejarla. Huir en medio de un ataque se sentía como una traición. Los gritos y gruñidos eran ensordecedores; el chisporroteo de la magia en el aire me erizaba la piel. El edificio temblaba y mi hermana lloraba en sus brazos. Quería llevármelas conmigo, pero madre negó con la cabeza. Necesitaba quedarse.

—Eres mi última oportunidad. Necesito que te vayas y no mires atrás. Nuestro futuro depende de ti.

Sí, claro. Y aquí estoy, huyendo de un desagradable lobo gris.

Sigo siendo solo un niño. No soy rival para un lobo de montaña. Así que, en el momento en que salté hacia acá, mi magia estaba completamente borrosa y desorientada. Nunca había viajado tan lejos en el tiempo. Mi cuerpo entró en modo de supervivencia y se transformó en lobo. Un cachorro indefenso.

Y, de inmediato, me encontré de frente con un enorme lobo gris salvaje.

Todo esto tenía que ocurrir en el momento más inoportuno, ¿verdad?

Corre. Corrí por el denso bosque, esquivando por poco los afilados dientes de la bestia que me pisaba la cola.

Al menos puedo agradecerle a mi padre el tiempo que dedicó a entrenarme. Mamá tuvo que pelear con él para convencerlo de que lo hiciera. Recuerdo cómo ella lo puso en su sitio, recordándole que yo seguía siendo su hijo. Sé que soy una decepción para mi padre.

No soy un hombre lobo.

¿Te lo imaginas? Un Alfa, un líder nato, con un hijo que no tiene un lobo interior.

Porque soy un cambiaformas.

Los hombres lobo se transforman a los dieciséis años. Es la primera vez que conocen a su lobo, bendecidos por la Diosa de la Luna.

Yo me transformé en lobo cuando tenía cinco años.

Fue el primer indicio de que yo no era lo que él esperaba. Mi madre estaba encantada, pero mi padre no. Todavía recuerdo la decepción que le ensombrecía el rostro.

¿Era algo inaudito? Por lo visto, no.

Mi madre es un ser bendecido. Es una de las pocas de su especie. Personifica fuerzas místicas íntimamente ligadas tanto al mundo natural como al reino de las deidades. La magia corre por sus venas, por lo que puede alterar linajes, permitiendo la transformación de individuos en seres con habilidades únicas, como los cambiaformas.

Poseo la sangre antigua de los antepasados de mi padre, pero no comparto la bendición de la Diosa de la Luna de tener un espíritu de lobo. En cambio, recibí la bendición de poder transformarme a voluntad en criaturas de la naturaleza.

Para mi padre, yo era como una maldición.

Los niños no jugaban conmigo porque sus padres decían que yo era diferente. Las miradas que recibía en nuestra comunidad me recordaban constantemente lo que quería ser, pero no podía.

Pero mi madre nunca dejó de amarme. Ella siempre estaba ahí, orgullosa y con muchas ganas de que yo aprendiera más y fuera mejor. Creo que es porque ella debió haberse sentido igual en algún momento. Tampoco es una mujer lobo.

Pero si no logro deshacerme de este lobo, no podré hacer que se sienta orgullosa.

Mis pulmones ardían con cada respiración y mis pequeñas patas se hundían en la tierra húmeda. La lluvia había empapado mi fino pelaje, helándome hasta los huesos, y un dolor agudo y vacío me carcomía el estómago. Tenía tanta hambre, tanto frío, y estaba increíblemente cansado.

Un enorme y retorcido roble se alzaba en la oscuridad. Sus gruesas raíces se elevaban del barro para formar un hueco oscuro y poco profundo. Me lancé bajo ellas justo cuando las fauces del lobo gris se cerraron de golpe en el aire vacío, a milímetros de mi cola.

Acurruqué mi cuerpo tembloroso, haciéndome un ovillo tan apretado como pude contra la madera húmeda, intentando desaparecer entre las sombras. Mi corazón latía con fuerza contra mis costillas como un pájaro atrapado. Fuera de mi pequeño santuario, el pesado golpe de las patas daba vueltas. Podía oír al lobo olfateando la tierra mojada; su gruñido bajo y gutural vibraba a través del piso y se me metía en los huesos.

El miedo se me aferraba al cuello. Cerré los ojos con fuerza, pensando en mi madre, en mi hermana y en la casa que probablemente ya estaba ardiendo. Un sollozo se formó en mi pecho, escapando no como un llanto, sino como un gemido agudo y quebrado. Un pequeño aullido que no pude contener.

El lobo gris dejó de caminar. Me había escuchado.

Sus pesadas patas dieron un paso calculado hacia mi escondite. Cerré los ojos con fuerza, preparándome para lo inevitable.

CRAC. Se oyeron pasos cerca. Eran ligeros pero deliberados, rompiendo las ramitas caídas en el suelo del bosque. El lobo gris se quedó paralizado; echó las orejas hacia atrás. Un gruñido bajo y de advertencia retumbó en su garganta, pero los pasos que se acercaban no dudaron. Percibiendo la interrupción, el lobo salvaje retrocedió lentamente; su enorme figura se refugió entre la densa maleza, ocultándose cerca, pero manteniendo su mirada depredadora fija en el árbol.

Me quedé perfectamente quieto, con mis pequeños pulmones ardiendo mientras contenía la respiración. Los pasos se acercaron, deteniéndose justo delante del roble retorcido. Las ramas enredadas que me protegían se apartaron suavemente, haciendo que la lluvia dejara de golpearme por un instante fugaz.

Un calor y un resplandor suave se derramaron sobre el barro helado.

Como el hermoso ángel que es, apareció el dulce rostro de una mujer más joven.

Sus ojos, brillantes y llenos de una protección inmediata y feroz, se fijaron en mi figura temblorosa. El aroma familiar y reconfortante de su alma me envolvió, desenredando al instante los nudos de pánico en mi pecho. Incluso en ese tiempo, incluso antes de conocer plenamente su fuerza o saber quién era yo realmente, su instinto de salvarme era absoluto. El agotamiento finalmente venció a mi miedo, y solté un suave suspiro, apoyándome en la absoluta seguridad de su presencia.

Mi dulce y hermosa madre.

2
Turbulencia

Zeff

William se limpió una mancha de sangre del labio, con una expresión que era una mezcla enloquecedora de diversión y desafío mientras se mantenía firme. —Bueno, Gunnolf —dijo, con un tono casi casual a pesar de la tensión letal que chisporroteaba en el aire—. Parece que siempre nos reunimos bajo... circunstancias intensas.

Escuchar mi nombre en sus labios me encendió la sangre. Me lancé hacia adelante; la adrenalina me recorría las venas, impulsada por el instinto primitivo y abrumador de proteger a Liliam a toda costa. La vi de reojo allí tirada, con los ojos muy abiertos por el miedo y la confusión. Gaius, mi lobo interior, rugía dentro de mí, suplicando libertad para destrozar a William.

A medida que me acercaba, el cuerpo de William empezó a cambiar. Sus huesos crujieron y se remodelaron a una velocidad nauseabunda, un pelaje marrón claro brotó sobre su piel y su rostro se alargó hasta formar un hocico gruñidor. En cuestión de segundos, el Rey Alfa desapareció, siendo reemplazado por un enorme lobo marrón.

¡Maldita sea, se transformó! gruñó Gaius en mi mente, y un feroz retumbo vibró en mi pecho.

Permití que mi cuerpo se adaptara a la transformación. Mis huesos se movieron y mis músculos se contorsionaron mientras abrazaba a la bestia. La familiar oleada de poder me recorrió el cuerpo y caí pesadamente sobre mis cuatro patas. Mi pelaje, negro como la medianoche, se erizó, y mostré los dientes en una feroz exhibición de dominancia.

Comenzamos a rodearnos, evaluando a nuestro oponente. Los ojos de lobo de William, con sus anillos plateados, brillaban con una peligrosa mezcla de arrogancia y desafío. Yo conocía este juego. Le encantaba jugar con su presa. Pero yo no era su presa; yo era su igual, y él lo sabía.

Nos abalanzamos el uno contra el otro, con las mandíbulas chasqueando y las garras cortando el aire húmedo. El impacto sonó como un trueno; la fuerza bruta de nuestros cuerpos chocando creó ondas de choque que penetraron en el piso. Sus fauces se cerraron a centímetros de mi cara, y me eché hacia atrás, esquivando sus colmillos por poco. Él era veloz, pero yo también lo era.

—¡Aléjate de ella! —rugí a través de nuestro vínculo telepático compartido, y mi voz fue un gruñido salvaje. No era solo una orden; era una promesa.

William me rodeó y su mirada brilló con una oscura diversión. Yo conocía esa mirada; era la misma que tenía cuando éramos niños y competíamos en todos los desafíos brutales que nuestras manadas podían idear. Pero esto no era un juego. Se trataba de Liliam.

—¿De verdad, Gunnolf? —La voz burlona de William resonó en mi cabeza—. ¿Crees que puedes mantenerla alejada de mí? ¿Tú, de entre todas las personas?

No me molesté en responder. Las palabras ya no servían de nada. Volvió a lanzarse contra mí, pero esta vez yo estaba preparado. Me aparté y aproveché mi propio impulso para golpear su costado con mi pesado hombro, haciéndolo retroceder a tropezones. La pelea se difuminó en un brutal intercambio de pelaje y colmillos.

La aterradora sinfonía de nuestros gruñidos llenaba el aire nocturno. Sentía cada músculo de mi cuerpo tensarse, cada nervio ardiendo mientras luchaba por mantenerlo alejado de ella.

—Has perdido la cabeza, Gunnolf —se burló, y su voz mental fue un murmullo bajo—. No te corresponde a ti protegerla.

—Ella es mía —gruñí, clavando mis garras en la tierra para no perder terreno—. Y no la vas a tocar.

Ya no estaba jugando. La arrogancia juguetona desapareció, siendo reemplazada por un enfoque letal de Alfa. Me giré, usando mi peso para derribarle las patas traseras. Cayó al suelo con fuerza, pero antes de que yo pudiera aprovechar la ventaja, ya se había reincorporado.

—¿Crees que puedes vencerme, Gunnolf? —rugió—. ¡Yo soy el Rey Alfa!

Ignoré su título. Se abalanzó y le asesté un golpe devastador en el flanco que lo hizo rodar por el piso. Volvimos a chocar, y la tierra tembló bajo nuestro peso. Podía sentir el poder bruto de su lobo mientras luchábamos; su fuerza casi igualaba a la mía. Pero yo tenía una ventaja: una furia ardiente y singular alimentada por mi necesidad de proteger a mi pareja.

Entonces, de repente, la atmósfera cambió.

El aire a nuestro alrededor se espesó, cargado de una energía cruda e indomable que crepitaba y zumbaba contra mi pelaje. La tierra temblaba bajo mis patas, vibrando en perfecta armonía con una fuerza que yo sentía recorrer mis propias venas.

¿Pero qué demonios? pensé, y mis ojos esmeralda se clavaron en Liliam.

Estaba de rodillas. El aire a su alrededor brillaba con una luz cegadora, y pude sentirlo: una magia antigua y asfixiante despertando con violencia.

—Por favor... deténganse —susurró. Su voz era apenas audible, pero cortó el estruendo ensordecedor de nuestra batalla como una hoja de plata.

Antes de que mi cerebro pudiera procesar el peligro, una luz brillante y cegadora estalló desde ella, inundando todo el bosque. La fuerza de la magia nos levantó físicamente del suelo. Mi enorme cuerpo de lobo se estrelló contra la tierra; el aire abandonó mis pulmones por completo mientras la energía pura lo consumía todo.

—¿Pero qué carajos...? —solté con dificultad, intentando ponerme de pie de un salto, pero el poder que ella irradiaba era demasiado intenso. Era como estar en el epicentro de un huracán.

Esto era todo. Este era el poder absoluto por el que mis antepasados habían luchado. Era la raíz ancestral de nuestra existencia, una magia pura que unía el reino sobrenatural a la tierra. Los *Fae* fueron diseñados por los dioses para ser nuestro interruptor natural: la única fuerza capaz de apagar a la bestia e imponer un equilibrio a los nuestros.

William fue lanzado hacia atrás con la misma violencia, y su lobo marrón se estrelló contra un grueso roble con un estruendo sordo.

La magia nos obligó a salir de la transformación. William volvió a su forma humana, jadeando con fuerza, con los ojos abiertos de par en par por un *shock* sin precedentes. Yo volví a transformarme un segundo después, y mi cuerpo desnudo temblaba de agotamiento, apenas capaz de recuperar el aliento.

Y entonces, tan repentinamente como había estallado, la luz colapsó. El viento se calmó. La energía pulsante desapareció.

Liliam se desplomó en el piso, completamente inconsciente. Se veía increíblemente frágil, como si alguien le hubiera drenado la vida con violencia. Sin embargo, el aire a su alrededor seguía oliendo a ozono y a estática.

—¿Liliam? —la llamé, con la voz ronca y áspera, levantándome del suelo.

William, aún sujetándose las costillas mientras se ponía de pie, miraba el cuerpo inmóvil de ella. Sus ojos se entrecerraron con una caótica mezcla de sorpresa, asombro y codicia. —Una puta *Fae* —murmuró, y la incredulidad le pesaba en la lengua.

Me acerqué a ella; mi único pensamiento era tomarla en mis brazos, pero William se interpuso perfectamente en mi camino, bloqueándome el paso.

—¡Basta ya, William! —gruñí, invadiendo su espacio—. ¡Necesita ayuda!

Sus ojos estaban helados, calculando esta nueva realidad. —No eres el único con un derecho sobre ella, Gunnolf —dijo, con un tono inquebrantable.

—¡No es tuya! —grité, apretando los puños con tanta fuerza que me crujieron los nudillos. Cada músculo de mi cuerpo estaba tenso. Gaius se agitaba dentro de mí, listo para volver a derramar sangre.

—¡Es mi pareja! —gritó William en respuesta, con la voz áspera y llena de una furia posesiva.

La confesión me golpeó como un puñetazo físico. Una oleada de rabia y de incredulidad enfermiza me invadió. Él presionó un dedo duro contra mi pecho, clavando violentamente su mirada en la mía.

—Desde que puse un pie en este territorio, lo sentí en los huesos. La atracción. El vínculo. Qué jodidamente irónico es descubrir que tú también la reclamas —Bajó la mano y soltó una risa oscura y entrecortada—. Y no es solo una humana, Gunnolf. Es una *Fae*. ¿Sabes lo que significa eso? Ella es una puerta de entrada a nuestro mundo. Ella es la razón por la que Cerberus marcha estado por estado, buscando este tipo de poder.

Las palabras quedaron suspendidas en el aire como un veredicto irreversible. La sola mención de Cerberus —el vampiro de la realeza conocido por no dejar más que cenizas y sangre a su paso en su interminable lucha por el poder— me provocó un escalofrío punzante.

Si él estaba buscando a Liliam, el asunto ya no se trataba solo de política de manadas. Esto era la guerra.

—No está lista —gruñí, con la voz temblorosa de convicción, obligando a Gaius a calmarse—. Todavía está procesando todo.

—Por favor, Zeff —me interrumpió William, cargado de irritación—. Ella está destinada a nuestro mundo. ¡Deja de jugar a ser el tipo bueno y noble, esperando a que ella lo descubra por sí misma!

—Es humana.

—¡Es una pareja predestinada! —soltó con brusquedad—. Todo hombre lobo puede reconocer a su pareja. Eres un Alfa. Conoces la ley —Se acercó, con movimientos deliberados y depredadores—. No quieres ser el imbécil que la arrastra hacia la oscuridad, ¿verdad? Siempre jugando al señor correcto. ¿De verdad crees que puedes protegerla de todos los que vendrán por ella?

—Este poder la convierte en un objetivo. No eres el único que la quiere, Gunnolf. Y, ciertamente, no eres el único que puede reclamarla.

Mi visión se tiñó de rojo. —No es un premio, William. Es una persona...

—Ahí es donde te equivocas —La voz de William era precisa y aterradoramente calmada—. Su especie es una bendición en nuestro mundo. Si ella supiera lo que le conviene, no te elegiría a ti. No si no puedes protegerla de lo que se avecina.

Finalmente, el gruñido se me escapó de la garganta. Me acerqué a su cara, a centímetros de su mandíbula. —¿Tú crees saber qué es lo mejor para ella? ¡No sabes un carajo sobre Liliam! Moriría por ella. Mataría por ella. Y no dejaré que nadie, ni siquiera tú, me la arrebate.

Nos quedamos allí, atrapados en un silencioso y asfixiante enfrentamiento. La tensión sacaba chispas entre nosotros, cargada con la promesa de una guerra que destrozaría a nuestras manadas.

—Entonces estamos en un punto muerto, ¿verdad? —dijo William, con voz mortalmente baja—. No me voy a ir a ningún lado, Gunnolf. Haré lo que sea necesario para asegurarme de que ella esté a salvo. Aunque eso signifique alejarla de ti.

—Inténtalo, William —susurré, en una promesa letal—. Y juro por la Diosa que te vas a arrepentir.

William se rio suavemente, retrocediendo hacia las sombras del bosque. —Ya lo veremos.

Lo vi desaparecer en la oscuridad del bosque. El corazón me latía con fuerza contra las costillas y mi mente repasaba la pesadilla que acababa de convertirse en mi realidad. Cerberus venía en camino. Liliam era el objetivo. Y William no iba a dar ni un paso atrás.

Owen

Las cegadoras luces fluorescentes de la tienda de tecnología se reflejaban en las impecables vitrinas de cristal, haciéndome arder los ojos. Forcé una sonrisa rígida y ensayada mientras le entregaba el recibo a una clienta, sintiendo el pecho apretado por un agotamiento que iba mucho más allá de mis huesos.

—Que tenga un excelente día —murmuré, dándome la vuelta antes de que la mujer pudiera siquiera agarrar su bolsa.

Me apoyé pesadamente en el *counter* de atrás, fingiendo organizar una pila de *tablets* del inventario. Me temblaban las manos. Cerré los ojos, concentrándome en el zumbido de los servidores y en la música pop genérica que sonaba por los altavoces de la tienda. *Solo respira. Mantente firme. Ya se acabó. Lo arreglaste.*

¿Estás seguro de eso?

La voz no venía de la tienda. Se deslizó desde el hueco más oscuro y frío de mi mente, goteando veneno y una oscura diversión.

Me quedé paralizado. Una *tablet* se me resbaló de los dedos temblorosos, golpeando ruidosamente contra el *counter*. —No —susurré para mí mismo, apretando el borde de la vitrina hasta que los nudillos se me pusieron blancos—. No, te fuiste.

¿De veras? Una risa baja y vibrante resonó detrás de mis ojos, haciendo que se me erizara el vello de los brazos. ***¿De verdad pensabas que esos pequeños rituales, esos patéticos intentos de purgarme, realmente funcionaban? Oh, Owen.***

No me fui. Simplemente me fui a dormir. Conservaba mis fuerzas mientras tú jugabas a las casitas.

—Cállate —siseé entre dientes, mirando mi pálido reflejo en el cristal pulido—. No eres real. Me deshice de ti.

Sigue mintiéndote a ti mismo. Hace que verte fracasar sea mucho más entretenido.

La voz se enroscaba en mis pensamientos, densa y asfixiante. *Mírate. Tú, un exmarine, has quedado reducido a un perdedor tembloroso con una polo azul, vendiendo celulares caros. ¿Y para qué? ¿Para una mujer que se te escapa de las manos?*

—Ella es mía —solté en voz baja, con el corazón acelerado mientras algunos clientes me miraban de reojo.

¿Lo es? ronroneó el demonio, cortando mi negación sin esfuerzo. *Porque mientras tú estás aquí en esta vida patética, otro hombre la ronda. Un macho más fuerte. Lo puedes sentir, ¿verdad? Estás dejando que él la convenza, frente a tus propios ojos, y no estás haciendo nada.*

Apreté la mandíbula con tanta fuerza que me crujieron los dientes. El recuerdo de Zeff siempre rondando a su alrededor, mirándola con esa arrogancia silenciosa y dominante, me envió un destello ardiente y cegador de pura rabia al pecho.

Ahí está, susurró la entidad, saboreando mi ira, alimentándose de ella como si fuera leña. *Ese es el Owen que recuerdo, el que nunca se rinde. Pero sin mí, eres débil. Eres un perdedor jugando un juego amañado contra bestias que ni siquiera entiendes.*

—No te necesito —gruñí, con el pecho agitado—. Puedo encargarme yo solo.

Ni siquiera puedes con un turno en la tienda, se burló el demonio, y una presión gélida y pesada se asentó en mis pulmones. ***Necesitas mi fuerza, Owen. Necesitas mi fuego. Deja de pelear conmigo. Déjame entrar y recupera tu vida.***

Me miré las manos. El temblor había cesado.

Bajo mi piel, podía sentir cómo despertaba: una aterradora oleada eléctrica de poder oscuro e inquebrantable. Se sentía como valor líquido. Se sentía como un control absoluto.

Ve hacia ella, ordenó la voz, en una promesa seductora y venenosa. *Enséñale cómo luce un monstruo de verdad.*

No lo pensé. Solo me moví.

Me quité el *lanyard* azul del cuello y lo tiré sobre el *counter.* Ignorando el grito confuso de mi gerente desde el almacén, me abrí paso por las puertas principales de la tienda y corrí hacia mi carro. Cerré la puerta de golpe y el motor rugió mientras yo agarraba el volante. La energía oscura latía por mis venas, ahogando la culpa, ahogando el miedo.

Pisé el acelerador a fondo, saliendo disparado del *parking.* Iba a recuperar a Liliam, y para hacerlo, iba a destrozar a Zeff.

3
El príncipe Vampyr

Vampiros. *Vampyrus*. Vampiro. *Vampyr*.

Nombres susurrados en la oscuridad de la noche, grabados en las páginas manchadas de miedo de la historia humana. Los Gobernantes de la Noche, los Amos del Crepúsculo, los Señores de la Sangre. Seres de leyenda y de pesadilla, con nuestra existencia atada a las sombras, inmortales e inquebrantables.

Pero no somos criaturas de mito. Somos depredadores. Somos la raza superior.

Nacidos de circunstancias oscuras, fuimos bendecidos con una fuerza sobrenatural, sentidos agudizados y un hambre insaciable; un hambre que exige sangre. Y así, dominamos la noche. Alguna vez fuimos nobles, de origen divino, vigilando a los seres inferiores como dioses entre los mortales. Los humanos no eran más que presas, una fuente de sustento, un susurro fugaz en la inmensa eternidad de nuestra existencia.

Pero todo reino debe tener su rey. Y nosotros tuvimos el nuestro.

El Primero de Nuestra Especie, el *Blodkonung*, el *Konung*, era perfecto en todos los sentidos. Fue bendecido por la propia Lilith, la Madre de la Noche, y gracias a su voluntad de hierro, forjó nuestro linaje: los *Kunglig*, la Familia Real de los Vampiros.

Los *Kunglig* eran seres supremos como ningún otro, bendecidos con habilidades únicas que los convertían en los gobernantes indiscutibles del mundo sobrenatural. La sangre del *Blodkonung* era absoluta, destinada a crear una dinastía que nunca caería.

Pero la perfección exige refinamiento, y los *Kunglig* no fueron el único intento.

A través de rituales oscuros, nacieron los *Sanguis*: los Primeros Vampiros Superiores, creados al fusionar la sangre del *Blodkonung* con la de brujas sumidas en la oscuridad. Los *Sanguis* no eran verdadera realeza, pero sí eran inmensamente poderosos. Eran excelentes portadoras —un término dado a quienes podían dar a luz a la descendencia *Kunglig*—. Se convirtieron en los portadores sagrados del linaje real, solo superados por los puros.

Luego llegaron los *Upyr*: humanos transformados en vampiros por el propio *Blodkonung*. Los *Upyr* fueron nuestro primer experimento con la mortalidad, y de ellos surgieron los *Vampyrs*, sus descendientes directos. Juntos, construyeron el imperio de la sangre, ampliando nuestro alcance más allá de lo que incluso el Primer Rey podría haber previsto, estableciendo una sociedad compleja que prosperaba gracias a las dinámicas de poder entre los *Upyr* y los *Vampyrs*.

Pero el tiempo es una fuerza cruel, incluso para los eternos.

Pasaron décadas, luego siglos. Los vampiros convertidos se debilitaron, volviéndose incapaces de concebir nueva vida con la misma facilidad de antes. Las líneas de sangre comenzaron a ser feroz y cuidadosamente controladas, asegurando que solo los más fuertes siguieran prosperando.

Sin embargo, a medida que el mundo cambiaba, algunos de nosotros también lo hicimos.

Los *Sanguis,* siempre en busca de la evolución, descubrieron una verdad prohibida: podían embarazar a las humanas. De estas uniones impías surgió algo nuevo, algo... no deseado.

Dhampirs.

Mitad humano, mitad vampiro. Representaban una mancha en nuestro linaje y una marca en nuestra prístina historia. Los ancianos los despreciaban. Muchos fueron expulsados, abandonados al nacer y dejados a la intemperie para que los elementos decidieran su destino. Decían que un mestizo era una abominación.

Pero no se dieron cuenta de que, en nuestra arrogancia, habíamos creado algo peligroso. Un arma. Los *Dhampirs,* de caer en las manos equivocadas, podrían convertirse en los cazadores de vampiros perfectos.

Recuerdo el día que me enviaron a recoger a una. Una niña *Dhampir* había sido abandonada en un hospital humano. Su existencia estaba oculta en frágiles registros de papel. La niña era el producto de la unión entre un vampiro y una bruja. Estos registros revelaban que la pequeña poseía habilidades extraordinarias.

Mi padre, siempre partidario de eliminar los cabos sueltos o de controlarlos, me envió a buscarla. Me envió porque, a diferencia de la mayoría de los vampiros, yo podía hacer algo que los demás no podían.

Podía copiar habilidades. Modularlas. Sellarlas.

Ese día la conocí. Elira.

Ella era lo mejor que la humanidad tenía para ofrecer. Veía lo bueno en todos, incluso en monstruos como yo. Y si te negabas a verlo, te lo demostraba a golpes hasta que lo hicieras. Era feroz, pero gentil. Inquebrantable. Inflexible. Elira vio algo en mí... algo más allá de la oscuridad que yo cargaba.

A pesar de todos los desafíos, ella emergió como el único faro de luz en mi existencia aparentemente interminable. Ella me dio sentido. Un propósito. Vida.

Pero Elira... Elira era algo más. Algo que yo había pasado años, décadas, estudiando, buscando, esperando comprender.

Ella era una *Fae*.

Y los *Fae*... los *Fae* eran una droga para los vampiros. Eran embriagadores. Deliciosamente peligrosos. Su mera existencia era una tentación a la que ningún vampiro podía resistirse realmente. Yo no fui la excepción. Excepto que, a diferencia de los demás, mi maldición era mucho peor.

Mis habilidades —mi herencia real— eran como una máquina tragamonedas de casino que ganaba el premio mayor cada vez que me acercaba a ella. Con ella, mi poder se expandía, crecía y se volvía salvajemente incontrolable.

Pero toda felicidad llega a su fin. Y la mía terminó de la peor manera posible.

Lo recuerdo todos los días. Lo revivo cada noche. Y cuando los recuerdos amenazan con ahogarme, agarro el pequeño frasco de cristal que cuelga de mi cuello: mi último recuerdo de ella. Mi mayor arrepentimiento. Mi mayor pecado.

Un fragmento de lo que ella fue. Un recordatorio de mis transgresiones del pasado.

Parpadeé, y los recuerdos inquietantes se desvanecieron mientras la imponente sala de estudio me oprimía con el peso de los siglos. El aire vibraba con los ecos de la historia. Era una biblioteca, un aula y un teatro de poder, donde el pasado no solo se relataba, sino que se sentía. Persistía en el olor a humedad del pergamino antiguo y en el leve aroma metálico a sangre que se aferraba a las paredes de piedra; un aroma que ningún incienso podría desterrar del todo. Las estanterías gigantescas, cargadas de tomos encuadernados en cuero, llenaban la recámara, y cada volumen era una crónica de linajes, leyes y leyendas. La luz parpadeante de las velas proyectaba sombras alargadas, convirtiendo la familiar habitación en un reino de fantasmas cambiantes, iluminando los rostros jóvenes y ansiosos que se dirigían hacia mí.

El susurro de los niños, un murmullo suave y ansioso, llenaba el espacio. Los observé; mi cabello rubio plateado contrastaba fuertemente con los tonos oscuros que dominaban la habitación, y mis ojos ámbar cargaban con el peso de los siglos. Yo era un *Kunglig*, un ser de poder refinado y terrible.

Entonces, una voz tenue rompió el silencio.

—¿Nosotros podemos tener ese mismo poder?

Alcé la mirada, con los labios moviéndose en un gesto de diversión. Nyx, con sus ojos ámbar abiertos de par en par por una curiosidad inocente, me miraba con una intensidad que solo los jóvenes poseen. Su cabello castaño, corto y puntiagudo, formaba un halo desordenado alrededor de su rostro pálido y redondo.

Antes de que pudiera responder, Damien resopló, con la voz cargada de desprecio. —Solo los de sangre real pueden hacerlo, idiota.

Reprimí un suspiro; la tensión familiar ya se enroscaba en el aire.

Damien, siempre la encarnación del privilegio arrogante, estaba sentado con los brazos cruzados, y sus ojos color vino brillaban con condescendencia. Su cabello oscuro y despeinado le caía sobre la frente en una deliberada muestra de superioridad. Era un *Sanguis*, y se comportaba como si ese simple hecho lo hiciera intocable. La tensión entre ellos, tan predecible como la salida del sol, se intensificó.

Dejé mi tomo sobre el escritorio, y el cuero antiguo susurró contra la madera pulida. —Basta, Damien —dije, con voz calmada pero teñida de un hilo sedoso de autoridad—. No hace falta que le hables así a Nyx. Todos estamos aquí para aprender. Incluso las preguntas más elementales contienen las respuestas más valiosas.

Damien frunció el ceño. —Siempre hace preguntas tontas —murmuró.

Alcé una ceja. —Y, sin embargo, su pregunta "tonta" es la razón por la que estamos hablando de esto ahora. Una pregunta que tú deberías entender igual de bien.

Su ceño se profundizó, pero no discutió. Volví a mirar a Nyx.

—No —respondí con firmeza—. Solo aquellos nacidos de sangre *Kunglig* —sangre real— poseen las habilidades únicas de nuestro linaje. Sin embargo, eso no significa que el poder esté fuera de tu alcance. Puedes reclamarlo demostrando tu valía. Escalando en las jerarquías. Algunos pueden llegar lo suficientemente alto como para servir como guardianes reales, aunque nunca sean verdaderos *Kunglig* —Mi mirada recorrió la mesa—. ¿Nos sabemos los rangos?

Una diminuta mano se alzó desde el otro extremo de la mesa. Umbra. Sus rizos dorados rebotaban mientras se enderezaba, y sus brillantes ojos amarillos destellaban.

—¡*Upyr, Dhampir, Vampyr, Sanguis* y *Kunglig*! —recitó, con la voz llena de orgullo.

Incliné la cabeza. —Gracias, Umbra.

Damien puso los ojos en blanco. —Sabelotodo.

Umbra no se inmutó. Sonrió con suficiencia. —Para alguien que es un *Sanguis*, no pareces saber mucho de nuestra historia, Damien.

Los ojos color vino de Damien brillaron de ira. —Como *Dhampir,* tú pareces estar muy fuera de lugar aquí.

Suspiré, pellizcándome el puente de la nariz. —Suficiente. No tolero la discriminación en mi clase. Aquí todos somos iguales.

La tensión persistió, pero Damien finalmente chasqueó la lengua molesto y se recostó en su silla.

Entonces, una voz baja habló. —No podemos ser iguales.

Me giré hacia Orlok. El niño de cabello pálido junto a Umbra había permanecido en silencio hasta ahora, con sus fantasmales ojos azules fijos en la mesa.

—¿Orlok? —lo animé a continuar.

Dudó. —Usted es un *Kunglig,* señor. Es diferente. Usted camina bajo la luz del sol mientras nosotros permanecemos en la oscuridad.

Umbra añadió suavemente: —Nunca estaremos bajo el sol como usted.

Siguió un pesado silencio.

—No —admití en voz baja—. Pero pueden ascender. Pueden llegar a ser *Sanguis.* Pueden mantener el poder. Imponer respeto.

Nyx hizo una pregunta que me tomó desprevenido antes de que Damien pudiera volver a bufar.

—¿Es cierto que usted se casó con una *Fae*?

Las palabras me paralizaron. Un fragmento de hielo me atravesó el pecho mientras los recuerdos inesperados inundaban mi mente: risas suaves, secretos susurrados, el calor de su piel, el embriagador aroma de las flores silvestres y la magia. Forcé a mi expresión a mantenerse neutral.

Damien, siempre el protector autoproclamado, se volvió hacia Nyx con una mirada fulminante. —¡Muestra algo de respeto! Nosotros no cuestionamos a nuestro *Kunglig,* y mucho menos a nuestro Príncipe.

El título, como una púa envenenada, se me clavó en la piel. —No soy un príncipe.

Una risa baja resonó desde la puerta. —Solo porque te esfuerzas mucho en creer eso.

Sebastian.

Sebastian es mi amigo de toda la vida, mi caballero y mi sombra. Estaba de pie en la entrada, con su cabello negro y despeinado cayendo sobre unos ojos ámbar que brillaban con diversión.

—Clase terminada. Su sonrisa era lobuna, y su voz transmitía una autoridad natural que hizo que los niños se levantaran de inmediato de sus asientos, con su emoción desbordándose por los pasillos de piedra.

Cuando la habitación quedó vacía, me froté la sien.

—¿Por qué eres tan terco? —preguntó Seb, acercándose a la mesa.

No lo miré. —Porque no soy apto para ser el Príncipe.

Él se burló. —Tu padre te ha favorecido desde que naciste. Especialmente cuando descubrió que podías usar tres habilidades simultáneamente.

Cerré los libros de golpe sobre el escritorio, siseando por lo bajo. —Cállate. Se supone que no deben saberlo.

La expresión de Seb se oscureció. —Tú eres más rey que el loco que ahora lleva la corona.

Me giré hacia las estanterías, sin querer mirarle a los ojos. —No puedo.

Seb exhaló profundamente. —¿Porque tu madre era humana? ¿Una humana que de alguna manera engendró a un *Kunglig*?

Apreté la mandíbula. —Porque nadie me verá jamás como el *Konung*.

—Los tiempos han cambiado —dijo Seb suavemente—. Los *Dhampirs* pueden ascender ahora. Tú lo sabes.

Negué con la cabeza, negándome a seguir con la conversación. —¿Por qué interrumpiste mi clase?

Seb se frotó el rostro. La diversión finalmente desapareció de su postura. —Recibimos sobrevivientes de Dakota del Sur.

Me quedé quieto. —Algunos son de Rosebud.

Se me revolvió el estómago. —Ese es territorio de hombres lobo.

Seb asintió con gravedad. —Cerberus ya no solo está destrozando manadas. Está acelerando los tiempos. Emitió un edicto de sangre a la medianoche: las manadas restantes del noroeste tienen hasta la luna nueva para rendirse, o quemará sus territorios hasta reducirlos a cenizas. La mayoría de los sobrevivientes que recibimos son mujeres y niños que huyen de su avanzada.

Exhalé con fuerza. —Acogemos a todos. Lo sabes.

Antes de que Seb pudiera responder, el aire mismo en la sala de estudio cambió. La presión atmosférica se rompió, cayendo tan rápido que me zumbaron los oídos.

Un cosquilleo agudo y violento de poder me recorrió la piel. Subió por mi espalda, acumulándose caliente y pesado en mi pecho. Se me cortó la respiración. Yo conocía ese sentimiento. Era la misma descarga embriagadora, exactamente la misma sensación eléctrica que solía inundarme las venas cada vez que estaba cerca de mi esposa.

Mis habilidades latentes se activaron, arañando violentamente mis sentidos, desesperadas por arrastrarme hacia la fuente de la oleada.

Una Fae.

Era crudo, antiguo y cegadoramente poderoso: un despertar tan masivo que resonaba a kilómetros de distancia.

—¿Qué está pasando? —preguntó Seb, adoptando una postura defensiva al percibir el repentino y errático aumento de mi propio poder.

Apreté mi frasco con fuerza; el cristal liso se sentía frío contra mi piel. —Poder feérico.

Los ojos de Seb se posaron en el frasco que yo llevaba al cuello, dándose cuenta exactamente de lo que eso significaba. —¿Ahora?

—Duplica las defensas.

Miré la luz titilante de las velas, sintiendo el frío de la magia recorrer mis venas.

Si una *Fae* estaba cerca... *Él* vendrá a buscarme.

4
Verdad

Zeff

Llevé su cuerpo inconsciente de vuelta por las calles; el silencio de la noche se sentía más pesado que antes. Antes de recogerla, había logrado ponerme un par de pantalones cortos deportivos del pequeño bolsillo oculto que siempre guardaba cerca del perímetro para después de hacer mi turno. Me negaba a parecer un completo pervertido llevando a una mujer inconsciente y a un cachorro maltratado hasta la puerta de su casa.

El pórtico delantero de su casa era un santuario tranquilo, dominado por una gran silla *papasan*. Era un nido profundo en forma de cuenco que parecía una nube anclada por un pedestal robusto y tejido, apilado con un enorme cojín color crema abotonado. Era una silla que prácticamente suplicaba que alguien se perdiera en sus profundidades; probablemente el lugar donde Liliam se acurrucaba con sus libros durante horas.

La acosté suavemente, y su piel pálida contrastaba fuertemente con la tela suave.

Shadow cojeaba junto a mi pierna, dejando escapar un gemido lastimoso. Los cabrones lo habían herido gravemente durante la pelea, y cada sonido angustiado que hacía intensificaba mis sentimientos de culpa.

—Lo siento, amiguito —susurré, bajando la mano para acariciar con cuidado la cabeza del cachorro.

Shadow empujó la mano colgante de Liliam con su nariz húmeda y volvió a gimotear, mirándome.

—Ella va a estar bien —murmuré, aunque las palabras me supieron a ceniza en la boca.

Eso espero. Tras esa impresionante demostración de poder, el secreto finalmente había sido revelado. Todo estaba al descubierto. Nos había visto transformarnos. Ella entró en pánico y, en su terror, la antigua magia latente en su interior explotó violentamente.

Pero no debió haber sido así. Su collar debió haberlo contenido.

Mis ojos se posaron en su clavícula, buscando en la superficie lisa de su cuello.

Estaba vacío.

¿Se lo quitó? El pánico me invadió el pecho. Se suponía que ese collar debía suprimir su naturaleza lo suficiente como para darnos tiempo. Necesitábamos tiempo para que se adaptara a nuestro mundo. Tiempo para la verdad: la verdad sobre su naturaleza y la mía.

Se me erizó la piel al pensar en su liberación. Mis venas aún vibraban por su cercanía; mi lobo anhelaba violentamente consumir esa chispa cruda de poder y reclamarla. Para *reclamarla.*

Cerré los ojos y respiré de forma profunda y entrecortada, luchando contra el impulso primitivo de enterrar mi rostro en su cuello y marcarla como mía.

Se habían librado guerras por este tipo de poder. Y me negaba a repetir los errores de mis antepasados.

Había una maldita razón por la que el linaje Gunnolf ya no se sentaba en el trono. Fuimos reyes alguna vez. Alguna vez ocupamos el cargo de príncipes dentro del reino de los lobos. Pero un ansia tóxica de poder absoluto —por la magia embriagadora de los *Fae*— corrompió a mis antepasados. Esa codicia dio origen a la Gran Guerra, una masacre que fracturó a toda nuestra sociedad. Se rompieron tradiciones, se destrozaron lazos sagrados y los Gunnolf fueron despojados violentamente de la corona, desterrados a gobernar un solo territorio en lugar de un imperio.

Esa insaciable sed de poder hizo que nuestros números se desplomaran. Antes de la Gran Guerra, había sesenta y ocho manadas prósperas en todo el estado. Para cuando se firmaron los sangrientos tratados, solo quedaban cuarenta y nueve.

Y la devastación no terminó ahí. Durante los últimos cien años, la existencia de la magia *Fae* como la de Liliam había impulsado a Cerberus y a sus vampiros a cazarnos. Arrasaron nuestros territorios de manera continua, reduciendo nuestras manadas a apenas treinta y siete.

Esa fue precisamente la razón por la que la familia de William, los Kane —o lo que quedaba de ellos—, se vio obligada a buscar refugio en nuestro territorio hace años. El último descendiente de los Kane creció en mi casa, comió en mi mesa y sangró en mi tierra debido a los pecados pasados y a la interminable cacería de los vampiros.

Abrí los ojos, mirando el rostro tranquilo y dormido de Liliam. No era consciente de la sangre que se había filtrado en la historia de nuestro mundo, ni del objetivo que ahora estaba pintado vívidamente en su espalda.

El cambio fue instantáneo. Un segundo estaba en paz, y al siguiente, una caótica oleada de recuerdos inundó su mente. Liliam jadeó, abriendo los ojos de par en par, grandes y salvajes. Se levantó de un salto, empujándose violentamente para alejarse de la silla —y de mí— mientras una ola de pánico y confusión la invadía.

Y sentí cada gota agonizante de ello.

Su terror me golpeó el pecho como un puñetazo físico. Me estremecí; el corazón se me detuvo al ver cómo su miedo se reflejaba dentro de mí. Gaius gimió, convertido en una presencia frenética y nerviosa en mi mente, suplicándome que la consolara.

Di un paso cauteloso hacia ella, necesitando calmar la tormenta que irradiaba.

Instintivamente, se echó hacia atrás, con el corazón latiéndole tan fuerte que podía escucharlo resonar en la silenciosa noche.

—Liliam —susurré; la palabra me desgarró la garganta, cruda y suplicante.

Su mano voló a su cabeza. A través del vínculo recién despertado, una punzada aguda y cegadora de dolor me atravesó el cráneo, siendo rápidamente tragada por una extraña y palpitante desorientación. Sus piernas le fallaron.

Antes de que sus rodillas tocaran la madera del pórtico, mis reflejos de Alfa —que son respuestas instintivas propias de un líder de manada— tomaron el control. En un instante, estaba allí, rodeando firmemente su cintura con los brazos para evitar que se cayera.

En cuanto mis dedos desnudos tocaron su piel, una descarga violenta y electrizante de calor puro me recorrió los brazos y bajó por mi columna vertebral. Gaius rugió en absoluto triunfo. La pura perfección de su tacto me dejó sin aliento, provocando un temblor profundo que sacudió mi cuerpo con violencia. El impulso de presionarla contra mi pecho y enterrar mi rostro en su cuello fue abrumador.

—¡¿Qué estás haciendo?! —gritó, empujando sus manos contra mi pecho para apartarme.

La solté al instante, obligándome a retroceder. —Cálmate —ordené suavemente, aunque la voz me temblaba. Levanté las manos en un lento gesto de rendición, manteniendo la postura rígida, con cada músculo tenso y listo para atraparla de nuevo si se tambaleaba.

Las lágrimas brotaron en sus hermosos ojos. Un huracán de emociones —confusión total, traición y un miedo profundo y aterrador— se retorció y se derramó a través del vínculo directamente hacia mis venas. El asalto fue asfixiante. Mi mano voló hacia mi propio pecho, con los dedos clavándose en el músculo sobre mi corazón mientras intentaba desesperadamente respirar a través del dolor de ella.

—No hagas eso, Liliam —solté con dificultad, con la voz tensa bajo el peso de su angustia.

Podía sentir el dolor en su pecho. El vínculo se había despertado por completo ahora; un intercambio recíproco de un anhelo intenso y seductor. Podía sentir que su piel deseaba mi toque con la misma intensidad con la que la mía anhelaba el suyo; su subconsciente la atraía hacia mí, aunque su mente consciente luchara contra ello. Era embriagador y caótico; una tensión insoportable que nos unía.

—Por favor, Liliam, escúchame —supliqué, con la angustia cruda filtrándose en mi voz—. No quería que esto pasara así. Quería darte tiempo para adaptarte.

—¡¿Adaptarme?! —soltó, y su voz subió un tono por el pánico absoluto—. ¿A qué, exactamente?

—Al vínculo. A la conexión entre nosotros...

Se apartó aún más, con los ojos abiertos de par en par en una negación frenética. —¡Yo tengo pareja, estoy con Owen! —gritó, con la voz quebrada.

El nombre fue una daga envenenada. Gaius gruñó; una rabia celosa y posesiva arañó al instante las paredes de mi mente. Mis ojos se suavizaron, llenos de una profunda tristeza que sentí tirar de su corazón. Di un paso lento y deliberado hacia ella, manteniendo su mirada.

—Lo sé, Liliam. Pero tú eres mi...

Una ardiente e hirviente oleada de ira pura e inmaculada estalló dentro de ella. Me golpeó tan fuerte que se me cerró la mandíbula de golpe. Me detuve a mitad de la frase, con el rostro contorsionado mientras el fuego fantasma de su rabia ardía en mi pecho. Agarré mi camiseta, doblándome un poco.

—No lo hagas —logré decir entre dientes—. Lo puedo sentir.

Su ira solo intensificaba el dolor. A pesar de su miedo, la atracción de pareja predestinada era innegable: una fuerza gravitacional enorme que suplicaba que la conexión se completara, arrastrándola hacia mí en contra de su voluntad.

—Por favor, Liliam —susurré, con la voz cargada de desesperación y de una esperanza tonta y desesperada—. Déjame explicarte. Déjame ayudarte a entender.

Podía sentir su guerra interna. No quería entender. Su mundo acababa de romperse en pedazos y, sin embargo, no podía negar la atracción magnética que nos encadenaba.

—Por favor —supliqué, con la mirada fija en la suya—. Déjame ayudarte. Déjame explicarlo todo. Mi lobo...

Se quedó paralizada. La danza caótica del miedo y la incredulidad en su mente se detuvo en seco. Respiró temblorosamente, claramente intentando calmarse ante la tormenta que yo había traído a su puerta.

—¿Tu... lobo? —preguntó, con la voz temblorosa.

—Hombre lobo —corregí suavemente, manteniendo un tono lo más cuidadoso y deliberado posible—. Lobo Alfa.

Una risa nerviosa y sin aliento escapó de sus labios. La incredulidad que le retorcía el estómago me envolvió como agua helada. —No. No puede ser que esto sea real —

murmuró, negando con la cabeza como si intentara despertarse de una pesadilla.

—Yo... voy a entrar —tartamudeó, sin dejar de retroceder hacia su puerta.

No podía dejar que se marchara así. Di un paso hacia ella.

—NO.

El grito salió de su garganta, cargado de la repentina y cruda autoridad de su magia dormida. La fuerza de su orden me golpeó, congelando a Gaius y bloqueando mis pies en el pórtico de madera. Me detuve por completo.

—¡Necesito pensar! —exclamó, con la mano temblando mientras alcanzaba el pomo de la puerta.

Antes de que pudiera decir una palabra más, el agudo chirrido de unos neumáticos rasgando el asfalto rompió la noche tranquila. Un carro oscuro saltó agresivamente la acera y se detuvo en seco en su entrada, mientras un par de faros cegadores iluminaban el jardín.

Antes siquiera de que el motor se apagara, la puerta del conductor se abrió de golpe.

Owen.

El pesado olor metálico a ozono y a algo podrido llegó a mis sentidos justo un instante antes que él. Subió por el caminito de la casa pisando fuerte, con la mandíbula apretada, irradiando una energía violenta y caótica que se sentía profundamente extraña en él.

—¡Aléjate de ella! —rugió Owen, sin dudar ni un segundo mientras subía corriendo los escalones del pórtico.

Lanzó un puñetazo salvaje y pesado dirigido directamente a mi mandíbula. Mis reflejos de Alfa hicieron que fuera dolorosamente fácil de esquivar; simplemente cambié de postura, dejando que su puño volara por el aire vacío. Tropezó hacia adelante; su propio impulso delataba su torpeza humana.

—¡Owen, detente! —gritó Liliam desde la puerta, con pánico en la voz. El puro terror que atravesó nuestro vínculo me golpeó como un puñetazo físico.

Él la ignoró por completo. Owen escupió, girándose hacia mí con una expresión retorcida por el odio puro. —¡Deja de entrometerte en nuestra relación!

Volvió a golpear; un gancho de derecha brutal. Esta vez, no lo esquivé. Extendí mis manos, agarrando ambos puños con las mías. Apreté, con la intención de bloquearlo y detenerlo usando solo una fracción de mi fuerza.

Pero en el momento en que mis manos se aferraron a sus muñecas, un escalofrío helado me recorrió las venas.

Es demasiado fuerte.

Esa no era la fuerza de un exmarine. Era cruda, inflexible y completamente antinatural. Los músculos bajo su piel se sentían como alambre de acero enrollado. Apretando los dientes, planté firmemente mis botas en las tablas de madera del pórtico para evitar que me empujara hacia atrás.

—¡Suéltame! —gruñó Owen, y su voz bajó a un registro distorsionado y gutural que me puso la piel de gallina.

De repente, sus ojos marrones brillaron de un rojo violento, antinatural y brillante.

Antes de que pudiera reaccionar ante lo imposible, Owen lanzó su peso hacia adelante y me estrelló la frente directamente en la cara.

El nauseabundo crujido de los huesos resonó en el pórtico. La fuerza devastadora del impacto explotó contra mi nariz, haciendo que mi cabeza se echara hacia atrás. Por un segundo, mi visión se volvió blanca. Un hombre lobo Alfa no debería ser herido por un golpe humano. Un hombre normal se habría destrozado el cráneo intentando darme un cabezazo, pero la velocidad y la potencia densa e implacable de su golpe me dejaron atónito, dejándome sin aire.

Retrocedí tambaleándome, rompiendo el agarre mientras la sangre caliente y espesa me corría por la cara y los labios.

¿Pero qué demonios? gruñó Gaius, confundido y enfadado. Esa no era la fuerza de un exmarine. Eso no era fuerza humana en lo absoluto. No podía serlo.

Miré a Owen. El impacto castigó severamente a su cuerpo, aunque la fuerza antinatural que lo impulsaba pareciera no importarle. La piel de su frente estaba abierta de par en par, y una horrible herida derramaba sangre oscura por su rostro, cegando su ojo izquierdo. Sin embargo, se quedó allí, con el pecho agitado, mientras una sonrisa torcida y victoriosa curvaba sus labios.

—¡Owen! ¡Dios mío! —sollozó Liliam, aterrorizada.

Se lanzó entre nosotros, con las manos suspendidas frenéticamente sobre la cara sangrante de Owen sin atreverse a tocarlo realmente. Luego, me dirigió sus ojos enormes y llenos de lágrimas.

A través del vínculo, sentí su miedo... no solo por la situación, sino por mí y por la violencia que yo había traído a su puerta.

Me limpié la sangre de la boca con el dorso de la mano, y mis brillantes ojos esmeralda se fijaron en la mirada burlona de Owen por encima del hombro de ella. Tenía que advertirle. —Liliam, escúchame —empecé a decir, dando un paso adelante—. Él no es...

—¡No! —gritó y me interrumpió. Su voz se quebró, cargada de pánico y agotamiento, mientras señalaba con un dedo tembloroso hacia la oscura línea de árboles—. Solo... Vete, Zeff. Por favor. Hablaremos en otro momento.

Sus palabras, y la absoluta firmeza en su tono, dolieron más profundo que la herida en mi rostro. Me quedé allí una fracción de segundo, con la sangre goteando de mi barbilla sobre las tablas de madera. Miré a Liliam, a su frágil figura protegiendo a un hombre que albergaba una fuerza aterradora y desconocida que ella ni siquiera podía comprender.

Hablaremos en otro momento. Apreté los dientes, obligando a Gaius a ceder. Presionarla ahora solo la aterrorizaría más. Sin decir una palabra más, di media vuelta y desaparecí entre las sombras de los árboles, dejando a mi pareja sola con ese monstruo.

5

Reflexión

Liliam

La pesada puerta de madera se cerró con un clic, pero el sonido no me ofreció ningún consuelo. Las manos me temblaban tan violentamente que apenas podía deslizar el cerrojo en su sitio. Me apoyé en la puerta, con el pecho agitado mientras la adrenalina que me había mantenido en pie empezaba a desplomarse, dejando tras de sí un agotamiento frío y aterrador.

—Liliam. Oye, mírame. Se ha ido.

La voz de Owen era áspera, teñida de un extraño filo oscuro que me revolvía el estómago. Abrí los ojos y lo miré. Su rostro era una máscara carmesí, y la profunda herida en su frente aún goteaba sangre lentamente sobre el cuello de su camisa.

—Siéntate —logré decir con dificultad, con la voz apenas reconocible. Fui corriendo al baño para buscar el botiquín, con la mente hecha un torbellino de verdades imposibles. *Hombres lobo.* Se convirtieron en lobos enormes y aterradores. Y yo... yo hice esa luz.

Cuando volví a la sala, Owen estaba sentado al borde del sofá. Pero antes de que pudiera alcanzarlo, un suave y lastimoso gemido desvió mi mirada hacia el suelo.

Shadow cojeaba hacia mí. Su pequeño cuerpo temblaba con cada paso, y su pata trasera dudaba antes de tocar el piso. Su pelaje oscuro estaba empapado de barro, y la vista de mi valiente cachorro, maltrecho y dolorido, finalmente rompió la represa dentro de mí. Un sollozo áspero me arañó la garganta. Me tapé la boca con el dorso de la mano, mordiéndome el labio con fuerza para contener las lágrimas.

—Oye, shh. Ven aquí —murmuró Owen suavemente, extendiendo la mano para atraerme hacia él—. Está bien. Ahora estás a salvo.

—¡Debiste haber tenido cuidado! —lo regañé, con la voz quebrada mientras me apartaba de su toque. El pánico que había estado reprimiendo se transformó en ira cuando le presioné una gasa empapada en antiséptico sobre la frente partida. Ni siquiera se inmutó—. ¡Owen, en qué estabas pensando! ¡Simplemente corriste y le diste un cabezazo! ¡Podrías haber resultado gravemente herido!

O peor aún, gritaba mi mente, recordando el tamaño monstruoso de la forma de lobo de Zeff. ¿Cómo podía Owen estar consciente? ¿Cómo podía seguir su cráneo intacto?

—Se lo merecía —dijo Owen simplemente; sus ojos marrones me miraban con una intensidad pesada y constante que me erizaba la piel.

Tragué saliva, apartando la mirada. La verdad de la noche era demasiado enorme, demasiado aterradora para procesarla mientras estaba allí de pie en mi sala. Rápidamente terminé de pegar con cinta de mariposa los bordes de su herida. —Solo... quédate aquí. Descansa. Necesito cuidar a Shadow.

Sin esperar su respuesta, me arrodillé y levanté a Shadow suavemente en mis brazos. Gimió por lo bajo, apoyando su pesada cabeza en mi clavícula.

Lo llevé al baño, cerrando la puerta tras nosotros y pasándole el seguro, deseando solo unos minutos de aislamiento absoluto. Dejé a Shadow sobre la suave alfombra y abrí el grifo, dejando que el agua tibia llenara la bañera. Las lágrimas que había estado conteniendo finalmente se desbordaron. Resbalaban por mis mejillas, calientes y silenciosas, mientras me arrodillaba en el frío piso de baldosas.

—Ven aquí, bebé —susurré, levantando a Shadow para meterlo al agua tibia de la bañera.

Agarré un pequeño vaso de plástico y empecé a verter el agua suavemente sobre su espalda, lavando el barro, la suciedad y el aroma metálico de la pelea.

El movimiento rítmico y reconfortante le daba un enfoque a mis manos temblorosas. Mientras mi pulgar acariciaba suavemente la hinchazón de su pata, me invadió un instinto protector súbito y feroz. *Solo quiero que deje de sufrir.*

Un chasquido agudo y estático estalló en el silencioso baño.

Di un respingo, retirando instintivamente la mano. Una diminuta y brillante chispa de luz dorada acababa de saltar desde la yema de mi dedo directamente a la piel de Shadow. Apenas tenía el tamaño de una luciérnaga, pero en cuanto desapareció, la hinchazón del moretón bajó notablemente.

Miré mi mano temblorosa, con la respiración atrapada en la garganta. Rápidamente agarré la toalla, con el corazón latiéndome con fuerza contra las costillas, y fingí que eso no había pasado. No estaba preparada para enfrentarme a lo que estaba despertando dentro de mí.

—Todo es un revolú, Shadow —susurré, con la voz cargada de lágrimas. El suave zumbido del baño parecía un confesionario—. Todo lo que creía saber es mentira. Zeff... William... son hombres lobo. Bestias de verdad.

Shadow dejó escapar un gemido bajo y retumbante. No se sacudió el agua ni intentó salir de la bañera. En cambio, giró la cabeza y lamió suavemente una lágrima que cayó de mi barbilla.

Apoyé la frente contra el frío borde de porcelana de la bañera, cerrando los ojos mientras una nueva oleada de vergüenza y confusión me invadía.

—Pero eso ni siquiera es lo más aterrador —solté de golpe, con la respiración entrecortada—. Cuando Zeff me tocó en el pórtico, sentí como si un rayo me hubiera atravesado todo el cuerpo. Era un calor intenso y abrumador. Una atracción magnética —Abrí los ojos, mirando sin rumbo fijo la espuma en el agua—. Por un segundo, no quise huir. Quería que me acercara más. Anhelaba su toque.

Un sollozo sacudió mi pecho y me limpié la cara mojada con el dorso del brazo. ¿Cómo puedo desear tanto a alguien si acabo de verlo convertirse en un monstruo enorme y salvaje? No tiene ningún sentido. Siento que mi cuerpo está traicionando completamente a mi mente. El corazón me latía con tanta fuerza, y la atracción era tan intensa que me dolía el pecho.

Miré al cachorro mojado y maltrecho en la bañera, con la voz completamente quebrada bajo el peso de la noche.

—¿Está bien tener miedo, Shadow?

Shadow cambió su peso, equilibrándose cuidadosamente sobre sus tres robustas patas. Se acercó al borde de la bañera y presionó su nariz húmeda firmemente contra mi frente, justo entre mis cejas.

Lo miré. Me observaba con una expresión que me dejaba sin aliento. No era la mirada vacía e instintiva de un animal. Sus ojos oscuros eran increíblemente profundos, completamente antiguos, y estaban llenos de una tristeza profunda y dolorosa. Era una mirada de pura y absoluta comprensión.

No juzgó mi confusión. No juzgó la atracción antinatural que yo sentía hacia el Alfa. Simplemente me dio un suave empujón en la mejilla con el hocico, emitiendo un suave y melódico trino que no se parecía en nada al de un cachorro de lobo. Sonaba como una forma de tranquilizarme. Sonaba como una promesa, confirmando la validez de mi miedo y asegurándome que no estaba sola.

No sabía por qué, y no podía explicar la lógica de aquello, pero el pánico abrumador que me oprimía el pecho empezó a disminuir. Estar aquí con él, abrazando su pequeño y cálido cuerpo, me ancló de una forma que nada más podía hacerlo.

—No les tienes miedo, ¿verdad? —murmuré, frotando con cuidado un poco de jabón suave en su pelaje—. Sabías lo que era Zeff desde el principio.

Shadow simplemente parpadeó despacio, apoyando la barbilla en mi antebrazo mientras yo le lavaba la pierna magullada.

Miré hacia abajo, hacia el agua jabonosa y arremolinada, y mi mente volvió a la luz cegadora que había brotado de mis manos en medio del parque. Recordé los extraños hilos luminosos de energía que danzaban por mi piel justo antes de que todo se volviera negro.

Hombres lobo. Ahora esto. ¿Ellos se sienten atraídos por los hilos que vi? ¿Por la magia? ¿Por el vínculo?

Un escalofrío me recorrió la espalda, calándome hasta los huesos. Agarré una toalla mullida y la envolví firmemente alrededor de su cuerpo mojado y tembloroso. Levantándolo de nuevo en mis brazos, lo abracé contra mi pecho y levanté la vista lentamente, mirando mi reflejo pálido y agotado en el espejo del baño.

¿Acaso yo era humana, por lo menos?

Me desperté con la primera luz del amanecer filtrándose por las cortinas; mi cuerpo se sentía pesado, adolorido y completamente desorientado. Algo andaba mal. El peso familiar y reconfortante de Shadow acurrucado junto a mis piernas no estaba. En cambio, sentí una presencia diferente:

más imponente, sólida y respirando suavemente contra mi costado.

Parpadeé para despejar mis ojos cansados y me giré para ver quién —o qué— estaba en mi cama.

La respiración se me cortó de golpe en la garganta. Casi grito, tapándome la boca con ambas manos justo a tiempo.

Allí, justo donde solía dormir mi cachorro, había un niño. No parecía tener más de catorce años, y estaba acurrucado de lado. Tenía una melena negra y desordenada que caía sobre un rostro pálido y pequeño, con llamativos mechones plateados entrelazados entre el cabello oscuro. Lo cubría una camiseta holgada que reconocí de mi canasta de ropa sucia, y pude ver moretones oscuros y marcados en sus frágiles costillas.

Mi mente iba a mil, incapaz de comprender la realidad insondable que tenía delante. —¿S-Shadow? —susurré débilmente, con la voz temblorosa. Mi corazón latía con fuerza contra mis costillas como un pájaro atrapado.

El niño se movió al escuchar mi voz. Exhaló profunda y largamente.

Abrió los ojos con dificultad. Eran de un ámbar profundo y lleno de alma; exactamente los mismos ojos de mi cachorro rescatado. Una sonrisa radiante se extendió por su rostro, y una alegría pura iluminó sus rasgos. —¡Mamá! —dijo, con voz dulce pero ronca.

Se quedó paralizado; sus ojos se abrieron de par en par al escuchar el sonido humano que salió de su propia garganta. Rápidamente bajó la mirada hacia sus brazos, levantándolos hacia la luz de la mañana. —¡Por fin! —exclamó, agitándolos en el aire como si fueran un fascinante juguete alienígena.

Me arrastré hacia atrás contra la cabecera de la cama, abriendo y cerrando la boca sin que saliera ningún sonido. Esto no podía ser real. Había perdido completamente la cabeza. El trauma de los hombres lobo finalmente había roto mi cordura.

—¿Qué... qué te pasó? —finalmente logré jadear, pegándome a la pared—. ¿Cómo es que eres... un niño?

Shadow me miró; su sonrisa brillante se transformó en una expresión calculada, casi nerviosa. —Fuiste tú —dijo suavemente, bajando su voz ronca—. Anoche. Cuando te asustaste y esa luz brillante salió de ti. Tu magia me cambió, mamá. Me hizo así.

La sangre se me esfumó del rostro. *Mi magia.* La luz cegadora y los zumbantes hilos de energía que había visto sobre mi piel eran abrumadores. Yo le había hecho esto. Había transformado a un cachorro de lobo en un niño humano.

—Dios mío —respiré, asfixiándome por el horror y la culpa. Extendí la mano con cautela; mi mano temblorosa flotó en el aire antes de apartar suavemente su cabello plateado de la frente—. ¿Estás... estás bien?

Él asintió con entusiasmo, apoyándose en mi toque como siempre lo hacía. —Me siento diferente. Pero no está mal.

Respiré de forma temblorosa. Primero hombres lobo, luego una luz cegadora, y ahora mi perro era un chico de catorce años que decía que yo le había hecho esto. Era pura locura. Pero con solo mirar esos ojos dulces, redondos y completamente familiares, el hielo en mi pecho se derritió. *Este es mi Shadow.* Este es el bebé que me había seguido y que había intentado protegerme de hombres que le doblaban el tamaño.

No pude evitarlo. El instinto maternal superó a la locura. Me incliné hacia adelante y abracé su pequeño cuerpo con ternura.

Shadow se estremeció con violencia; su cuerpo quedó completamente rígido. Un jadeo agudo escapó de sus labios, y dejó salir un gemido de dolor que me atravesó como una navaja.

Me aparté de inmediato, dejando mis manos suspendidas sobre él, presa del pánico. —¿Qué pasa? —preguntó, bajando la mirada hacia sus costillas.

Shadow hizo una mueca y su pequeña mano se movió instintivamente hacia su costado. —Duele —susurró, con la voz tensa—. Desde anoche.

El callejón. Los hombres que lo habían pateado en el callejón.

Una nueva oleada de náuseas y furiosa rabia me invadió. Observé con atención los moretones oscuros que florecían esparcidos por su caja torácica. Tenían el tamaño y la forma exactos de una bota de trabajo pesado.

—Lo siento mucho, Shadow —murmuré, con la vista nublada por las lágrimas—. Debí haber hecho más para protegerte.

—Está bien, mamá —dijo suavemente, ofreciéndome una sonrisa valiente y adolorida—. Confío en que cuidarás de mí.

¡CLANG!

El sonido agudo de una sartén pesada golpeando la estufa de la cocina resonó por el pasillo.

Me quedé paralizada, y la sangre se me volvió hielo en las venas.

—¿Liliam? ¿Estás despierta? —llamó la voz áspera de Owen desde la cocina.

El pánico, frío y absoluto, me apretó la garganta. Owen. Owen, que poseía una fuerza antinatural y aterradora. Owen, que odiaba a Shadow incluso cuando solo era un cachorro indefenso. Si entraba a mi habitación y encontraba a un niño extraño y magullado en mi cama —un niño creado por la magia insólita que yo le ocultaba—, perdería la cabeza.

—¡Sí! Solo... ¡Solo me estoy vistiendo! —respondí, y mi voz subió un tono por el nerviosismo. Escuché el pesado y deliberado paso de sus botas moviéndose por el piso de la cocina.

—Escóndete —susurré frenéticamente, volviendo a mirar a Shadow. El surrealismo de la situación se evaporó, siendo reemplazado por un terror puro y cargado de adrenalina. Tenía que protegerlo—. Shadow, tienes que esconderte. Ahora mismo. En el clóset, ponte detrás de los abrigos largos.

Los ojos de Shadow se abrieron como platos, percibiendo el miedo genuino que irradiaba de mí. Sin decir una palabra, el niño saltó de la cama, agarrándose las costillas magulladas, y corrió hacia las puertas del clóset.

Cerré de golpe las puertas corredizas justo cuando el pomo de mi habitación empezaba a girar. Me dejé caer de nuevo sobre el colchón, subiéndome las sábanas enredadas hasta el pecho e intentando desesperadamente controlar mi respiración errática.

La puerta se abrió. Owen entró a la habitación, apoyándose casualmente en el marco de la puerta. Ya estaba vestido con una camiseta limpia; lucía demasiado tranquilo para un hombre que casi se había roto el cráneo contra un hombre lobo horas atrás.

—Buenos días —empezó a decir, pero la palabra se distorsionó, transformándose en un chirrido gutural y metálico durante una fracción de segundo.

Cerró la mandíbula con violencia. Un repentino tic involuntario le sacudió el ojo izquierdo y, durante un microsegundo aterrador, su iris marrón destelló con un rojo opaco y resplandeciente. Parpadeó con fuerza, presionándose dos dedos contra la sien, y se aclaró la garganta. Al instante, la máscara volvió a deslizarse perfectamente en su sitio.

—Buenos días —repitió, con la voz completamente suave de nuevo, aunque el grueso vendaje blanco que le cubría la frente era un recordatorio violento de la pesadilla de hacía apenas unas horas.

—Buenos días —logré graznar, obligando a mis músculos rígidos a relajarse contra las almohadas.

Owen cruzó la habitación y sus ojos oscuros escudriñaron mi pálido rostro. —Te ves exhausta. No te preocupes por el trabajo hoy. Ya llamé a tu jefe y le dije que tenías fiebre alta. Te vas a tomar el día libre por enfermedad.

—¿Llamaste a mi trabajo? —pregunté, y una punzada de inquietud me atravesó el pecho. Nunca lo había hecho antes. Se sintió profundamente controlador, aunque su rostro fuera una perfecta máscara de preocupación de novio.

—Tenía que cuidarte —dijo simplemente, sentándose en el borde del colchón. La cama se hundió bajo su peso y resistí la tentación de encogerme—. Además, hoy tengo el día libre. Ayer salí a toda prisa de mi turno en la tienda.

—¿Te fuiste? ¿Sin decir una palabra?

La mandíbula de Owen se tensó. Por una fracción de segundo, una expresión de confusión genuina y perdida cruzó su rostro. Parpadeó con fuerza, presionando dos dedos contra su sien como si luchara contra una migraña repentina y cegadora.

—Yo... creo que sí —murmuró, con la voz inusualmente frágil—. No recuerdo muy bien haber salido de la tienda, Liliam. Últimamente me ha estado pasando mucho. Solo... lagunas mentales.

Una punzada de compasión chocó violentamente con mi creciente inquietud. Su estrés postraumático militar nunca se había manifestado así antes.

Luego, tan rápido como había aparecido, la vulnerabilidad desapareció. La máscara volvió a su sitio, suavizándose en una sonrisa calculada y sin esfuerzo. —Pero no podía dejar de pensar en ti. Las cosas han estado... tensas entre nosotros. Tuve un mal presentimiento y solo necesitaba asegurarme de que estabas a salvo. Menos mal que lo hice, teniendo en cuenta el perro callejero que encontré husmeando por nuestro pórtico.

El estómago se me hundió ante el insulto velado hacia Zeff, pero me obligué a tragar saliva y asentir. —Claro. Gracias.

—Estoy preparando el desayuno —continuó Owen, suavizando el tono mientras me apartaba un mechón rebelde detrás de la oreja. Sus dedos estaban anormalmente fríos contra mi piel—. *Pancakes*. Tus favoritos.

—Eso suena genial, Owen. Salgo en un minuto.

Pensé que se levantaría y se iría, pero en cambio, su mirada se oscureció con una intención pesada y posesiva. Se inclinó, sujetándome por la nuca con la mano para mantenerme en mi sitio, y presionó sus labios firmemente contra los míos.

Apreté los ojos con fuerza, manteniendo las manos planas contra el colchón para no apartarlo de un empujón. El beso se sintió completamente mal. No había chispa, no había calor; solo el leve sabor metálico de la sangre y una presión gélida y asfixiante. No se parecía en nada a la aterradora y eléctrica sacudida que me había incendiado la sangre cuando Zeff me atrapó al caer.

Grrrrrrrr.

Un gruñido bajo y vibrante resonó desde el clóset.

Owen se apartó al instante, girando la cabeza hacia las puertas corredizas. Sus ojos marrones se entrecerraron, y su fachada de novio afectuoso se transformó en algo afilado y depredador. —¿Qué fue eso?

El corazón se me detuvo. *Shadow.*

Incluso en forma humana, sus instintos animales —y su rabia protectora hacia mí— se le escapaban.

—¡Mi estómago! —solté de golpe, presionándome una mano sobre el abdomen y soltando una risa forzada y torpe—. Te dije que me moría de hambre. Esos *pancakes* suenan increíbles ahora mismo.

Owen miró hacia el clóset durante un largo y agonizante segundo. El silencio en la habitación era tan denso que podía oír la sangre retumbándome en los oídos. Finalmente, me miró de nuevo, con una expresión inescrutable.

—Claro. Voy a darles la vuelta —murmuró, levantándose despacio. No apartó la vista de mí hasta que llegó al marco de la puerta—. No te tardes mucho, Liliam.

En cuanto la puerta se cerró con un clic, me tapé la boca con ambas manos para amortiguar mi respiración agitada. Estaba atrapada. Tenía un novio violento e inexplicablemente fuerte preparando el desayuno en mi cocina, un niño cambiaformas magullado escondido en mi clóset, y un hombre lobo Alfa acechando en algún lugar del bosque, lo cual hacía que mi alma doliera físicamente.

¿Cómo demonios iba a escapar de toda esta locura?

6

Orden

Zeff

Cerré de golpe la pesada puerta de roble de mi oficina, el sonido resonando por los silenciosos pasillos de la casa de la manada. Mi sangre seguía hirviendo; una mezcla tóxica de adrenalina, el aguijón agonizante del rechazo y el dolor crudo y palpitante que irradiaba desde el centro de mi cara.

Me paseaba detrás de mi escritorio como un animal enjaulado, limpiándome una nueva mancha de sangre del labio superior con el dorso de la mano. Mi nariz ya intentaba volver a componerse —el cartílago se movía y crujía mientras mi curación acelerada se activaba—, pero la fuerza del golpe había sido devastadora.

Hablaremos en otro momento. Las palabras aterrorizadas y desdeñosas de Liliam resonaban en mi cabeza, alimentando la rabia oscura y posesiva que se retorcía en el estómago de Gaius. Ella había decidido quedarse en esa casa con un monstruo, y yo la había dejado allí.

Agarré una gruesa carpeta de manila de la esquina de mi escritorio y la abrí bajo el resplandor intenso de la lámpara. Era la verificación de antecedentes que le había ordenado a John que le hiciera a Owen Greene semanas atrás, cuando solo era un novio humano molesto y demasiado apegado que se interponía en mi camino.

Pasé las páginas nítidas, con la mirada repasando el texto en blanco y negro por centésima vez.

Owen Greene. 28 años. Exmarine. Baja honorable. Empleo actual: Vendedor en una tienda de tecnología local. Sin antecedentes penales. Sin afiliación conocida a gangas. No había antecedentes de encuentros sobrenaturales. Era aburrido. Era agresiva y frustrantemente normal. Estos archivos no contenían anomalías. Según todos los papeles que tenía delante, Owen era solo un humano frágil y estándar.

Pero después de verlo en ese pórtico, tras sentir la densidad implacable y acerada de sus músculos cuando le agarré las muñecas, mis instintos me gritaban que faltaba algo monumental. Los humanos no olían a ozono podrido. Los humanos no tenían ojos que brillaran con un rojo violento en la oscuridad.

La puerta de mi oficina se abrió de golpe.

Josh entró con un montón de informes del territorio en la mano. Se detuvo bruscamente, con la mirada fija en mi rostro. Su actitud casual desapareció instantáneamente, siendo reemplazada por la postura rígida y alerta de un Beta que percibe una amenaza hacia su Alfa.

—¿Qué carajos pasó, Zeff? —exigió Josh, cerrando la puerta de una patada tras él. Se dirigió al escritorio; sus ojos se posaron en la sangre que empapaba el cuello de mi camisa—. ¿Quién te pegó?

No le respondí enseguida. Miré el impecable expediente militar del hombre que casi me destroza el cráneo. Cerré la carpeta de golpe y la deslicé por la superficie lisa de caoba, deteniéndola justo en el borde del escritorio frente a Josh.

—¿Estás seguro de que no nos estamos perdiendo de nada aquí? —pregunté, con la voz peligrosamente grave y profunda.

Josh miró el nombre en el expediente. Frunció el ceño, confundido. —¿Owen Greene? ¿El novio humano? Sí, Zeff, estoy seguro. John y yo revisamos todas las bases de datos a las que tenemos acceso. Es un exmilitar común y corriente que trabaja en una tienda. ¿Por qué seguimos investigándolo?

Josh levantó la vista, buscando en mis ojos una explicación. —¿Por qué?

Levanté la mano y señalé con un dedo ensangrentado mi propia nariz destrozada y sangrante.

—Porque un humano no puede hacer esto, Josh —gruñí, y la aterradora realidad de la noche finalmente se asentó sobre la habitación como un pesado sudario—. Owen hizo esto.

Josh me miró fijamente, con la mandíbula aflojada por una fracción de segundo antes de que sus instintos de Beta se dispararan. Sus ojos se movían de mi rostro magullado y manchado de sangre hacia la inocente carpeta de manila que descansaba sobre el escritorio de caoba.

—¿Un humano? —repitió Josh, bajando la voz a un susurro peligroso e incrédulo—. Zeff, si un humano normal te hubiera golpeado con la fuerza suficiente para romperle un hueso a un Alfa, su propio cráneo se habría derrumbado por completo. Es físicamente imposible.

—Exacto —gruñí. Volví a agarrar la carpeta y la abrí de golpe bajo la luz intensa de la lámpara de escritorio. Apoyé la mano plana contra el papel, y mi dedo índice manchado de sangre señaló una sola línea de texto en negrita.

Exmarine. Baja honorable.

Golpeé con fuerza mi dedo contra su estatus militar, dejando una leve mancha de mi sangre en el papel blanco y crujiente. —La verificación de antecedentes estándar solo nos dio la versión limpia y civil de su servicio. Dejamos de cavar porque pensábamos que era solo un obstáculo mundano.

Alcé la vista, cruzando mis ojos esmeralda brillantes con los de mi Beta.

—Consígueme acceso a su verdadero pasado militar —ordené—. Revisa cualquier *firewall*, bases de datos de sitios clandestinos o la burocracia que tengas que atravesar. Quiero saber exactamente dónde estuvo desplegado, con qué unidad operó y si hubo incidentes clasificados, masacres o bajas inexplicables asociadas a su nombre.

Josh asintió con firmeza mientras ya agarraba la carpeta. —Ahora mismo voy a poner a John a trabajar en eso. Averiguaremos si hay algo oscuro oculto en su historial —Su mirada se ensombreció y se detuvo—. ¿Y qué va a pasar con Liliam?

—Posiciona un escuadrón de guardias en el límite de su propiedad. Indícales que se mantengan totalmente fuera de la vista. Si algo te parece fuera de lugar, házmelo saber —le dije, con el pecho adolorido mientras la sensación fantasma del vínculo de pareja me recorría las venas—. No la voy a perder de vista.

Boundary Waters, Minnesota

Solo el suave y nauseabundo deslizamiento de su piel fría contra la mía rompía el pesado y asfixiante silencio en la sala de guerra subterránea. Me quedé perfectamente quieta en las sombras, justo detrás de la silla de Lord Silas.

Mi respiración era increíblemente superficial y mis ojos estaban fijos en la lejana pared de piedra. No me atreví a mirar hacia abajo, hacia la mano pálida y helada que se había deslizado bajo el dobladillo de mi vestido, con sus largos dedos agarrando casualmente mi muslo desnudo en una muestra silenciosa y violadora de pertenencia.

Silas era un comandante de alto rango, pero respondía a la verdadera pesadilla de este complejo: un líder despiadado, conocido por sus métodos brutales y su total desprecio por la vida humana.

Para el resto del consejo, yo era apenas un insecto. Pero para Silas, yo era una mascota. Una batería cálida y palpitante que a él le habían encomendado moldear personalmente. Con sus pómulos altos y afilados, y una barbilla fina y larga, Silas poseía el aspecto elegante pero letal de un aristócrata hambriento. Su largo cabello negro azabache caía como una sombra sobre su piel anormalmente pálida, enmarcando unos ojos carmesíes que siempre tenían un brillo enfermizo y depredador.

Era aterrador, pero incluso él se inclinaba ante el monstruo en la cabecera de la larga mesa de caoba.

El mismísimo Cerberus.

El líder supremo de los vampiros era una fuerza antigua y catastrófica. Llevaba su largo cabello rubio pálido perfectamente liso hacia atrás —etéreo e increíblemente regio, como un rey élfico de una época olvidada—, pero su presencia era infinitamente más fría y carecía por completo de misericordia. Sus oscuros ojos, color rojo sangre, recorrieron a su consejo de tenientes, diseccionando sus informes con precisión clínica.

—Washington está asegurado —murmuró Cerberus, y su voz fue un zumbido bajo y vibrante que hizo temblar los muros de piedra—. Pero Montana e Idaho siguen siendo problemáticos. Los territorios Gunnolf y Brogan.

—Podríamos arrasar los bosques, señor —ofreció un vampiro llamado Alister, inclinándose agresivamente hacia adelante—. Tomar la tierra por la fuerza.

—¿Y arriesgarte a una guerra a gran escala con los lobos Alfa? —replicó Cerberus, y su mirada carmesí clavó a Alister en su silla—. Lo dudo. Actuamos estratégicamente. Esperamos una debilidad.

En ese preciso momento, el mundo experimentó un cambio sísmico.

Me golpeó como una onda de choque física; una oleada masiva y cegadora de un poder antiguo y chisporroteante que resonaba desde kilómetros de distancia. Sabía a ozono, a luz solar, a tierra cruda y sin filtrar. Era tan intensa, tan abrumadoramente pura, que la magia que había heredado de mi padre chisporroteó con violencia en mi pecho en respuesta.

No pude evitar el jadeo agudo y entrecortado que se me escapó de la garganta. Mi cuerpo dio un sobresalto involuntario.

Todo el consejo se quedó en silencio.

Los dedos de Silas se convirtieron instantáneamente en hierro, clavándose dolorosamente en mi pierna. No miró a Cerberus; giró la cabeza lentamente, con sus ojos helados fijos en mi rostro.

—¿Qué pasa, pajarito? —preguntó Silas, con voz baja y vibrante.

El pánico me agarró por la garganta. Si les contaba sobre el enorme pico de poder en el noroeste, marcharían contra los lobos. Habría una masacre. —Nada, mi señor —mentí, manteniendo mis ojos azul helado bajos y la voz temblorosa—. Solo fue un escalofrío.

Silas no parpadeó. Simplemente ladeó la cabeza y levantó su mano libre para agarrarme suavemente por la nuca. Me jaló hacia abajo hasta que sus labios helados quedaron a solo unos centímetros de mi oreja.

—No me mientas, Dalia —susurró Silas; su aliento olía levemente a cobre y a muerte antigua—. Dime lo que sentiste o te devolveré a Cerberus.

El puro terror de ese nombre me paralizó el corazón, enviando un violento y tembloroso recuerdo a través de mi mente.

Había sido la primera vez que los desafié. Había intentado defenderme, ocultar la magia de mi padre. El castigo fue mucho más allá de la agonía física; fue un desmantelamiento absoluto y despiadado de mi alma.

Recordé el frío piso de piedra de las cámaras privadas de Cerberus. La fuerza monstruosa y aplastante del vampiro mientras él mismo me destrozaba. La vista de sus colmillos desgarrando mi cuello, drenando violentamente la pura y dorada magia de mago directamente de mi sangre, me hizo gritar hasta desgarrarme las cuerdas vocales. Cerberus no solo se había alimentado de mí; me había destrozado la mente, dejándome hecha pedazos y sangrando en el piso.

Y entonces, el líder supremo se apartó, limpiándose mi sangre de la barbilla. Miró mi cuerpo destrozado con absoluto asco antes de girarse hacia Silas.

—Ya aprendió cuál es su lugar —se burló Cerberus—. Ahora te toca a ti arreglarla, Silas. Conviértela en una vasija útil.

La asfixiante pesadilla pasó por mis ojos mientras las frías manos de Silas me levantaban del piso manchado de sangre, iniciando años de un condicionamiento retorcido y depredador. Un violento estremecimiento sacudió mi pequeño cuerpo. No podía volver a Cerberus. No sobreviviría.

—*Fae* —solté con dificultad, con lágrimas calientes en los ojos mientras entregaba la verdad y mi espíritu se rompía al instante—. Es magia feérica. Antigua y formidable. Se originó en el noroeste.

Silas me soltó el cuello; una sonrisa oscura e increíblemente satisfecha se extendió por su pálido rostro. Miró hacia la cabecera de la mesa.

Los ojos de Cerberus se entrecerraron, con la codicia pura prácticamente goteando de sus colmillos. —*Fae* —repitió el líder en voz baja—. Si una *Fae* ha despertado cerca del territorio Gunnolf, el equilibrio de poder en este continente está a punto de romperse. Necesitamos ojos en el lugar.

—Prepararé un equipo de asalto —dijo Alister de inmediato, levantándose de su silla.

—No —intervino Silas con suavidad, deslizando su mano de nuevo por mi muslo con un agarre posesivo y pesado—. Un equipo de asalto de vampiros activará las patrullas fronterizas antes de que penetren diez millas en el bosque. Necesitamos a alguien cuyo olor no active las alarmas de los lobos. Enviaremos a la híbrida.

La sangre se me heló por completo. —Mis señores, por favor —susurré, y las aterradoras implicaciones de la misión me golpearon con toda su fuerza. Volver al noroeste significaba volver a poner un pie en el territorio salvaje e implacable que había expulsado a mis padres. Significaba enfrentarse a los lobos que odiaban a mi madre por haberse cruzado con un mago.

Cerberus se puso de pie, y su imponente y horrible presencia exigió sumisión absoluta. —Te irás esta noche, Dalia —ordenó, ignorando completamente mi súplica—. Explorarás las fronteras para localizar el origen de esta magia feérica. La avanzada marchará hacia el perímetro de Montana y esperará tu señal. Le informarás directamente a Silas. Y recuerda: para una híbrida que vive bajo mi techo, fracasar significa que terminaré lo que empecé hace años.

La amenaza flotaba pesadamente en el aire, asfixiante y absoluta. Odiaba el día en que él me encontró. Ese fue el día en que mi vida se arruinó por culpa de estas criaturas viles. —Sí, señor —susurré.

—Retírense.

Prácticamente salí corriendo de la sala de guerra, desesperada por escapar del opresivo olor metálico de los vampiros y de la persistente sensación fantasmal de las manos de Silas sobre mi piel.

Empujé la pesada puerta de madera de mi habitación y empecé de inmediato a empacar un pequeño bulto deportivo de cuero maltrecho. Mis manos temblaban con violencia mientras guardaba algo de ropa oscura, y mi mente iba a mil por hora con la aterradora realidad de volver al noroeste.

Antes de que pudiera cerrar el bulto, una repentina ráfaga helada entró en la habitación, trayendo el inconfundible y empalagoso aroma a cobre y a oscuro almizcle.

La pesada puerta de roble se cerró con un clic, y la cerradura se deslizó con un chasquido definitivo y escalofriante.

Me quedé paralizada, con las manos suspendidas sobre el bulto.

—¿Vas a algún lado tan pronto, pajarito?

La voz de Silas se deslizó por la habitación en penumbra. Se movió con esa aterradora y antinatural gracia vampírica, cruzando el piso sin emitir un solo sonido. Antes de que pudiera siquiera girarme, su pecho helado se pegó a mi espalda, atrapándome físicamente contra el borde de mi pequeño gavetero.

Obligué a mis músculos a permanecer completamente quietos, luchando desesperadamente contra cada instinto biológico que me gritaba que me sobresaltara, que lo apartara, que corriera. Mostrar asco o desafío era una invitación directa a las sillas de tortura.

Últimamente se había puesto peor. Conforme se aproximaba mi cumpleaños número dieciocho, la magia híbrida que dormía en mi sangre comenzó a vibrar, desarrollándose a medida que mi loba interna batallaba por despertar. Silas pudo olerlo. Pudo percibir la primera señal de mi sangre. La primera vez que una hembra sangra es un acontecimiento significativo. El olor y el poder en bruto habían transformado su frío sentido de propiedad en una obsesión diaria y hostil, lo cual hacía cada vez más complicada la tarea de mantener a raya al asqueroso monstruo.

Sus enormes manos heladas se deslizaron por mis caderas, agarrándome con fuerza. Se apoyó en mí, frotando su cadera hacia adelante con una presión lenta y deliberada, asegurándose de que yo sintiera la dura y depredadora excitación presionando con fuerza la parte baja de mi espalda.

Un nauseabundo escalofrío de pura repulsión me recorrió la columna. Me mordí el interior de la mejilla hasta saborear mi propia sangre, forzando a mi expresión a permanecer completamente neutral mientras miraba fijamente la pared de piedra frente a mí.

—Tienes una tarea muy importante por delante —murmuró Silas, y su aliento frío me rozó el oído. Su mano subió; sus largos dedos se enredaron dolorosamente en mi cabello oscuro para forzar mi cabeza hacia un lado, dejando al descubierto mi cuello y mi mandíbula.

Entonces, el músculo húmedo y helado de su lengua se arrastró lenta y deliberadamente por el costado de mi mejilla. Lamió mi piel desde la línea de la mandíbula hasta la sien, saboreándome como un perro vil y hambriento degustando un trozo de carne. La pura degradación hizo que la bilis me subiera por la garganta, pero me la tragué, manteniendo la respiración superficial y regular.

—No me decepciones, Dalia —susurró Silas contra mi piel, con sus colmillos rozándome el pómulo—. Cuando regreses con la ubicación de esta *Fae*, tu poder por fin estará maduro. Te recompensaré personalmente. Y espero que lo ansíes.

—Sí, mi señor —respondí, con la voz completamente hueca, interpretando a la perfección el papel de la vasija rota y obediente.

Silas soltó una risa oscura y satisfecha, pero no retrocedió.

En cambio, su mano helada se deslizó por el costado de mi cuello, y sus largos dedos se posaron planos entre mi clavícula y mi hombro.

—Para asegurarme de que no te pierdas en el bosque —murmuró, bajando a un tono letal y antiguo—. Y para recordarle a todos los que conozcas exactamente a quién le perteneces.

De repente, una agonía abrasadora y ardiente estalló bajo su palma.

Apreté la mandíbula, mordiéndome la lengua hasta sentir el sabor a cobre para sofocar el grito que me subía por la garganta. El calor antinatural quemaba directamente a través de mi piel y hasta los huesos, acompañado por el leve y nauseabundo olor a ozono y a carne chamuscada.

Silas apoyó su peso contra mi espalda temblorosa, y su boca me rozó la oreja mientras la magia marcaba mi piel. —Nunca lo olvides, pajarito —siseó, y su voz vibró con una posesión sádica y absoluta—. Eres mía.

Cuando finalmente retiró la mano, un escudo oscuro e intrincado —un tatuaje de sangre con la marca de su aquelarre— estaba perfectamente grabado en mi clavícula. Era la silueta gótica y sombría de un cuervo en picada, con las alas violentamente extendidas, completamente enredado en gruesas y dentadas enredaderas de espinas. Las zarzas se enredaban fuertemente alrededor de la garganta del pájaro y atravesaban sus plumas negras como la tinta; un símbolo brutal de lealtad absoluta y asfixiante. Pulsó con un brillo rojo pálido y violento antes de hundirse bajo la superficie de mi piel, dejando una mancha oscura y permanente.

Era un lazo mágico. Un vínculo de sangre. Por mucho que yo corriera, él simplemente le había atado una cadena permanente a mi alma.

Silas retrocedió, y sus frías manos trazaron un último y violento camino por mis costados. Se humedeció los labios y se giró.

La puerta se abrió y se cerró con un suave clic. En cuanto estuve sola, mis rodillas flaquearon.

Me agarré al borde del gavetero, con un sollozo violento y contenido saliendo de mi pecho, mientras me limpiaba frenéticamente el helado rastro de su saliva de la mejilla con el dorso de mi mano temblorosa. Alcé la mano, y mis dedos rozaron la marca oscura y ardiente en mi clavícula. Me sentía completamente sucia. Todo mi ser estaba contaminado.

Respiré de forma profunda y temblorosa, forzando el colapso emocional de vuelta a los rincones oscuros de mi mente. *No tengo tiempo de llorar.*

Abrí la pequeña gaveta de mi mesa de noche y saqué una fotografía gastada y desteñida de mis padres. Era la única prueba física que tenía de tiempos mejores; un símbolo frágil del amor que alguna vez nos unió antes de que Cerberus destrozara mi mundo.

Guardé la foto con cuidado en el bolsillo interior de mi chaqueta, cerré el bulto y me hice una promesa silenciosa y desesperada. No sabía qué iba a encontrar en los bosques del noroeste, ni si mi loba recién formada sobreviviría siquiera al viaje.

Pero algo era absolutamente seguro mientras agarraba mi bulto y salía al aire fresco de la noche, dirigiéndome directamente a las puertas del complejo.

Encontraría la manera de romper este vínculo de sangre, o moriría en el bosque intentándolo.

7

El Chico

Liliam

El fuerte clic de la puerta de la habitación cerrándose a mis espaldas fue el sonido más dulce que había escuchado en mi vida. Apoyé la espalda contra la madera, soltando un largo y tembloroso suspiro antes de darme la vuelta. En mis manos, hacía malabares con un pequeño plato de cerámica lleno de *pancakes* empapados en *syrup* y un tenedor.

—¿Shadow? —susurré, manteniendo la voz lo más baja posible—. Ya puedes salir.

Las puertas corredizas del clóset vibraron ligeramente antes de abrirse. El muchachito de mechones plateados se asomó por detrás de mis abrigos de invierno. Parecía absolutamente aterrorizado; sus ojos ámbar se dirigían sin parar hacia la puerta cerrada del dormitorio.

—Convencí a Owen de que quería dormir un poco más —dije suavemente, acercándome a la mesa de noche y dejando el plato.

Shadow salió del clóset por completo. En su pánico por ocultarse, se había envuelto en la enorme camiseta que le di, quedándose allí temblando y luciendo completamente expuesto.

Solté un suspiro pesado y comprensivo. Mi mente seguía dando vueltas por la imposibilidad de todo aquello, pero mis instintos maternales se activaron, superando el *shock*. Me acerqué al gavetero y abrí la gaveta de abajo, rebuscando entre mi ropa de hacer ejercicio. Encontré un par de pantalones cortos deportivos sencillos con un cordón grueso, y una camiseta gráfica limpia y holgada.

—Toma —susurré, entregándole la ropa—. Ponte esto.

Shadow la tomó agradecido. Luchó por un momento, haciendo una mueca de dolor cuando el movimiento estiró los oscuros moretones en forma de bota de sus costillas, pero logró subirse los pantalones cortos y atárselos bien a su delgada cintura antes de pasarse la camiseta por la cabeza. La ropa se lo tragaba, con el ruedo cayéndole hasta las rodillas, pero parecía sentirse mucho más cómodo.

Señalé la mesa de noche. —Come. Debes estar hambriento.

Shadow no necesitó que se lo repitiera dos veces. Se sentó rápidamente en el borde del colchón y agarró el plato. Sus modales seguían siendo completamente caninos: se metía los *pancakes* a la boca con un hambre voraz y desesperada, apenas masticando antes de tragar.

Me senté suavemente a su lado, con el corazón encogido mientras lo observaba. Esto había sido culpa mía. Ahora estaba atrapado en un cuerpo humano, magullado y aterrorizado, todo porque yo no pude controlar esa rareza antinatural que llevaba por dentro.

Si mi magia hizo esto, pensé, mirando mis manos temblorosas, *quizás pueda deshacerlo.*

Respiré hondo, intentando superar el muro de pánico en mi pecho. Extendí la mano y apoyé la palma suavemente contra su pequeña y cálida espalda.

Shadow se detuvo a mitad de un bocado, masticando más lento al sentir mi toque.

Cerré los ojos. Intenté imaginar el bosque. Intenté recordar la sensación exacta del calor acumulándose en mi pecho, la forma en que los brillantes hilos de energía habían bailado sobre mis nudillos justo antes de que la luz explotara. Emití un suave zumbido, una vibración baja y concentrada en la parte posterior de mi garganta, rogándole a cualquier poder que estuviera oculto en mi sangre que despertara y revirtiera el daño.

No pasó nada. No hubo luz, ni calor, ni hilos visibles. La única sensación en mi frente era el sudor frío. Zumbé un poco más fuerte, presionando la palma con más firmeza contra su columna, desesperada por una chispa.

—¿Mamá?

La voz ronca de Shadow rompió mi concentración. Abrí los ojos y lo encontré girado hacia mí, mirándome con los cachetes llenos de *pancakes* y los ojos grandes y nerviosos.

—¿Qué haces? —preguntó, bajando el plato.

—Estoy intentando sacarte la magia —susurré, con la voz cargada de frustración y culpa.

Shadow tragó con fuerza, pasándose la comida en seco. Un destello de pánico genuino cruzó su joven rostro; no solo por lo que yo intentaba hacer, sino porque parecía estar buscando desesperadamente cómo explicar lo inexplicable.

Colocó el plato a su lado en la cama y tomó mi mano. —No funciona así.

—¿Por qué? Si yo causé que esto te pasara, debería poder arreglarlo.

Shadow bajó la mirada hacia sus manos, y sus pequeños dedos frotaron los míos suavemente. Parecía profundamente preocupado.

—No es tan sencillo como apagar un interruptor, mamá. No puedes simplemente retractarte —explicó suavemente, con voz ronca y completamente seria—. En el bosque, tu magia no ocurrió por casualidad. Explotó porque estabas aterrorizada. Querías protegerme, así que tu poder me transformó para siempre en algo que pudiera sobrevivir. Una magia así requiere un catalizador masivo de vida o muerte, como un momento de miedo extremo o desesperación que desencadena la transformación. No se revierte solo porque estás sentada en una habitación zumbando. Lo hecho, hecho está.

Solté un suspiro de frustración y me dejé caer de espaldas sobre el colchón, presionándome la base de las manos contra los ojos para bloquear la luz de la mañana. —¿Y cómo se supone que le explique todo esto a Owen? No puedo permitir que de repente andes por mi casa como un niño humano.

La cama se hundió ligeramente cuando Shadow se acercó. —¿Por qué estás con Owen?

Bajé las manos, mirando al chico sentado con las piernas cruzadas usando mi enorme camisa. —Owen es mi novio, Shadow.

Shadow frunció la nariz, con una expresión de desagrado profundamente canina. —¿Y pa... Zeff? —preguntó, corrigiéndose tan rápido que su voz ronca se quebró.

Me incorporé, frunciendo el ceño mientras lo miraba. —¿Acabas de intentar llamarlo papá?

Shadow palideció. Los mechones plateados en su cabello oscuro parecieron resaltar aún más mientras se encogía de hombros, con los ojos ámbar muy abiertos como un animal acorralado. —Eh... bueno, él me rescató contigo. Pensé... bueno, como ustedes dos... —Se quedó en silencio, tragando saliva y mirando a cualquier lado menos a mí.

Solté otro largo y agotador suspiro, frotándome las sienes palpitantes. —Ya no estoy segura de nada.

Al mirarlo, una extraña revelación me invadió. ¿Por qué estaba sentada aquí, teniendo una conversación tranquila sobre mi complicada vida amorosa con un niño de catorce años que, hasta ayer, era un perro? El pánico cegador de la mañana se había desvanecido, siendo reemplazado por un consuelo absoluto e inquebrantable al estar en su presencia. Mi corazón se sentía completamente en paz cuando lo miraba.

¿Acaso la magia dentro de mí estaba forzando esta conexión? ¿O era el vínculo de pareja que Zeff me había rogado que entendiera? ¿Podría ese lazo sobrenatural haberse extendido de alguna manera al cachorro que habíamos rescatado juntos, tejiéndonos a los tres en una especie de extraña manada instintiva? Fuera lo que fuera, mi alma reconocía a Shadow. Se sentía profundamente como mi familia.

—Pero no puedo permitir que vivas en mi clóset para siempre, Shadow —dije, con la voz firme y una resolución protectora—. Owen lo descubrirá tarde o temprano. Y después de cómo actuó anoche... no creo que sea seguro.

Miré hacia la ventana de la habitación, viendo cómo el sol de la mañana iluminaba el borde del denso bosque.

Owen no puede ayudarme. Owen no entendía de magia, de lobos, ni de la aterradora realidad a la que yo acababa de despertar. Pero Zeff sí. Zeff era el Alfa. Él sabía exactamente lo que me estaba pasando, y sabía cómo navegar por este peligroso mundo.

Si iba a descubrir lo que yo realmente era y a mantener a Shadow a salvo, esconderme en esta habitación no iba a funcionar. Necesitaba hablar con Zeff. Y necesitaba hacerlo mucho más rápido de lo que esperaba.

8

Omega

Zeff

El ambiente estéril de la división de marketing en IME Enterprises me resultó asfixiante en cuanto bajé del ascensor. Pasé junto al escritorio vacío de Liliam; mis sentidos se extendieron de inmediato, desesperados por el aroma fresco y dulce a moras. En cambio, lo único que encontré fue aire viciado y el fantasma persistente de su presencia.

Cuando su supervisora mencionó casualmente que ella había llamado para decir que estaba enferma con fiebre alta, un dolor agudo y físico floreció en lo más profundo de mi pecho. *Owen debió haber avisado.* La repentina y vasta distancia entre nosotros —el silencio tras el caos y el rechazo en su pórtico— se sentía como una herida irregular. Pasé toda la mañana obligándome a funcionar en piloto automático, asintiendo a los ejecutivos y revisando informes de estrategia, mientras Gaius se paseaba sin descanso en mi mente, arañándome las costillas para ir a buscarla.

A la hora de almorzar, ya no podía soportar las asfixiantes paredes de la oficina. Necesitaba respirar. Salí del edificio y conduje directamente hasta la pequeña y tranquila cafetería que ella frecuentaba en el centro. Normalmente pasaba horas acurrucada en las sillas acolchadas de ese café, leyendo y relajándose. Una parte tonta y desesperada de mí esperaba que ella hubiera salido de su casa. Esperaba que hubiera venido aquí para escapar del novio que jugaba a ser un monstruo.

La campanilla de latón sobre la puerta del café sonó cuando la empujé para entrar. Pasé, con la mirada escaneando frenéticamente el acogedor y soleado salón.

En lugar de moras, un olor penetrante y molesto me golpeó inmediatamente en el fondo de la garganta.

La mandíbula se me trabó. La sangre rugía en mis oídos.

Sentado en el gabinete principal de la esquina, con un libro de bolsillo apoyado casualmente sobre su pierna cruzada, estaba William. Lucía demasiado cómodo, tomando a sorbos un espresso oscuro como si fuera el dueño del maldito lugar.

Levantó lentamente la vista de las páginas mientras yo entraba en la habitación. Una sonrisa lenta y burlona se dibujó en su apuesto rostro.

—¿Problemas en el paraíso, Alfa? —arrastró las palabras William, con la voz lo suficientemente alta como para que se escuchara sobre la suave música *indie* que sonaba en la tienda.

Acorté la distancia en tres largas zancadas, alzándome sobre su pequeña mesa, con las manos cerradas en puños apretados a los costados. —Te dije que abandonaras mi territorio.

William se rio; un sonido oscuro y condescendiente. Cerró el libro de golpe con un chasquido seco, dejándolo sobre la mesa como un arrogante imbécil antes de ponerse de pie. Se movió de forma deliberada, desenrollando su enorme cuerpo hasta quedar pecho con pecho conmigo, negándose a ceder ni un solo centímetro de dominancia.

—¿Y perderme todo el drama? —murmuró William; sus ojos anillados en plata brillaban con un deleite malicioso y depredador. Se inclinó más cerca, bajando la voz a un susurro burlón—. No, no. Me encantaría verte fracasar, Gunnolf.

El último hilo de mi control se deshizo.

Todo el miedo a la magia feérica, todo el agonizante rechazo de Liliam y la ansiedad de lo que Owen podría ser... todo se cristalizó en una rabia pura y cegadora.

No lo pensé. Lo golpeé.

Mi puño impactó violentamente contra la mandíbula de William. El crujido brutal de un hueso resonó como un disparo por el silencioso café. La fuerza del golpe lo levantó del suelo y lo lanzó hacia atrás. Se estrelló contra la mesa, volteándola por completo. El café caliente y la cerámica rota explotaron sobre el piso de madera.

Fuertes jadeos y gritos aterrorizados estallaron de los humanos a nuestro alrededor. Las sillas rasparon frenéticamente contra el piso mientras los clientes retrocedían, con los ojos muy abiertos y en pánico ante la repentina explosión de violencia.

William yacía tendido entre los escombros, y una mancha de sangre oscura ya brotaba de su labio partido. No se levantó de un salto. No mostró los colmillos ni dejó que su lobo tomara el control. En cambio, una risa lenta y oscura vibró en lo más profundo de su pecho.

Me quedé de pie sobre él, con los nudillos palpitando y el fuego esmeralda de mi lobo ardiendo claramente en mis ojos.

—Lárgate de mi territorio, Kane —gruñí, con voz letal.

La cafetería estaba completamente en silencio, a excepción del goteo del espresso derramado y la respiración frenética y superficial de los humanos acurrucados contra las paredes del fondo.

William se limpió casualmente la mancha de sangre del labio partido con el pulgar, inspeccionando la mancha carmesí con leve diversión antes de mirarme. Sus ojos plateados brillaban con un triunfo absoluto y enloquecedor.

—Un rey —comenzó a decir William, bajando la voz a un tono suave y aristocrático que se transmitió fácilmente por el salón arruinado— tiene el derecho de supervisar las operaciones en cualquier manada.

Se levantó del piso, sacudiéndose tranquilamente algunos fragmentos de cerámica rota de su chaqueta oscura. Se mantuvo erguido, rodando sus anchos hombros mientras los moretones en su mandíbula ya empezaban a desvanecerse bajo su acelerada curación.

—Además —continuó William, invadiendo mi espacio de forma deliberada—, la Corona debe supervisar la transición del apareamiento de un Alfa para asegurar la plena dominancia y el control dentro del territorio.

Estaba usando su corona para exigir acceso a ella.

Si el Rey invocaba formalmente los tratados de apareamiento, no sería solo un insulto personal; sería una desestabilización total de mi manada. La ley obligaría a mis guardias a someterse a su guardia real. Esta acción les señalaría a las treinta y seis manadas restantes en todo el país que el territorio Gunnolf era débil y estaba fracturado, proporcionándole esencialmente a Cerberus y a sus vampiros la oportunidad perfecta para atacar mientras nosotros estábamos divididos.

—Estás retorciendo los viejos edictos para justificar que estás acechando a mi pareja —gruñí, y mi voz vibró con la suficiente autoridad cruda de Alfa como para hacer que los humanos más cercanos gimieran y se taparan los oídos.

William simplemente sonrió con suficiencia. Sus rasgos arrogantes permanecieron completamente ajenos a mi rabia. Se inclinó cerca, y el empalagoso olor a maracuyá asfixió mis sentidos.

—Llora todo lo que quieras, Gunnolf —susurró, con un brillo malicioso y victorioso en los ojos—. La ley es la ley.

La absoluta audacia de sus palabras quedó suspendida en el aire; una cadena pesada y asfixiante destinada a atarme a su voluntad real. Gaius se revolvía en mi mente, listo para arrancarle la garganta a William sin importarle las antiguas leyes, cuando una vibración repentina y aguda zumbó contra mi muslo.

Mi celular.

Normalmente, lo habría ignorado. Apartar la vista de un Alfa rival en medio de un enfrentamiento físico era un error letal. Pero un tirón eléctrico e inmediato me haló el pecho: un eco fantasma del vínculo.

No rompí el contacto visual con William mientras metía la mano en el bolsillo y sacaba el teléfono. La pantalla agrietada se iluminó, mostrando un nombre que hizo que mi corazón se acelerara físicamente.

Liliam.

Los ojos plateados de William siguieron el movimiento. Captó el sutil cambio en mi olor, el subidón inmediato de adrenalina. Su sonrisa se profundizó, dándose cuenta exactamente de quién estaba al otro lado de la línea.

Giré el cuerpo apenas un centímetro, protegiendo el teléfono de su vista, y le di aceptar. Me presioné el celular contra la oreja, preparándome para escuchar pánico, lágrimas o, peor aún, la voz de Owen.

—¿Liliam? —respondí, con la voz baja y tensa.

—*Tenemos que hablar* —La voz de ella cortó la línea. No temblaba. No era el susurro aterrorizado y roto de anoche en el pórtico. Era aguda, decidida y estaba cargada de una autoridad desesperada e imponente que me provocó un escalofrío completamente distinto.

Solté un suspiro que no sabía que estaba conteniendo; la tensión agonizante en mi pecho se aflojó apenas un poco al oír su voz. Ella me estaba buscando. A pesar de todo, me estaba llamando.

—Sí —dije, suavizando el tono instintivamente, ignorando por completo el hecho de que el Rey Alfa estaba a dos pies de distancia, escuchando cada palabra—. ¿Estás a salvo? ¿Dónde estás?

—*Estoy en casa, pero no puedo quedarme aquí* —respondió, con palabras cortantes y apresuradas—. *No con él. Tengo... una situación. Una muy complicada. Y eres la única persona que puede ayudarme.*

Le clavé la mirada a William, quien prácticamente vibraba de curiosidad mal disimulada. Bajé la voz, y mis instintos protectores se dispararon.

—Mándame un mensaje con el lugar —le dije sin dudar ni un segundo—. Allí estaré.

Guardé el celular en el bolsillo. El silencio que volvió a invadir el espacio entre el Rey y yo era denso y estaba cargado de violencia.

La sonrisa de William era prácticamente cegadora. Se ajustó con naturalidad los puños de su impecable chaqueta, y sus ojos plateados brillaron con una oscura y depredadora diversión. —¿Problemas con la nueva parejita tan pronto? Es magnífico que esté legalmente obligado a quedarme y apoyarte en esta delicada transición, Gunnolf. Como tu rey, es mi deber jurado.

Gaius gruñó, un sonido ensordecedor y sediento de sangre que retumbó violentamente contra mis costillas.

No me eché para atrás. En cambio, cerré el último centímetro que nos separaba. Me alcé sobre él, dejando que el fuego volátil y radiactivo de mi aura Alfa cayera sobre él sin ningún tipo de contención. Incluso un rey tenía que sostenerse ante el asfixiante peso de un Gunnolf enfurecido.

—Invoca la ley polvorienta que quieras para justificar tu presencia aquí, Kane —gruñí, y mi voz fue un retumbo letal y vibrante que hizo temblar el piso bajo nuestras botas—. Puedes quedarte dentro de mis fronteras. Pero entiende esto.

Me incliné y mis brillantes ojos esmeralda se fijaron en sus irises plateados, despojándome por completo de cualquier pretensión de respeto real o sumisión.

—Si te metes con ella... Si te pasas de la raya, amenazas a mi manada o intentas usar a mi pareja como un peón en cualquier retorcido juego político que estés jugando... no me importará el Consejo. No me importará tu corona —Dejé que mis colmillos se alargaran lo justo para destellar peligrosamente bajo la luz—. Yo mismo te arrancaré la garganta y dejaré que tu sangre corra en mi tierra. Con ley o sin ella. ¿Está claro?

La sonrisa de William vaciló, solo por una fracción microscópica de segundo, mientras la absoluta e innegable verdad de mi amenaza se asentaba sobre él. Sabía que yo no estaba faroleando. Un Rey tenía un poder ancestral, pero un Alfa desesperado defendiendo a la pareja que acababa de encontrar no tenía absolutamente nada que perder.

No esperé su respuesta ni una despedida real.

El camino hacia el restaurante, ubicado en las afueras del pueblo, fue un torbellino de adrenalina y de una tensión que me dejaba los nudillos blancos. Mis manos seguían latiendo por haberle pegado a William en la mandíbula, y apretaba el volante con tanta fuerza que el cuero crujía.

Cuando entré en el *parking* de grava, apagué el motor y respiré hondo para calmarme. A través de la ventana, se escapaba el aroma a café barato de *diner* y a grasa de freidora, pero por debajo de todo eso, cortando el aire mundano como una hoja de plata, estaba el dulce e inconfundible aroma a moras.

Ella estaba aquí. Estaba a salvo.

Empujé las puertas de cristal, y la pequeña campanilla de latón sonó arriba. Mis ojos esmeralda brillantes recorrieron el lugar de inmediato, pasando por alto al puñado de lugareños encorvados sobre sus platos, hasta que la encontré acurrucada en un gabinete de vinilo rojo en la esquina más alejada.

Gaius emitió un bajo gruñido de alivio dentro de mi pecho, pero al acercarme a ella, me quedé paralizado.

No estaba sola.

Sentado frente a ella, en el gabinete, había un niño, de quizás catorce años. Era una visión curiosa: su cabello negro estaba muy salpicado de plata, despeinado pero entrañable mientras le caía sobre sus ojos ámbar. Iba vestido con una camiseta sencilla y enorme, y unos pantalones cortos deportivos que sospechosamente parecían ser de Liliam. Tenía ambas manos envueltas alrededor de un vaso alto y esmerilado, sorbiendo con entusiasmo un espeso batido de chocolate a través de un sorbeto.

Liliam apoyaba la barbilla en su mano, observándolo. La sonrisa en su rostro era impresionante. Era tan increíblemente cálida, tan ferozmente suave y maternal, que me hizo doler el pecho físicamente. Era una mirada de amor puro e inmaculado, y presenciarla envió una descarga de anhelo posesivo directamente a mi alma.

Entonces, la pesada puerta del restaurante se cerró a mis espaldas.

La cabeza de Liliam se levantó de golpe. Sus ojos se clavaron en los míos desde el otro lado del piso de cuadros.

Al instante, esa hermosa y cálida sonrisa desapareció. La suavidad se desvaneció de su postura, siendo sustituida por un destello agudo y reservado de frustración que me caló hasta los huesos. Sus muros se alzaron de golpe en un instante.

Tragué el sabor amargo del rechazo y reduje la distancia entre nosotros; mis pesadas botas hicieron ruido al golpear el linóleo. A medida que me fui acercando a la mesa, el niño pequeño dejó de tomar. Soltó el batido y me observó atentamente. Sus enormes ojos ámbar no parpadeaban, sino que seguían mis movimientos con una intensidad perturbadora y extrañamente familiar.

Me detuve al borde de la mesa, con las manos metidas en los bolsillos de la chaqueta para evitar acercarme a ella.

—Liliam —dije, con la voz baja y ronca, cargada de todas las disculpas y explicaciones que deseaba darle.

Ella me devolvió la mirada, con la mandíbula tensa y una postura que era un escudo defensivo protegiendo tanto a ella como al extraño niño a su lado.

—Zeff —respondió ella, y su tono cortó el aire entre nosotros como unas tijeras.

—¿Quién es él? —pregunté, forzando a mi voz a mantenerse firme, aunque el pecho se me oprimía con una tensión repentina e inexplicable.

El muchacho levantó la vista de su batido. Sus profundos ojos ámbar se encontraron con los míos con una calma que parecía totalmente antinatural para un niño humano. Había en ellos una extraña e inquietante familiaridad; un saber silencioso que hizo que Gaius se removiera inquieto bajo mi piel.

Liliam dudó y su brazo rodeó protectoramente los hombros del niño, atrayéndolo un poco más cerca hacia ella en el asiento de vinilo. —Es Shadow —susurró, con su voz convertida en apenas un murmullo.

El niño la miró a ella y luego me miró a mí, con una expresión seria y extrañamente madura.

—¿Shadow? —repetí, con la mente dando vueltas violentamente—. ¿Como tu perro...?

Pero qué carajos. Miré fijamente al chico; mi cerebro se bloqueó por completo, luchando por reconciliar lo que veía con la realidad. Shadow, el cachorro de lobo maltrecho que había estado pegado al lado de Liliam durante semanas, ahora estaba sentado aquí tomando un batido de chocolate como un niño humano.

Liliam me observaba; sus ojos buscaban mi rostro como si esperara que yo de repente entendiera todo esto. Me agarré al borde de la mesa; los nudillos se me pusieron blancos de puro *shock.* ¿Cómo era siquiera físicamente posible un evento así? Shadow era un lobo... un cachorro de lobo salvaje y normal. No llevaba ni rastro de ser... cualquier otra cosa.

—¿Cómo carajos...? —murmuró la incredulidad, filtrándose en mi voz baja.

—¡Dímelo tú! —replicó Liliam, bajando la voz a un siseo agudo y asustado para que los demás clientes del restaurante no la oyeran—. ¡Tú eres el experto en lobos!

Parpadeé, intentando procesar la absoluta imposibilidad del asunto. Gaius se paseaba frenéticamente dentro de mí, inquieto y agitado. Esto no tenía ningún sentido. Los lobos normales no se transformaban en humanos. Solo los hombres lobo o los cambiaformas de nacimiento hacían eso. Pero Shadow... nunca había mostrado ni un solo signo de ser otra cosa que un canino normal.

—Liliam —dije despacio, intentando controlar el pánico que iba creciendo en mí—. ¿Cómo pasó?

Negó con la cabeza, y sus dedos se clavaron en la tela de la camisa de Shadow. —No lo sé, Zeff. Un momento era un lobo, y cuando desperté... estaba así. Fue tan rápido que no supe qué hacer. Pensé que quizás... quizás tú sabrías algo.

Miré a Shadow de nuevo. Esto era más que una simple transformación retrasada. Había algo más en juego aquí; algo más profundo, algo conectado con la cegadora magia feérica que había brotado de Liliam la noche anterior. Pero la forma en que Shadow me miraba, tan inquietantemente calmado y sereno, hizo que mis instintos me gritaran que él sabía más de lo que aparentaba.

Me senté en el gabinete frente a ellos, inclinándome sobre la mesa para ponerme a su altura. —Shadow —dije, y mi tono cambió a un ronroneo firme y autoritario—. ¿Sabes cómo pasó esto?

El niño negó lentamente con la cabeza. —No, Alfa —dijo suavemente; su voz ronca se mantuvo firme a pesar de la absoluta locura de la situación—. Quizás fue la magia.

Había una sinceridad infantil en su tono que era difícil de ignorar. Sin embargo, había un elemento adicional presente: un destello deliberado en sus ojos ámbar, una sutil vacilación que agudizó mis instintos de Alfa. Gaius soltó un gruñido bajo en mi pecho. El chico no mentía sobre haberse despertado de esa manera, pero tampoco estaba diciendo toda la verdad. Algo en su respuesta —su calma antinatural, su elección deliberada de palabras— me ponía en guardia.

—Shadow —insistí, inclinándome un centímetro más y entrecerrando mis ojos esmeralda—. ¿Recuerdas algo más? ¿Cualquier cosa?

Bajó la mirada, dejando de lado el batido para juguetear con el borde de su enorme camiseta. —No, Alfa —repitió, bajando la voz a un susurro—. Solo... no recuerdo nada más.

Lo observé con atención. Noté la tensión rígida en sus diminutos hombros, la forma en que evitaba mirarme directamente para evitar un desafío de dominancia. Había miedo ahí, sí, pero también estaba profundamente a la defensiva. Estaba protegiendo un secreto.

La mirada de Liliam iba de uno al otro, frunciendo el ceño con fuerza. —Zeff —dijo suavemente, y su voz rompió la densa tensión—. Si no lo sabe, no lo sabe. No podemos obligarlo.

Suspiré, recostándome contra el vinilo rojo. Ella tenía razón. Presionar al niño en medio de un restaurante público no nos llevaría a ninguna parte. Pero eso no significaba que yo estuviera listo para dejarlo pasar. Con las amenazas de William aún resonando en mis oídos y las antiguas leyes pesando sobre mi manada, lo que estaba en juego era demasiado alto como para permitirnos misterios.

—Está bien —dije finalmente, manteniendo la voz firme—. Pero si recuerdas algo —cualquier cosa— nos lo vas a decir, ¿entendido?

Él asintió, y un breve atisbo de alivio cruzó por sus pálidos rasgos. —Sí, Alfa —murmuró.

—¿Por qué le sigues llamando Alfa? —preguntó Liliam, con la voz teñida de profunda confusión.

Shadow la miró, con una expresión inocente pero inflexible. —Pero si él es mi Alfa, ma.

La palabra *ma* me golpeó como un puñetazo físico. Un escalofrío violento me recorrió la espalda, y Gaius mostró los dientes al instante; un gruñido oscuro y posesivo vibró dentro de mí. Mis instintos de pareja se descontrolaron, irritándose ante el término dirigido a *mi* Liliam por alguien que estaba fuera de nuestro vínculo inmediato. Mi mente estaba atrapada entre la extraña realidad de este niño y la pura audacia que tenía al colarse en nuestra jerarquía.

—La llamarás Luna —gruñí, y la pesada y dominante orden escapó de mi boca antes de que pudiera detenerla.

Liliam me lanzó una mirada furiosa y afilada desde el otro lado de la mesa.

—Es la cadena de mando —expliqué rápidamente, intentando mantener la voz baja y calmada, aunque cada célula de mi cuerpo estaba tensa.

—¡Es un niño! —replicó ella, inclinándose hacia adelante a la defensiva.

—Es un Omega —contesté, y la lógica inquebrantable de los Alfas superó mi filtro.

Liliam se inclinó por encima de la mesa y me dio un manotazo enérgico en el hombro. Su ira era palpable; una ola ardiente que viajó a través de nuestro vínculo. —Es mi niño —insistió, con la voz temblorosa, en una aterradora mezcla de instinto protector y frustración.

—Que ayer era un lobo —añadí, con voz baja pero tercamente firme.

—Por favor, no peleen —susurró Shadow. Miró hacia su regazo, y su vocecita casi se perdió por completo en la agresiva tensión que crepitaba entre nosotros. Sus pequeñas manos se aferraron a la tela de la camisa de Liliam; tenía los ojos muy abiertos por el miedo y la incertidumbre.

Verlo encogerse así —pequeño, magullado y atrapado directamente en el fuego cruzado de nuestra tensión de pareja— fue suficiente para romper mi enfado instantáneamente. Gaius dejó escapar un gemido lastimoso en mi mente. La feroz e irracional protección que de repente sentí por el chico chocó violentamente con la frustración de no entender qué demonios estaba pasando.

Respiré de forma profunda y temblorosa, obligando a mi bestia interior a someterse. Me froté la parte del hombro donde ella me había golpeado.

—Mira, Liliam —dije, suavizando dramáticamente la voz mientras mi mirada pasaba de sus ojos fulminantes a la cabeza inclinada de Shadow—. No intento molestarlo. Lo juro. Pero hay cosas sobre nuestro mundo... reglas, instintos que él parece conocer, aunque diga que no entiende por qué. Tenemos que ser extremadamente cuidadosos.

—Ya ha sido bastante difícil ocultarlo de Owen —murmuró Liliam, con la voz cargada de una mezcla de frustración y preocupación.

Podía ver la profunda tensión en su rostro pálido; el oscuro agotamiento que ensombrecía sus hermosos ojos. Estaba atrapada entre dos mundos, dos vidas diametralmente opuestas, y ahora esto —esta inexplicable transformación de nuestro cachorro rescatado en un niño humano— había sumido todo lo que conocía en un caos absoluto.

Fruncí el ceño; mis instintos protectores se activaron violentamente con la sola mención del nombre de su novio. —¿Cuánto tiempo lleva así?

—¿Un día? —susurró, frunciendo el ceño mientras miraba a Shadow, que había vuelto a beber en silencio el último trago de su batido, fingiendo no ser el centro del universo en ese momento—. Desde que me desperté esta mañana. Justo después... después de todo lo que pasó en el pórtico.

Después de la magia, retumbó Gaius pesadamente en mi mente. Su energía *Fae* desatada había desencadenado esto de forma violenta. Era la única explicación lógica para que un lobo común se convirtiera en un niño humano de la noche a la mañana.

Liliam respiró de forma profunda y temblorosa; sus ojos oscuros se fijaron en los míos con una resolución feroz e inquebrantable. —Quiero que lo acojas, Zeff.

—¿Qué? —dijimos Shadow y yo al unísono.

—No puede estar viviendo en un clóset —empezó a decir, con la voz tensa por la desesperación.

—¿Quieres que me lo lleve al complejo de la manada? —la interrumpí, completamente desconcertado. Las tierras de mi manada eran muy seguras, sí, pero también estaban llenas de docenas de lobos territoriales que no entenderían por qué su Alfa de repente estaba acogiendo a un muchacho mágico y sin olor a lobo.

—Pero, ma... —protestó Shadow, con los ojos muy abiertos por el pánico mientras le jalaba la manga.

—¡Luna! —solté de golpe; la dura corrección de Alfa salió de mis labios antes de que pudiera contenerme.

Shadow se estremeció con violencia; sus pequeños hombros se encogieron hasta las orejas mientras se hacía un ovillo contra el gabinete de vinilo.

La mano de Liliam cayó de golpe, golpeándome el antebrazo con una ira aguda y punzante. —¡No le grites así! —siseó, y sus ojos brillaron con una furia protectora que hizo que Gaius se sometiera al instante.

Los profundos ojos ámbar de Shadow se dirigieron hacia mí con una fracción de miedo genuino y sin filtros, antes de volver a Liliam con una súplica desesperada y silenciosa. Parecía estar completamente aterrorizado de quedarse a solas conmigo.

—Déjame encargarme de Owen mientras tanto —dijo Liliam, suavizando la voz al mirar al chico tembloroso, aunque su postura seguía siendo un escudo rígido contra mí—. Ya se me ocurrirá otra cosa para traerte de vuelta, Shadow. Lo prometo.

Antes de que yo pudiera argumentar que ella no debería estar lidiando con Owen en lo absoluto, su celular vibró violentamente contra la mesa. La pantalla se iluminó y el nombre del contacto de Owen apareció a la vista.

Liliam miró el nombre brillante, apretando la mandíbula. Agarró el teléfono de la mesa, se inclinó y le dio un beso suave y prolongado en la sien a Shadow. —Nos vemos pronto.

Sin decirme una palabra más, salió del gabinete. Contestó el teléfono mientras atravesaba las pesadas puertas de cristal del restaurante, abandonando la seguridad de la mesa y regresando a la guarida del león.

Me quedé allí durante un largo momento; el aroma a moras se desvaneció del aire, dejando solo el olor rancio del café y el pesado peso del fracaso.

Poco a poco, mis ojos esmeralda volvieron a posarse en Shadow.

Se había encogido completamente en la esquina del asiento, con las rodillas recogidas contra el pecho. Sus pequeñas manos estaban apretadas con fuerza y su batido de chocolate había quedado completamente olvidado. Se negó a mirarme a los ojos y su respiración era superficial y errática. Parecía que se estaba preparando para recibir un golpe físico.

¿Por qué me tiene tanto miedo? Yo era un Alfa. Era enorme, estaba lleno de cicatrices y era intimidante, pero nunca en mi vida le había levantado la mano a un cachorro. Mi manada me veneraba. Sin embargo, el terror absoluto y tembloroso que irradiaba este chico se sentía especialmente profundo. Se sentía personal.

Miré su cabello plateado y un nudo pesado se formó en mi estómago. Este niño era una imposibilidad andante, y ahora yo era responsable de él.

Me froté la nuca y solté un largo y agotado suspiro.

—Vámonos.

El trayecto desde el restaurante hasta el complejo fue completamente silencioso. Shadow iba sentado, rígido, en el asiento del pasajero de mi guagua; sus manitas agarraban el cinturón de seguridad y tenía los ojos abiertos de par en par mientras salíamos de los límites del pueblo y nos sumergíamos en los densos e imponentes pinos del territorio Gunnolf.

Cuando los pesados portones de hierro de la manada finalmente se abrieron, revelaron la inmensidad del complejo. No era solo un terreno con una cabaña; era una comunidad masiva, altamente protegida y cerrada, oculta al mundo humano. Mientras la guagua avanzaba lentamente por la carretera principal asfaltada, pasamos junto a filas de apartamentos comunitarios donde vivían los miembros de la manada, amplios campos recreativos, una zona escolar dedicada a los cachorros y un gran edificio con estructura de acero que albergaba el gimnasio y las áreas de entrenamiento. En el centro mismo de todo se encontraba la imponente casa principal, construida con entramado de madera.

Miré al chico, esperando ver puro terror. Llevar a un forastero —especialmente a una anomalía mágica— al corazón de una fortaleza de hombres lobo era algo increíblemente abrumador.

En cambio, mientras yo apagaba el motor y nos bajábamos al aire fresco de la montaña, Shadow se detuvo.

Cerró los ojos y respiró de forma profunda y temblorosa, inhalando el aroma a pino, el humo de leña y las marcas olfativas, almizcladas y territoriales, de mi manada. Sus estrechos hombros se relajaron. Una profunda expresión de alivio se dibujó en su pálido rostro, seguida de una expresión suave y desprotegida de una anhelante familiaridad. Era la mirada de un niño que por fin había vuelto a casa tras una larga y agotadora guerra.

Gaius se removió inquieto en mi pecho. *¿Cómo conoce este lugar?*

Como si percibiera mi mirada de Alfa, Shadow se tensó de inmediato. La dulce y nostálgica expresión desapareció al instante. Apoyó la barbilla en el pecho, mirando fijamente sus pies descalzos sobre la grava, retirándose por completo hacia su cascarón de niño aterrorizado y desplazado.

—Quédate cerca de mí —ordené, con voz baja pero firme.

Lo guié por los amplios escalones de madera y a través de las pesadas puertas de roble. El salón principal estaba lleno de lobos que se movían entre las áreas comunitarias y las cocinas. En cuanto cruzamos el umbral, la conversación se detuvo. Todas las cabezas giraron hacia nosotros. Mis lobos podían oler el persistente aroma a moras —el aroma de Liliam— impregnado en la ropa holgada que llevaba el chico, pero por debajo de eso, el aura del niño era pura estática mágica y confusa.

Shadow se encogió contra mi costado, y sus pequeños dedos agarraron instintivamente el borde de mi chaqueta.

Una oleada feroz y completamente irracional de instinto protector se encendió en mi pecho. Solté un gruñido bajo y de advertencia, proyectando una ola de energía dominante de Alfa que obligó de inmediato a los curiosos lobos a apartar la mirada y mostrar el cuello en señal de sumisión.

—Sigue caminando —le murmuré al chico, guiándolo más allá de los ojos que lo miraban y directo hacia la gran escalera.

Lo llevé al tercer piso: el ala del Alfa. Era la zona más segura de la casa de la manada, restringida solo para mí, para mi Beta y para unos pocos guardias de confianza.

Empujé una pesada puerta de madera al final del pasillo, revelando una amplia y cálida habitación de invitados con una gran cama con dosel, un pesado gavetero de roble y una ventana que daba hacia los extensos terrenos comunitarios allá abajo.

—Esta es tu habitación —dije, apartándome para dejarlo entrar.

Shadow entró despacio, y sus ojos recorrieron las gruesas alfombras y las pesadas colchas. Pasó una de sus manitas por los pies de la cama, y esa extraña y desgarradora familiaridad volvió a cruzar por su rostro.

—No te voy a encerrar —continué, apoyándome en el marco de la puerta y cruzándome de brazos sobre el pecho—. Pero esta es una comunidad grande, Shadow, y hay reglas. Si vas a vivir en mi territorio, tienes que seguirlas sin hacer preguntas. ¿Entendido?

Se giró, con las manos respetuosamente entrelazadas frente a él. —Sí, Alfa.

—Se te permite entrar en esta ala, en los cuartos principales y en las zonas de recreo al aire libre —ordené, manteniendo un tono absoluto—. No puedes entrar a la sala de guerra de abajo. No te acerques al gimnasio de entrenamiento sin mí. Y bajo ninguna circunstancia cruces solo las verjas del perímetro hacia el bosque. Hay patrullas allá afuera que no harán preguntas si ven a un intruso no identificado corriendo por nuestro territorio.

Shadow asintió rápidamente, con el cabello plateado cayéndole sobre los ojos. —No saldré del complejo, Alfa. Lo prometo.

Lo miré fijamente, y el nudo de confusión se apretó en mi estómago. Era demasiado dócil. Demasiado sereno para un niño cuyo mundo entero supuestamente se había puesto de cabeza hacía apenas unas horas.

—Descansa un poco —suspiré finalmente, apartándome del marco de la puerta—. Más tarde Josh te traerá ropa que realmente te quede. Si necesitas algo... búscame.

—Gracias —susurró Shadow suavemente, sentándose en el borde del colchón. Cuando agarré el pomo de la puerta, él levantó la vista, y sus profundos ojos ámbar se clavaron en los míos—. Por mantenerme a salvo. Y... por mantener a mamá a salvo también

9
Haze

Liliam

La casa había estado inusualmente silenciosa desde que regresé del restaurante. Owen y yo habíamos pasado la noche juntos, algo que él había estado buscando de forma deliberada, casi asfixiante, desde la pelea en el pórtico. Vimos una película y cenamos juntos; por un breve y fugaz momento, pareció un vestigio de nuestro pasado. Pero la tensión del caos reciente persistía pesadamente en el aire, como una grieta silenciosa y oscura entre nosotros.

A medida que avanzaba la noche, Owen se fue acercando más a mí en el sofá. Su mano se posó suavemente en mi muslo, pero sus dedos se sentían inusualmente fríos a través de la tela de mis *joggers*.

—Liliam —murmuró, bajando la voz a un tono suave y seductor—. Ha pasado tiempo. ¿Por qué no vamos a la cama?

Me giré para mirarlo; mis ojos captaron brevemente el borde del grueso vendaje que aún tenía pegado en la frente. Actuaba tan normal, tan increíblemente casual, a pesar de la violencia absoluta de la noche anterior. La mirada esperanzada en sus ojos oscuros me partía el corazón, pero el peso aplastante de los secretos que yo guardaba me mantenía firmemente en mi sitio.

—Owen, yo... es solo que estoy muy cansada esta noche.

Su expresión vaciló. Se recompuso rápidamente, intentando ocultar un oscuro destello de decepción. —Han sido unas semanas duras. Lo sé. No he sido yo mismo. Pero quizás esto nos ayude a reconectar.

Suspiré, sintiendo una amarga punzada de culpa retorciéndose en mi estómago. —Agradezco tu esfuerzo. Es solo que... no me siento con ánimos ahora mismo.

La mano de Owen se apretó ligeramente en mi muslo. No era exactamente ira, pero la fuerza densa y abrumadora de su agarre me provocó una repentina punzada de ansiedad en el pecho. —Liliam, necesitamos esto. Tenemos que volver a como estábamos antes. Te extraño.

Sus palabras me atravesaron. Yo también extrañaba cómo eran las cosas antes... antes de los lobos, antes de la magia, antes de la oscuridad que se había instalado en sus huesos. Pero forzar la intimidad solo destrozaría lo poco que nos quedaba, especialmente cuando mi corazón y mi cuerpo desconfiaban de él.

—Yo también te extraño, Owen —susurré—. Pero no puedo obligarme a hacer algo que no siento ahora mismo. Por favor, entiéndelo.

Se apartó, pasándose una mano por el cabello con exasperación. —Lo intento, Liliam. De verdad que sí. Pero siento que me estás alejando.

—Solo necesito tiempo —dije suavemente, retirando su mano de mi pierna con suavidad pero con firmeza—. Hemos pasado por mucho. Necesito aclarar mis sentimientos.

La mano de Owen se apretó de repente alrededor de mi muñeca. El agarre era aplastante, helado y completamente inflexible. Jadeé y lo miré. Sus ojos marrones estaban completamente vacíos; una mirada oscura y abisal que no se parecía en nada al hombre que había amado durante tres años. No había calidez, ni comprensión, solo una posesividad pesada y asfixiante que hacía que mis instintos me gritaran que huyera.

Entonces, parpadeó. Miró hacia abajo, hacia su mano que agarraba mi muñeca, como si realmente le sorprendiera verla allí. Retiró los dedos con violencia y su pecho se agitó mientras un destello de genuino horror cruzaba por su rostro.

Tragó saliva con fuerza, mientras un sudor frío se formaba en su frente. —Está bien —dijo con voz tensa y entrecortada—. Yo... lo entiendo. Lo siento.

Me froté la muñeca adolorida, con el corazón latiendo con fuerza contra mis costillas. Él estaba cambiando. El hombre sentado a mi lado se estaba fracturando en alguien peligrosamente impredecible y, por primera vez, sentí un miedo real de quedarme a solas con él.

Se levantó del sofá y caminó por el pasillo hacia la habitación. Sentí una mezcla confusa y mareante de absoluto alivio y profunda tristeza al verlo desaparecer.

Sola en la sala, el peso de la culpa y la confusión me oprimía el pecho, dificultándome respirar. Me subí las rodillas al pecho, abrazándolas para ahuyentar el frío que parecía asentarse en lo más profundo de mis huesos. Mi mirada se desvió hacia la esquina de la habitación donde estaban la camita y el envase de agua de Shadow, intactos y vacíos.

Una nueva oleada de dolor me invadió. Lo extrañaba muchísimo. Shadow había sido mi compañero constante, mi protector silencioso y valiente en medio del caos. Dejarlo con Zeff en ese restaurante había sido una experiencia desgarradora, pero entendía que era la única manera de garantizar la seguridad del niño frente a Owen. Ahora, sin él, el silencio de la casa se sentía ensordecedor. Opresivo.

Cerré los ojos, apoyando la cabeza contra los cojines del sofá. Todo era demasiado pesado. Las mentiras que le contaba a Owen, la aterradora verdad de su fuerza y la inexplicable y magnética conexión que me atraía hacia el hombre lobo Alfa pesaban demasiado sobre mí. Estaba dividida entre el deseo desesperado de tener una vida normal y humana, y el territorio crudo, aterrador e inexplorado de Zeff.

El agotamiento finalmente me arrastró consigo, sumiéndome en un sueño profundo y pesado allí mismo en el sofá.

Estaba acostada en la espesa hierba esmeralda, sintiendo las hojas frescas y suaves cosquilleando mi piel desnuda. El sol brillaba intensamente en lo alto, filtrándose a través del denso dosel de árboles ancestrales que rodeaban un pequeño y apartado claro. El bosque se sentía profundamente vibrante. Cada hoja que susurraba, cada canto lejano de un pájaro se sentía nítido y claro, como una sinfonía de magia sonando solo para mí. Era pacífico. Embriagador.

Un repentino crujido llamó mi atención. Me incorporé, y mi corazón empezó a latir con una extraña y pesada mezcla de anticipación y profunda calma.

De entre los enormes troncos de los árboles emergió una figura. Al salir a la luz moteada por el sol, el aire abandonó por completo mis pulmones.

—Liliam —llamó su voz; un retumbar suave y grave que vibró directamente en mi pecho.

Zeff.

Estaba sin camisa, y la luz dorada trazaba los músculos duros y marcados de su pecho y abdomen. Solo llevaba puestos unos *mahones* descoloridos; los mismos del día que nos quedamos en la cabaña. Sus brillantes ojos verdes se clavaron en los míos, ardiendo con una mezcla de asombro y un hambre desesperada y primitiva, como si no pudiera creer que yo realmente estuviera allí.

¿Era esto un sueño? Tenía que serlo. Pero se sentía demasiado vívido. Podía sentir la tierra húmeda bajo mis pies mientras me levantaba lentamente. La atracción magnética del vínculo era innegable; un lazo físico que me arrastraba hacia él.

Acorté la distancia entre nosotros y levanté las manos, sujetando su rostro. Mis dedos rozaron la áspera barba de su poderosa mandíbula. Su piel irradiaba calor, y su respiración se entrecortó violentamente al sentir mi toque. Sin pensarlo, sin cuestionar la realidad imposible del bosque, me incliné y presioné mis labios contra los suyos.

El beso fue suave solo durante una fracción de segundo. En el momento en que nuestros labios se encontraron, el vínculo se encendió.

Zeff dejó escapar un gruñido profundo y salvaje. Sus grandes manos recorrieron instantáneamente mi cintura, atrayéndome hacia su cuerpo duro. El beso se profundizó, volviéndose urgente y devastadoramente feroz. La necesidad cruda y desesperada de su toque envió una descarga de pura electricidad directo a mi núcleo.

Un gruñido bajo retumbó desde lo más profundo de su pecho, vibrando contra mis labios. Era el mismo fuego intenso y devorador que había ardido entre nosotros en su oficina, pero aquí, rodeados por la magia salvaje del bosque, estaba completamente descontrolado.

Sus manos subieron por mi espalda desnuda y sus dedos se enredaron con fuerza en mi cabello mientras inclinaba mi cabeza, consumiendo mi boca. Mis propias manos se deslizaron por sus anchos hombros, y mis uñas rozaron suavemente su piel abrasadora. No me cansaba de él. No me cansaba de este lazo que unía nuestras almas.

El gruñido de Zeff se hizo más fuerte e insistente. Sus labios se movieron hambrientos contra los míos, y sus dientes me rozaron el labio inferior. Jadeé, derritiéndome por completo contra él mientras nos bajaba hacia el suelo del bosque. La hierba fresca bajo mi espalda era un contraste marcado y mareante con el absoluto infierno de su cuerpo presionando sobre el mío.

Eché la cabeza hacia atrás, completamente perdida en la sensación mientras sus labios recorrían mi mandíbula, dejando un rastro húmedo y ardiente por la sensible columna de mi cuello. Se me cortó la respiración. Gemí suavemente; mis manos agarraron sus gruesos hombros, atrayéndolo más cerca, exigiendo más. Su presencia encendía cada nervio de mi cuerpo. Podía sentir el calor y lo entrecortado de su aliento latiendo contra mi corazón.

Y entonces, en un movimiento rápido y decidido, clavó los dientes en el hueco de mi cuello.

La mordida fue aguda; una descarga repentina y cegadora de dolor que me recorrió el cuerpo, electrificando cada terminación nerviosa. Jadeé, abriendo los ojos de golpe por el *shock,* pero el escozor inicial se transformó instantáneamente en una ola de puro placer que lo consumió todo.

Sus dientes seguían clavados en mi piel, y su agarre era firme pero reverente. Me estaba reclamando. Marcándome. Mi corazón latía tan rápido que la sangre me rugía en los oídos. Un calor pesado y embriagador me recorría las venas, derritiendo el miedo y dejando solo una profunda y primitiva rendición. Era como si pudiera sentir el corazón de él sincronizándose perfectamente con el mío; su propia esencia fluyendo hacia mi alma a través del vínculo.

Estaba completamente perdida en él. El mundo a nuestro alrededor se desvaneció en un borrón de sensaciones crudas y luz cegadora. Mientras nos movíamos juntos, el lazo entre nosotros nos sumergía más profundamente en el abismo del placer. Mis manos se aferraron a su espalda y un grito salió de mi garganta mientras el vínculo me destrozaba los sentidos, llenándome de un calor dorado y radiante que floreció desde mi núcleo.

Me abrazó fuerte contra su pecho, con su respiración entrecortada e irregular, y sus enormes manos temblaban mientras acariciaban mi piel. Nos quedamos allí acostados en la hierba, enredados, con nuestros cuerpos vibrando con las hermosas y resonantes secuelas del reclamo. Me sentía segura. Me sentía completa y totalmente suya.

Y de repente, el bosque desapareció.

Me desperté de un salto, abriendo los ojos de golpe hacia el techo oscuro de mi habitación.

Estaba empapada en sudor frío y el aliento me desgarraba los pulmones en jadeos entrecortados.

Ya no estaba en el sofá de la sala. Estaba en mi cama.

A mi lado, sentía la respiración pesada y constante de Owen.

Espera. El pánico, frío y absoluto, se vertió como agua helada por mis venas.

Mi corazón latía furiosamente contra mis costillas. Bajé lentamente el pesado edredón, con el estómago cayéndoseme a los pies de forma violenta. Estaba completamente desnuda. Las sábanas estaban enredadas alrededor de mis piernas descubiertas. A mi lado, Owen se movía en sueños y la luz de la luna iluminaba su hombro desnudo. Él también estaba desnudo.

Una oleada de náuseas profundas y asfixiantes me golpeó. Mi cuello palpitaba con un dolor sordo y fantasma. Mi mano voló hacia arriba y mis dedos temblorosos palparon desesperadamente la piel justo debajo de mi clavícula. No había ninguna herida punzante. No había sangre. Sin marca. Solo el fantasma de los dientes de Zeff ardiendo en mi memoria.

¿Fue un sueño? Me quedé mirando el rostro tranquilo y dormido de Owen. El terror que me subía por la garganta amenazaba con asfixiarme. ¿Caminé dormida hasta esta cama? ¿Owen me cargó hasta aquí? ¿Nosotros... tuvimos sexo? ¿Mi mente estaba tan nublada por el vínculo que aluciné con Zeff todo el tiempo? ¿O el vínculo de pareja había atraído mi alma hacia Zeff en sueños mientras mi cuerpo físico permanecía completamente intacto en la oscuridad?

No podía distinguirlo. Las líneas entre la realidad mágica de los lobos y la horrible realidad de mi propia habitación estaban completamente y aterradoramente difusas. Me sentí violada. Me sentía loca.

Necesitaba salir de esta cama. Necesitaba lavar el tacto fantasma de mi piel. En silencio, conteniendo la respiración para no despertar al hombre que dormía a mi lado, salí de debajo de las sábanas y huí al baño.

Las baldosas frías bajo mis pies descalzos me anclaron un poco a la realidad, pero mi mente seguía dando vueltas con violencia. Abrí la ducha, giré la llave hasta que el agua estuvo hirviendo y me metí bajo el chorro. Mientras el agua caía sobre mí, cerré los ojos y deslicé mi espalda por los azulejos mojados hasta tocar el piso.

Me abracé las rodillas contra el pecho, dejando que el agua caliente golpeara mi piel mientras sollozaba en silencio entre el vapor. El sueño se había sentido tan real. El amor, el calor y la absoluta seguridad de los brazos de Zeff se sentían tan reales. Pero ahí estaba yo, atrapada en mi baño, aterrorizada por el hombre que dormía en mi cama, completamente insegura de lo que realmente había pasado en la oscuridad.

¿Acaso estaba perdiendo la cabeza?

10

Pequeños Demonios

Mi padre siempre tuvo un afecto especial por los mortales.

Es una rareza entre los nuestros, considerando que estamos impulsados completamente por el instinto primario de cazar vida y consumir la frágil luz de sus almas. Pero mi padre, tan antiguo y temible como era, era diferente. Albergaba un afecto oscuro y retorcido por una mujer —mi madre—, y esa es la razón por la que existo como una anomalía, atrapado entre el reino de las sombras y el mundo de vigilia.

La mayoría de los nuestros generan versiones inferiores de sí mismos simplemente expulsándolos de sus formas en un grotesco espectáculo de sombra y cenizas. ¿Pero mi padre? Él fue creativo.

No solo plantó un parásito. Fusionó su esencia dentro del útero, obligándome a crecer intrincadamente entretejido en el alma misma de su hijo. Compartimos exactamente el mismo espacio estrecho y oscuro. Tomamos exactamente el mismo primer aliento.

El buen Owen.

Él se percibe a sí mismo como la víctima de la infección de un monstruo, ajeno a la realidad de que somos inseparables. Si la vasija muere, yo muero.

Debo decir que esta existencia parasitaria no ha sido tan mala. Quizás habría preferido una vida de carnicería desenfrenada, desgarrando carne y deleitándome en el caos de la superficie, pero el pequeño Owen resultó ser toda una... vasija intrigante. Incluso satisfactoria. Me he divertido mucho tomando el control de vez en cuando, dándole rienda suelta a mis impulsos más oscuros cuando su frágil humanidad flaqueaba.

Eso fue, hasta que conoció a Liliam.

Liliam era diferente. A diferencia de las incontables chicas imprudentes con las que Owen se había enredado, Liliam poseía una gravedad pura e irresistible. No podía culpar al humano por sentirse atraído hacia ella. Era cariñosa, amable y dulce. Pero para mí, su encanto era mucho más visceral. Estar cerca de ella era como saborear un banquete decadente tras haber soportado un siglo de hambruna. ¿Cómo logré soportar tres años de tonterías domésticas humanas sin destrozar el vecindario? Por ella. Su energía latente era como un narcótico pesado y constante que goteaba directamente en mis venas. Estar cerca de ella me mantenía perpetuamente lleno, embriagado por su magia pasiva. Era un chupete que mantenía al monstruo completamente dormido.

La interrupción de mi fuente constante de alimento solo ocurrió cuando apareció ese lobo Alfa. Su repentina presencia disparó su adrenalina, alterando la energía en el aire y provocando que yo despertara con un hambre absoluta.

Sin embargo, independientemente de nuestros orígenes —ya seamos sangre pura, mestizos o descendientes humildes— toda criatura de las sombras responde, en última instancia, ante el Soberano del Abismo. Y recientemente, una directriz estricta e innegable resonó desde la oscuridad de abajo:

El Soberano quiere un Fae.

Ahora son una exquisitez, una rareza que aparece quizás una vez cada siglo. Originalmente, su especie era abundante, hasta que el mundo sobrenatural se dio cuenta de la verdad: la esencia y la sangre *Fae* son fuentes de poder en bruto altamente adictivas e intensamente volátiles. Los cazamos hasta casi la extinción hace seiscientos años para satisfacer nuestros propios antojos retorcidos, impulsados por el deseo de poder y el atractivo de sus propiedades mágicas.

Pero los *Fae* son la encarnación literal de la magia, y este mundo está desbordado de ella. La magia exige ser usada; cuando está en reposo, se acumula y se concentra. El universo, en su desesperado intento por equilibrarse, ocasionalmente da a luz a un nuevo *Fae*: una vasija viva que respira, forjada a partir de magia concentrada y no utilizada.

Conozco íntimamente el agonizante tirón de la adicción. Siempre he estado esclavizado por mi propia hambre. Durante años, la fuerza vital única de Owen fue una comida lo suficientemente satisfactoria para saciarme.

Pero desde el principio... siempre supe que había algo embriagadoramente puro enterrado dentro de Liliam.

Había algo cambiando dentro de ella, algo que chisporroteaba en el aire como un aroma dulce y embriagador, mezclándose con una repentina oleada de energía pura. Era una atracción magnética imposible de resistir. Su mera presencia se convirtió en un canto de sirena, alejándonos a Owen y a mí de las trivialidades mundanas de la casa y atrayéndonos hacia el sofá, como si un amo nos hubiera hechizado.

No podía precisar qué era exactamente lo que se había roto dentro de ella, pero el cambio era potente. Electrizante.

Los lobos son criaturas nacidas de la tierra; cuando tocan la magia feérica, sus instintos biológicos los obligan a inclinarse ante su antigua soberanía. Pero yo nací del Abismo. Soy una criatura del vacío, diseñada por la naturaleza para consumir. Cuando su magia se encendió, no me hizo caer de rodillas. Fluyó hacia la vacía oscuridad dentro de mí. Me alimentó.

Sin embargo, no fue solo un capricho. En el momento en que nuestra piel tocó la suya, la magia no solo ardió; resonó. Se sintió extrañamente, dolorosamente familiar, como un miembro fantasma que de repente cobra vida. Una oleada cegadora, una ráfaga abrumadora de placer atravesó a la vasija, ignorando por completo la frágil humanidad de Owen y golpeando mi esencia de lleno.

Recorrió cada terminación nerviosa con una ferocidad que nos dejó sin aliento, tanto al hombre como al monstruo. Era una dicha que yo nunca había conocido en todos mis años de existencia, ni siquiera en las profundidades más decadentes y perversas de mis oscuros deseos.

Su cuerpo se movía bajo nosotros con una gracia fluida, casi sobrenatural. Su piel era increíblemente cálida, palpitando con una extraña vitalidad eléctrica que se filtraba hasta nuestros huesos. Podía sentir su latido, rápido y desesperado, y cada golpe enviaba una oleada de calor y anhelo a través de mí. Su aroma —vainilla impregnada de algo más intenso, como vino con miel y magia pura— era embriagador. Me llenaba los sentidos y me dificultaba pensar en otra cosa que no fuera lo bien que se sentía bajo mi mando.

Ella se perdió para nosotros. Sus ojos brillaban con una luz etérea, un resplandor encantador que reflejaba mil emociones: deseo, miedo y entrega absoluta. Era como mirar un mar de estrellas; interminable y cautivador.

Y su piel... Dios, su piel. Era como tocar fuego, pero no en un sentido doloroso, sino en la forma en que parecía arder con un calor que encendía un hambre más profunda y primitiva dentro de mí. Cada roce de nuestros dedos sobre su carne enviaba oleadas de placer eléctrico por mis venas. Estaba viva y vibrante, y cada centímetro de su cuerpo parecía cantar con una energía indomable.

Mientras nos movíamos juntos, cada suspiro y cada jadeo desesperado que escapaba de sus labios era una sinfonía. Resonaba en lo más profundo de mi núcleo oscuro, despertando un anhelo que trascendía la mera necesidad física. Era una conexión que hablaba de la esencia misma de mi ser.

¿Es esto?

Pensé, con la mente nadando en la euforia de su sabor. *¿Es este el poder inimaginable que busca el Comandante del Infierno? ¿Acaso es Liliam la Fae que nos enviaron a buscar?*

Un escalofrío oscuro y posesivo se enroscó en mi pecho.

No podía entregar esto. Ni de chiste. La idea de arrastrarla hacia la oscuridad, de entregarla al Soberano y perder ese subidón embriagador, era completamente impensable. Yo amaba esto. El calor, la dicha, la forma en que su poder me erizaba la piel. Este calor era una sensación que nunca había conocido, ni siquiera en la cúspide de mi poder.

No. No iba a dejarlo ir.

Liliam es mía. Es *nuestra.* No me importa si el Comandante del Infierno se pudre en su trono. Ella es más que una misión, más que una orden que acatar como la horda obediente que somos.

Lucharía contra el Cielo y el Infierno para conservarla, para aferrarme a esa conexión que hacía que incluso las partes más oscuras de mí se sintieran brillantemente vivas. Desafiaría al propio Soberano si fuera necesario. ¿Todo por esto? Este poder valía el tormento eterno. Esto lo era todo.

Y nunca la voy a dejar.

Dalia

El denso dosel de los árboles milenarios bloqueaba la mayor parte de la luz de la luna, sumiendo el bosque en sombras profundas y asfixiantes. Llevaba días caminando, exigiéndome hasta el límite del agotamiento solo para poner la mayor distancia posible entre el complejo vampírico y yo.

Encontré refugio en un hueco profundo formado por las enormes y sinuosas raíces de un antiguo roble. Estaba húmedo y helado, pero me mantenía oculta del viento cortante. Me ajusté la chaqueta alrededor de mis hombros temblorosos, subiéndome las rodillas al pecho.

Mi estómago punzaba con un dolor sordo y vacío. No había comido mucho desde que escapé, aunque el tenue y ácido aroma a moras silvestres que crecían en algún lugar de la oscura maleza cercana me ofrecía un pequeño y fugaz consuelo; un recordatorio del mundo natural hacia el que intentaba escapar desesperadamente.

Recogí una ramita suelta y empecé a arrastrarla por la tierra entre mis botas, trazando sin rumbo círculos superpuestos y líneas dentadas. Intentaba mantener las manos ocupadas, obligando a mi mente a mantenerse en el presente.

Pero el silencio del bosque era demasiado ruidoso, dejando demasiado espacio para que los fantasmas se filtraran. Cada vez que el viento agitaba las hojas secas, sentía un cosquilleo en la piel. Aún podía sentir el peso fantasmal y helado de las manos de Lord Silas agarrando mi cintura. Todavía podía oler el repugnante hedor a cobre de la sala de guerra de Cerberus. Los recuerdos de las sillas de tortura, de las agujas y de la completa degradación me carcomían la mente, como una marea oscura que amenazaba con ahogarme.

No estoy allí, me dije con fuerza, clavando el palo en la tierra. *Soy libre.*

Dejé caer la ramita un momento y me aparté la manga de la chaqueta, apretando el pequeño botón de luz de mi reloj digital.

11:58 p. m.

Mi corazón dio un latido repentino y pesado. Dos minutos.

Recosté la cabeza contra la áspera corteza de la raíz de roble, mirando hacia las franjas de cielo nocturno que eran visibles entre las ramas. En exactamente dos minutos cumpliría dieciocho años.

Para un hombre lobo de sangre pura, su decimoséptimo cumpleaños era la transformación más sagrada y monumental de toda su existencia. Es el momento en que la Diosa de la Luna les concede su lobo interior: el momento en que una segunda alma, feroz y protectora, despierta en su mente. Es el rito de iniciación definitivo. En las hembras, ocurre un año más tarde que en los machos. A los dieciocho.

Pero yo no era pura. Yo era una mezcla prohibida de loba y mago. Ni siquiera sabía si la Diosa reconocía a los híbridos, o si los años en que los vampiros habían drenado la magia de mi padre de mi sangre habían envenenado de alguna manera al lobo que esperaba dentro de mí.

Volví a mirar el reloj.

11:59 p. m.

Apreté el agarre del palo. Cerré los ojos y mi respiración se volvió superficial y rápida. Busqué en mi interior, sumergiéndome en las oscuras y desconocidas aguas de mi alma. Agucé el oído en busca de un gruñido. Esperé a que el calor repentino y abrasador de la transformación se encendiera en mis huesos. Recé, por primera vez en mucho tiempo, a una Diosa que ni siquiera estaba segura de que me estuviera escuchando.

Por favor. Dame una loba. Dame fuerzas para luchar contra ellos.

Los segundos pasaban, ruidosos y pesados en el bosque silencioso.

El dial digital hizo clic.

12:00 a. m.

—Feliz cumpleaños a mí —susurré en la oscuridad helada y vacía.

Contuve la respiración. Apreté los ojos con tanta fuerza que me dolió, esperando la oleada de poder. Esperé a que la voz en mi cabeza por fin confirmara que yo no estaba sola en este mundo.

Pasó un minuto. Luego, dos.

El bosque permaneció en absoluto silencio. Mis huesos seguían fríos y completamente humanos. Mi mente estaba total y devastadoramente vacía.

No pasó nada.

No hubo ninguna loba. No hubo ninguna transformación. Solo estaba yo: una híbrida rota y agotada, escondida en la tierra.

Una ardiente y punzante oleada de pura frustración y amarga decepción se hinchó en mi garganta. La frágil esperanza que había cargado durante kilómetros se rompió con violencia. Solté un sollozo ahogado y amargo, y lancé el palo hacia la oscuridad con todas mis fuerzas. Chocó inútilmente contra un tronco lejano.

Me sequé con rabia las lágrimas que caían por mis mejillas frías, encogiendo mi cuerpo en una bola apretada bajo las raíces. Metí mi bulto deportivo bajo la cabeza como una almohada improvisada, cerré los ojos con fuerza y dejé que el peso aplastante de mi aislamiento me arrastrara hacia un sueño inquieto y sin sueños.

11
Lúcido

Zeff

Me desperté de un salto, con el cuerpo empapado en sudor frío y las pesadas sábanas enredadas en mi cintura como cadenas. El sonido de mi corazón golpeando contra mis costillas me llenaba los oídos como el redoble de un tambor de guerra. Jadeaba por aire, con la garganta completamente seca y todo el cuerpo adolorido y tenso por el sueño, celestial y agonizante, que acababa de liberarme.

Me incorporé, agarrándome el cabello húmedo, intentando desesperadamente anclarme a la realidad. La habitación estaba completamente a oscuras, iluminada solo por un rayo de pálida luz de luna que se filtraba por las persianas. Un punzante dolor hizo que me llevara la mano a la boca. Mis colmillos estaban completamente alargados, afilados y letales, perforándome el labio inferior. Gaius se agitaba justo bajo la superficie, completamente salvaje, inquieto y profundamente alterado.

La mordí.

La marqué en ese sueño.

Me acosté con ella. La reclamé.

Un escalofrío violento me recorrió la espalda. Aún podía sentir vívidamente la sensación de su suave piel rompiéndose bajo mis dientes, la ráfaga de su calor sobrenatural y la abrumadora oleada de devoción pura y absoluta que había recorrido el vínculo en cuanto lo hice. Se sintió tan real. Demasiado real.

Mis sentidos agudizados seguían zumbando con el recuerdo fantasma de ella: el dulce sabor de su sangre, el embriagador aroma a moras y ozono, y el suave y desesperado sonido de sus jadeos resonando en mis oídos.

Gemí, presionando la base de mis palmas contra mis ojos, intentando empujar violentamente esas sensaciones persistentes de vuelta hacia la oscuridad. Pero era completamente inútil. El sueño había sido una experiencia inigualable de sobrecarga sensorial, superando cualquier embriaguez que yo hubiera experimentado en mi vida. La testosterona se me disparaba y la sangre me ardía mientras mi cuerpo seguía reaccionando al fantasma de su piel pegada a la mía.

Maldita sea.

Necesitaba calmarme. Necesitaba controlarme. Pero cada vez que parpadeaba, veía su rostro grabado perfectamente detrás de mis párpados: sus ojos oscuros muy abiertos, sus labios entreabiertos en un suave gemido, su cuerpo arqueándose perfectamente hacia el mío. Me estaba volviendo completamente loco. Gaius aullaba dentro de mi pecho, un rugido ensordecedor y posesivo, exigiendo que lo soltara para poder cazar a la que ahora creía que era suya. Apreté los puños hasta que me crujieron los nudillos, con las garras clavándose dolorosamente en mis palmas para mantener a la bestia contenida.

¿Por qué se sintió tan real?

Sabía que los lobos podían compartir sueños a través del vínculo de pareja, pero esto... esto era un nivel de intromisión completamente diferente. No fue solo un sueño; fue una colisión física y espiritual. La magia feérica dentro de ella estaba derribando los muros entre nuestras mentes. Yo había sentido sus emociones genuinas, su deseo, su confusión, su necesidad absoluta. Y esa necesidad había encendido algo primitivo y salvaje en mi interior; algo que yo no podía controlar, por mucho que intentara jugar a ser el noble Alfa.

La mordida. La marca. El clímax.

Abrí los ojos de golpe, brillando en la habitación oscura con un antinatural resplandor esmeralda. Todavía podía sentir el torrente fantasma de su pulso latiendo salvajemente contra mi lengua. Gaius había querido marcarla; marcarla como *nuestra* para mantener alejados a William y a lo que fuera que habitaba dentro de Owen, y en ese sueño, yo fui completamente impotente para detenerlo. El instinto me había consumido y me había rendido por completo.

Ahora, lidiaba con las secuelas, sentado a solas bajo la fría e implacable luz de la luna. La confusión. La culpa aplastante.

¿Me había pasado de la raya? ¿Acaso una marca espiritual dejaba una cicatriz física cuando había magia feérica involucrada? ¿Le había hecho algo irreversible sin su consentimiento consciente?

Negué con la cabeza violentamente, intentando despejar la caótica tormenta en mi mente. Necesitaba verla. Necesitaba asegurarme de que estaba bien, saber si el daño que yo había causado en el sueño se había filtrado hacia el mundo real.

Me quité las sábanas de encima y dejé caer las piernas por el borde de la cama. Me levanté rápido; los músculos me temblaban por la adrenalina restante y la energía no gastada. Me pasé una mano áspera por la mandíbula, sintiendo la aspereza de la barba de varios días. Podía sentir a Gaius paseándose agresivamente contra mis costillas, hambriento y exigiendo reclamar a su pareja en el mundo real. Tenía que encontrar la manera de deshacerme de esa energía contenida antes de perder la cabeza y conducir directamente hacia la casa de ella para arrancarle la garganta a Owen.

La fría corriente de aire de la habitación golpeaba mi pecho desnudo; un contraste brutal y sobrio con el fuego infernal que aún ardía en mis venas. *Necesito salir de aquí. Necesito despejar la cabeza.*

Agarré una camiseta del respaldo de una silla y me la pasé por la cabeza; mi mente seguía acelerada, sin descanso, con pensamientos sobre los jadeos entrecortados de Liliam. Metí mis manos temblorosas en los bolsillos de mis *mahones*. Mis dientes seguían dolorosamente afilados. Mis instintos me gritaban que fuera a verla.

Maldita sea, Liliam. ¿Qué me estás haciendo?

Liliam

Mi mente era un lío enredado y asfixiante, repasando sin descanso los acontecimientos de la noche una y otra vez. No podía quitarme de encima la pesada confusión que giraba en mi pecho. El sueño —o lo que sea que haya sido ese bosque visceral y que unía las almas— con Zeff me había dejado sintiéndome a flor de piel, expuesta y marcada. Y luego, despertar desnuda junto a Owen, quien de repente parecía más atento, pero también profunda y aterradoramente... extraño.

Entré a mi cafetería habitual del centro, esperando desesperadamente que la rutina mundana me despejara la cabeza. El aroma del *espresso* recién colado y de los pasteles recién horneados me envolvió como una cobija acogedora. Estaba tan perdida en la horrible neblina de mi realidad que casi no escuché sonar la campanilla de latón sobre la puerta.

—Buenos días, rayito de sol.

Casi salto del susto. Me giré bruscamente para ver a William parado justo en el umbral. No llevaba la ropa informal y ruda que prefería Zeff. En su lugar, vestía un traje oscuro, elegante y a la medida. Su atuendo transmitía una sensación de dinero antiguo y autoridad absoluta. Su expresión era una mezcla de diversión oscura y un hambre paciente y aterradora.

De repente, el corazón se me subió a la garganta. Instintivamente di un paso atrás, con el recuerdo de su cruda violencia y de la magia explosiva en mi pórtico cruzando por mi mente.

—¿Qué haces aquí? —logré preguntar, con la voz temblorosa a pesar de mis mejores esfuerzos por mantenerla firme.

La sonrisa de William era suave, aunque no llegaba del todo a sus ojos anillados en plata. —Solo pasaba por aquí —dijo con suavidad, acortando la distancia entre nosotros con la gracia depredadora de un lobo acechando—. Pensé en ver cómo estaba mi pareja. Luces... exhausta. ¿Acaso los primitivos sueños de reclamo de Gunnolf te mantuvieron despierta?

Se me cortó la respiración. *Él lo sabe.*

—Yo no soy tu pareja —repliqué, y mi voz encontró un atisbo de firmeza.

—No —coincidió William, bajando la voz a un ronroneo oscuro y aterciopelado—. No eres solo una pareja, Liliam. Tú eres poder. Y yo soy un Rey Alfa. No quiero a una loba sumisa para que me caliente la cama. Quiero a una Reina que gobierne un imperio a mi lado.

El aire en la cafetería pareció volverse imposiblemente denso. Los pocos clientes humanos a nuestro alrededor nos ignoraron por completo, como si William proyectara algún tipo de aura para hacernos invisibles.

Contuve el aliento. No solo estaba hablando de un vínculo romántico. Me estaba proponiendo una fusión. Proponía una toma de control hostil del mundo sobrenatural, y me veía como su activo más valioso. De pronto, mi cerebro de marketing se activó, atravesando la densa niebla de mi miedo, analizando la situación como una estrategia corporativa. En los negocios, la persona con más recursos controla completamente la negociación. Y, en este momento, el Rey Alfa me estaba diciendo que yo tenía toda la ventaja.

—Estás loco —susurré, agarrando la correa de mi cartera e intentando desesperadamente que no viera la chispa de comprensión en mis ojos—. Ni siquiera sé lo que soy. No sé cómo usar esto... esta magia. Me está arruinando la vida.

William se detuvo a centímetros de mí. La hostilidad en sus ojos se suavizó, siendo reemplazada por una simpatía oscura y cómplice. —Gunnolf te mantiene en la oscuridad. Él quiere protegerte. Quiere que su bestia interior suprima tu magia y te mantenga encerrada a salvo en una jaula. Pero no es para eso para lo que estás destinada, Liliam.

Extendió la mano, moviéndose despacio, dándome tiempo de manera deliberada para apartarme. Pero yo estaba paralizada, desesperada por las respuestas que me estaba ofreciendo. Sus largos dedos se enroscaron en mi muñeca.

En cuanto su piel tocó la mía, jadeé.

No fue el calor cálido y reconfortante que sentía con Zeff. Fue una descarga eléctrica violenta. La magia dormida enterrada profundamente en mi pecho no se ocultó del aura Alfa de William; se lanzó hacia adelante para encontrarse con ella. Un cosquilleo agudo y embriagador de puro poder me recorrió la piel, iluminando mis terminaciones nerviosas en una ola de placer oscuro e innegable. Era como si su dominancia pura alimentara mi magia, la amplificara y me hiciera sentir invencible.

—No juegues con hombres inferiores, Liliam —susurró, con un agarre firme pero completamente controlado. No me estaba dejando moretones; me estaba anclando a la oleada de poder—. Tienes un lugar legítimo en la cima de la jerarquía. Simplemente, aún no te das cuenta.

Intenté quitar la mano, pero mi cuerpo me traicionó. La corriente eléctrica era demasiado adictiva. —Suéltame —ordené, aunque mi corazón acelerado delataba la falta de convicción en mi voz.

Sus ojos se clavaron en los míos, con un brillo depredador parpadeando en su profundidad. —No puedes negar esto para siempre —susurró, invadiendo mi espacio sin esfuerzo. Su otra mano se deslizó con soltura por mi cintura, atrayéndome firmemente contra su duro pecho—. Lo sientes tanto como yo. Zeff te contiene. Pero yo te elevo.

Podía sentir su aliento en mi oído, cálido e inquietante. Mi pulso latía frenéticamente. El placer que crepitaba entre nosotros era abrumador, nublando mi mente y difuminando las líneas de mi propia moralidad.

Los labios de William rozaron el lóbulo de mi oreja, y sus dientes rozaron suavemente mi piel sensible. Podía sentir la tensión en sus músculos rígidos, la forma en que su enorme cuerpo temblaba con un deseo desesperado y contenido. Había un hambre voraz irradiando de él, envolviéndome como una niebla oscura y asfixiante, pero no mordió. Estaba esperando a que le ofreciera mi cuello. Estaba esperando a que me rindiera al poder.

—William, detente... —logré susurrar; mi voz fue apenas una súplica sin aliento.

No escuchó. Trazó la línea de mi mandíbula con su aliento caliente chocando contra el punto de mi pulso. Sentí sus dientes arrastrarse deliberadamente por mi piel, probando el límite, y un impulso profundo y primitivo surgió desde mi interior. Era aterrador. Era emocionante.

—Pregúntate por qué nuestros cuerpos se llaman tan violentamente —murmuró William contra mi garganta, con sus ojos plateados brillando con promesas oscuras—. Al fin y al cabo, ambos somos criaturas que anhelamos el poder absoluto.

Al pronunciar la palabra *poder*, la magia dentro de mí llegó a un punto de ebullición. La energía, sobrecargada por su aura Alfa y por mi pánico en espiral, estalló de repente.

¡ZAP!

Una descarga aguda y violenta de energía azul golpeó entre nuestros pechos como un rayo de electricidad estática.

El impacto nos sorprendió a ambos por completo. William siseó; su agarre se rompió involuntariamente mientras la fuerza cinética lo empujaba físicamente medio paso hacia atrás.

Me alejé tambaleándome, jadeando mientras el embriagador y corruptor subidón de su toque se cortaba abruptamente. La piel me seguía hormigueando y el pecho me subía y bajaba mientras miraba al Rey Alfa, aterrorizada no solo de él, sino de lo mucho que mi cuerpo había amado el oscuro poder que acababa de concederme.

—Liliam —llamó una voz, cortando con fuerza el aire pesado y cargado de electricidad.

Giré la cabeza hacia la puerta. Owen entró a la cafetería; su mirada oscura se fijó instantáneamente en William.

Los rasgos aristocráticos de William se endurecieron. Respiró lenta y deliberadamente; sus ojos anillados en plata se entrecerraron al captar el aroma de Owen. Su nariz se arrugó visiblemente en un absoluto y visceral asco. Cualquiera que fuera el olor que William percibía por debajo de la colonia de Owen, puso al Rey Alfa en alerta al instante.

—Owen —suspiré, apartando la mirada de William—. Pensé que te habías quedado en casa.

—Quería acompañarte a desayunar —dijo Owen, con la voz inquietantemente calmada mientras acortaba la distancia. No me miró. Sus ojos estaban fijos en William mientras su mano se deslizaba posesivamente por mi cintura. El peso denso y helado de su agarre contrastaba bruscamente con la magia ardiente que aún zumbaba bajo mi piel.

En el momento en que Owen me tocó, el ambiente en la cafetería cambió de forma fundamental. Se espesó, volviéndose tan pesado que costaba respirar. Sus miradas se cruzaron en un desafío silencioso y asfixiante. Era un duelo aterrador de dominancia cruda y depredadora, cada uno desafiando al otro a hacer un solo movimiento.

Los músculos de Owen se tensaron como acero enrollado contra mi costado, listos para atacar con esa fuerza antinatural y letal que ahora yo sabía que poseía. William no se inmutó. No retrocedió ni un centímetro. El Rey se mantuvo erguido, con la mirada aguda, inflexible y, de repente, profundamente sospechosa. Estaba calculando exactamente qué tipo de monstruo llevaba puesto un traje humano.

La pequeña cafetería se sintió de pronto microscópica, llena por completo del peso aplastante de su silenciosa animosidad. Podía sentir la tensión sacando chispas entre ellos como una mecha encendida. Se me hizo un nudo violento en el estómago. Esto era lo último que yo quería: un enfrentamiento sobrenatural que pudiera arrasar el edificio aquí mismo, en público.

—Owen —dije, suave pero firme, colocando mi mano temblorosa sobre su pecho frío para romper su concentración—. Mejor vamos a otro lado.

Le tomó un largo y agonizante momento. Owen finalmente parpadeó; el vacío oscuro de su mirada se apartó de William. Exhaló lentamente y se volvió hacia mí con una expresión de contención calculada y renuente.

—Sí... está bien —murmuró, aunque yo aún podía sentir la tensión letal vibrando en cada músculo de su cuerpo.

Me giró hacia la puerta, manteniendo su cuerpo como un escudo entre el Alfa y yo. Mientras Owen me guiaba hacia el aire fresco de la mañana, miré brevemente por encima de mi hombro.

William no se había movido. Sus ojos plateados seguían a Owen con una intensidad oscura e inescrutable.

Ir a trabajar era un tormento absoluto. Actuar como si no pasara nada entre Zeff y yo se estaba volviendo imposible.

El vínculo que ahora compartíamos era... exigente. Ya no era solo un leve tirón. Después de lo que sea que haya pasado en el bosque durante mi sueño, el lazo entre nosotros era un peso físico. El hecho de que yo pudiera sentir su presencia, sus oscuros cambios de humor y sus emociones crudas en cuanto entré al edificio era asfixiante.

Y fue especialmente doloroso con Owen caminando justo a mi lado.

Sudé frío durante todo el viaje en ascensor, preparándome prácticamente para una masacre, esperando de lleno que ambos se fueran a los puños allí mismo, en el departamento de marketing. Owen me acompañó hasta mi escritorio, ayudándome con mi cartera con una devoción empalagosa y teatral. Pero sus oscuros ojos miraban fijamente al frente, fulminando directamente a Zeff, quien estaba de pie, rígido, cerca de su escritorio.

La temperatura en la habitación bajó diez grados. El silencio entre los dos hombres era ensordecedor.

Los ojos de Owen se entrecerraron mientras le sostenía la mirada. Pero, tras un instante, simplemente se encogió de hombros, retrocediendo mientras sus labios se curvaban en una sonrisa oscura y victoriosa. No dijo ni una sola palabra. Simplemente se giró, me agarró la mandíbula con firmeza y me besó apasionadamente, justo enfrente de Zeff.

En cuanto los labios de Owen tocaron los míos, una punzada ardiente de rabia pura y violenta estalló en mi pecho. No era mi coraje; era el de Zeff. Los celos ardían con tanta fuerza que me robaron el aire físicamente.

Owen se apartó, me sonrió con suficiencia y se alejó, desapareciendo en dirección a los ascensores.

Le lancé una mirada fulminante a Zeff, presionando mi mano contra el pecho para frotar el dolor fantasma de la furia de su lobo. Esta nube asfixiante de testosterona masculina definitivamente iba a estrangularme.

Dejé caer mi cartera sobre la silla y me obligué a mirarlo. —Buenos días, Zeff.

Sus fosas nasales se dilataron mientras seguía la marcha de Owen. Cerró sus brillantes ojos esmeralda y respiró de forma profunda y temblorosa; su enorme pecho subía y bajaba mientras luchaba por mantenerse bajo control. —Buenos días, Liliam.

Incluso con los ojos cerrados, yo sabía que los celos seguían ardiendo en él fuera de control.

—¿Las cosas están bien con Owen otra vez? —preguntó, y su voz fue un gruñido bajo y vibrante que me recorrió la espalda con un escalofrío.

Me crucé de brazos a la defensiva sobre el pecho. —Owen es mi novio, Zeff.

La palabra actuó como un fósforo encendido en un polvorín.

Los ojos de Zeff se abrieron de golpe. Acortó la distancia entre nosotros en tres largas y depredadoras zancadas, ignorando por completo que estábamos en medio del piso abierto de la oficina. Se detuvo a escasos centímetros de mí, y su presencia eclipsó completamente la habitación.

—Qué novio ni qué carajos —gruñó Zeff suavemente, bajando la voz a un tono exclusivo para mis oídos. Su mirada bajó hacia mi garganta, y sus ojos se oscurecieron con un hambre cruda e innegable—. Definitivamente estabas deseando que te marcara anoche.

Abrí los ojos de par en par, llena de absoluto horror. El piso pareció desaparecer bajo mis pies.

¿Pero qué carajos? Mi mano voló hacia arriba, cubriendo instintivamente el punto de mi cuello donde sus dientes me habían roto la piel en el bosque. *¿Lo hice? Pero fue un sueño... ¿verdad?* Un latido sordo y fantasma palpitaba bajo mis dedos. No había sido solo mi subconsciente. Él había estado allí. Él también lo había sentido. Había experimentado cada segundo del placer cegador, del reclamo y de la entrega absoluta.

Una oleada repentina y abrumadora de pánico y claustrofobia me invadió.

Owen me manipulaba con su aterradora y fría fuerza. William me había acorralado, intentando obligarme a someterme a su autoridad real. Y ahora Zeff invadía mis sueños de forma casual, reclamando mi alma mientras yo dormía y usándola para dictar mi vida de vigilia. Todos intentaban poseerme, ejercer control sobre mí o forzarme a situaciones imposibles.

Di un paso atrás brusco y deliberado, poniendo distancia entre nosotros. Levanté la barbilla, forzando a que mi voz se volviera completamente helada.

—Sugiero que nos abstengamos de hablar de nuestra vida personal, señor Gunnolf.

Zeff se estremeció físicamente. El uso formal e increíblemente distante de su apellido pareció sorprenderlo por completo. La rabia ardiente y abrasadora que irradiaba del vínculo dentro de mi pecho se fracturó de inmediato, transformándose rápidamente en un pulso profundo y doloroso de preocupación y rechazo.

—Liliam —empezó a decir, extendiendo la mano.

—Tengo mucho trabajo hoy —lo interrumpí, dándole la espalda y sentándome en mi escritorio. Me temblaban las manos al encender la computadora, pero me negué a mirarlo. Necesitaba averiguar qué era yo, qué hacía mi magia y cómo sobrevivir a esta pesadilla. Y no podría hacerlo si dejaba que él —o cualquiera de ellos— me controlara.

Respirando hondo para calmarme, mantuve la mirada fija en el monitor brillante y solté mi ultimátum definitivo.
—Este fin de semana me voy a llevar a Shadow a mi casa.

La presión del aire en la habitación bajó tan rápido que hizo que se me taparan los oídos.

—¿Perdona? —La voz de Zeff ya no era un murmullo herido; era un gruñido duro y vibrante de Alfa. Se acercó al borde de mi escritorio, apoyando sus enormes manos planas sobre la madera e inclinándose sobre mis monitores—.

Dijiste que no estaba seguro con Owen. No lo vas a sacar del complejo...

—Sé lo que hago. Él está perfectamente seguro en mi casa —respondí, con mis instintos maternales encendiéndose intensamente a la defensiva—. Y Shadow debe extrañarme. Probablemente esté aterrorizado, encerrado y rodeado de un montón de lobos salvajes.

—Mi manada lo está protegiendo —soltó Zeff, con la mandíbula tensa—. Está alimentado, protegido y adaptándose. Lo instalé en mi propia ala, Liliam. Le estoy enseñando las reglas para que no se haga daño.

—¡Él no necesita tus reglas, Zeff! ¡Me necesita a mí! —estallé, subiendo la voz mientras lo miraba con furia—. ¡Fui yo quien lo rescató! Fui yo quien le dio de comer y lo curó cuando solo era un cachorro magullado. ¡Él no necesita a un campamento militar!

—¡Me pediste que lo acogiera! —replicó Zeff, y sus ojos esmeralda brillaron con una furia feroz y sobreprotectora—. ¡Necesita estructura! Es una anomalía mágica. ¡Solo puedes protegerlo de esta realidad si entiendes cómo funciona nuestro mundo!

Golpeé el escritorio con las manos y me puse de pie de un salto, ignorando por completo que estábamos en medio del departamento de marketing. Sostuve su mirada brillante directamente, con una sensación ardiente en el pecho resistiendo lo que debía ser su pesada orden de Alfa.

—Él no es uno de tus soldados, Zeff —siseé, con la voz temblorosa por una furia maternal absoluta e inquebrantable—. No es propiedad de tu manada para que lo comandes, ni un peón en tus juegos de dominio territorial.

—¡Estoy intentando mantenerlo con vida, Liliam! —replicó Zeff, con la voz cargada de frustración, mirándome como si yo estuviera siendo completamente imprudente.

—Shadow es mi niño —respondí, con una fría finalidad resonando en cada sílaba. Sostuve su mirada, negándome a retroceder ni un centímetro—. Y quiero que venga el viernes a mi casa.

12
La pareja del beta

Dalia

La frontera del territorio Gunnolf no estaba marcada por verjas ni muros, pero el aire mismo se sentía cargado de magia antigua y territorial. Me escabullí más allá del perímetro invisible, conteniendo la respiración y anticipando el aullido ensordecedor de una alarma. No pasó nada.

El bosque permanecía en completo silencio. Lord Silas tenía razón: mi olor fragmentado, una mezcla híbrida de sangre latente de lobo y mago, era la anomalía perfecta para burlar por completo los sistemas de alerta temprana de la manada contra los vampiros. Era un fantasma en su bosque.

Solté un suspiro lento y tembloroso, y me agaché detrás del grueso tronco de un pino centenario. Las manos me temblaban ligeramente mientras abría el bolsillo delantero de mi chaqueta para sacar un pequeño cuadrado enrollado de pergamino grueso y un trozo de carbón.

Era un pergamino gemelo, profundamente impregnado de magia oscura de sangre. Lo que escribiera en esta superficie se filtraría de inmediato para aparecer en su duplicado exacto, que en ese momento se encontraba sobre el escritorio de Silas a cientos de millas de distancia.

Apoyé el pergamino contra mi rodilla; mi mano dudó una fracción de segundo antes de presionar el carbón sobre el papel.

Crucé el perímetro norte. Defensas superadas.

Por un instante, las letras trazadas en carbón negro brillaron con una tenue y enfermiza luz violeta. Luego, como si el papel se bebiera la tinta, las palabras se disolvieron por completo, dejando el pergamino perfectamente en blanco una vez más. La evidencia había desaparecido, pero la traición se había consumado.

Durante los siguientes cuarenta y cinco minutos, me moví como una sombra por el espeso y helado bosque. Usé la densa maleza para cubrirme, acercándome sigilosamente a las rutas de patrullaje establecidas. Cada vez que notaba una debilidad, sacaba el pergamino.

Tres guardias en la cresta este. Rotación cada quince minutos. El cruce del río es un punto ciego. Fuerte olor a pino que oculta mi rastro.

Cada vez, las palabras brillaban, se hundían en el papel y desaparecían.

Estaba terminando de anotar la distancia entre los puestos de guardia cuando la atmósfera del bosque cambió drásticamente.

La sinfonía nocturna de los grillos y el viento susurrando entre las hojas enmudeció de golpe. El silencio que cayó sobre el bosque no era para nada pacífico; era pesado, asfixiante y completamente depredador. Incluso sin tener un lobo completamente despierto en mi interior, un terror primitivo y helado se disparó directo a mi torrente sanguíneo.

Se me erizó el vello de la nuca.

Me están cazando.

Guardé el pergamino en blanco en mi chaqueta, con el corazón latiendo de forma frenética y ensordecedora contra mis costillas. Ya no intenté mantenerme en silencio. Giré sobre mis talones y salí disparada.

Corrí a ciegas por el oscuro bosque, mientras las ramas me azotaban la cara y me rasgaban la ropa. Detrás de mí estalló el inconfundible y aterrador sonido de enormes patas golpeando la tierra. No solo eran rápidos; eran de un tamaño imposible, atravesando la maleza con una precisión letal.

Salté sobre un tronco podrido, con los pulmones ardiendo, en un intento desesperado por llegar a la frontera. Pero los lobos conocían su territorio mejor que nadie.

Un enorme borrón gris oscuro salió proyectado desde la línea de árboles a mi izquierda, cortándome el paso. Me detuve en seco sobre la tierra húmeda, girando para correr en dirección contraria, solo para toparme con otro lobo enorme que bajaba por una cresta rocosa detrás de mí, mostrándome los dientes con un gruñido feroz.

—No te muevas —ordenó una voz humana, profunda y áspera, desde las sombras.

Un tercer guardia salió de detrás de un árbol, completamente transformado en su forma humana, pero irradiando una dominancia Alfa tan agresiva que asfixiaba.

El pánico superó por completo mi sentido común. Me negaba a que me llevaran de vuelta con Silas, y me negaba a ser prisionera de los lobos. Me lancé hacia atrás, intentando desesperadamente canalizar la magia dorada y dormida de mago hacia mis dedos para levantar un escudo. Una tenue chispa se encendió en mis palmas, pero estaba exhausta y no tenía el entrenamiento necesario.

Antes de que la magia pudiera tomar forma, el hombre se movió con una velocidad cegadora y sobrenatural. Me agarró por la muñeca, torciéndola bruscamente para romper el hechizo, y me barrió las piernas. Caí contra el suelo del bosque con fuerza, quedándome sin aire tras un impacto doloroso. Forcejeé salvajemente, pataleando y retorciéndome para escapar de su agarre de hierro.

—¡Sujétala! —ladró el hombre.

Logré zafar mi brazo y lancé un puñetazo salvaje y desesperado; mis nudillos chocaron con fuerza contra su mandíbula. Apenas se inmutó.

Sus ojos brillaron con un dorado letal y resplandeciente. Se abalanzó sobre mí, sometiendo por completo mis frenéticos forcejeos. Un golpe contundente y pesado —tal vez la empuñadura de un arma o el peso puro de su puño— se estrelló contra mi nuca con una fuerza catastrófica.

Un cegador destello de luz blanca explotó detrás de mis ojos, seguido al instante por una ola agonizante de oscuridad. El sonido de los lobos gruñendo se desvaneció en un eco lejano, y el frío suelo del bosque pareció alzarse para engullirme por completo.

Mi cabeza latía con un pulso rítmico y nauseabundo. El dolor agonizante y ardiente en la base de mi cráneo fue lo primero de lo que fui consciente, seguido de inmediato por la aterradora certeza de que no podía ver.

Una tela áspera y maloliente —una especie de lona gruesa o saco de arpillera— me cubría la cabeza con fuerza, raspándome las mejillas. Mis brazos estaban inmovilizados en un ángulo incómodo y los hombros me ardían mientras dos pares de manos enormes e implacables me arrastraban por las axilas. Las puntas de mis botas se arrastraban inútilmente por la tierra y luego rasparon con fuerza contra unos escalones de madera.

Me subieron directamente por el amplio pórtico de lo que parecía una enorme cabaña principal y me empujaron a través de unas pesadas puertas dobles.

El aire en el interior cambió al instante. El frío helado del bosque desapareció, siendo sustituido por una atmósfera espesa y asfixiante, cargada con el aroma almizclado y profundamente territorial de los lobos. Mis captores me llevaron por una serie de pasillos, con sus pesadas botas golpeando el suelo de madera, hasta que finalmente nos detuvimos.

Uno de los hombres tocó a una puerta de roble macizo.

—Adelante —ladró una voz profunda y furiosa desde el interior. Sonó como una amenaza física.

La puerta se abrió y me empujaron violentamente hacia adentro. Me tambaleé hasta caer de rodillas, soltando un jadeo cuando me arrancaron bruscamente el áspero saco de la cabeza.

Parpadeé ante la luz intensa, intentando orientarme. El aire en la oficina era tan denso, cargado de una tensión asfixiante y violenta, que costaba respirar. Olía a ozono quemado, a madera rota y a pura agresión Alfa sin control.

Zeff Gunnolf no estaba sentado detrás de su gran escritorio de caoba. Caminaba de un lado a otro tras él, como una bestia herida y enjaulada, con la mandíbula tan apretada que los músculos se le marcaban, mientras se frotaba la nuca con una mano enorme en un gesto de profunda y frenética agitación.

Dejó de caminar y giró la cabeza hacia mí. Sus penetrantes ojos no solo eran verdes; brillaban con un tono esmeralda radiactivo y volátil. Pero bajo esa furia letal, parecía un hombre que acababa de perder una guerra y buscaba desesperadamente algo que destrozar.

—Dime a qué has venido —gruñó Zeff, con la voz convertida en un murmullo bajo y amenazante que hizo que mis rodillas temblaran literalmente contra las tablas del suelo.

—No quería entrometerme —tartamudeé, encogiéndome todo lo que los dos guardias detrás de mí me permitían—. Solía vivir en estas tierras. Solo vine de visita. Eso es todo.

Los ojos brillantes de Zeff se entrecerraron de golpe, diseccionando la mentira. Claramente, no tenía la paciencia mental para que le importara. Miró a los dos guardias. —Fuera. Déjenla.

Los hombres no dudaron en escapar del aura opresiva de su Alfa. Salieron de inmediato, cerrando la pesada puerta a sus espaldas.

—Tienes mucho descaro para aparecerte en mis fronteras esta noche —continuó Zeff, apoyando sus enormes manos sobre el escritorio mientras se inclinaba pesadamente hacia mí. Parecía completamente agotado, y su pecho subía y bajaba impulsado por una ira feroz y descontrolada—. No tengo paciencia, y mucho menos piedad. Tienes suerte de que mis patrullas no te hayan arrancado la garganta en el acto.

—No estoy aquí para causar problemas —supliqué, intentando desesperadamente mantener la compostura bajo el peso aplastante de su aura de Alfa.

Zeff se irguió; sus fosas nasales se dilataron de repente al captar los sutiles cambios en mi olor. Su postura agresiva flaqueó por una fracción de segundo, y frunció su ceño oscuro con profunda sospecha. —Tu aroma... Es diferente. ¿Qué eres?

—Mi madre era loba y mi padre mago —respondí con suavidad, alimentándole la mentira ensayada mientras me obligaba a sostener su aterradora mirada—. Vivíamos en la frontera hasta que las cosas se complicaron.

Zeff me miró fijamente, con la mandíbula tensa. Parecía a punto de quebrar; su mente claramente lidiaba con mil problemas catastróficos más.

—Bien —gruñó Zeff con desdén—. No tengo tiempo para lidiar con un híbrido rebelde en este momento. Te quedarás en las celdas hasta que decida qué hacer contigo.

Justo en ese momento, la puerta de la oficina se abrió con un clic.

—Zeff, los guardias del perímetro dijeron...

Un hombre alto y musculoso, de cabello castaño claro, entró en la habitación con una carpeta en la mano. Pero en el instante en que sus llamativos ojos plateados se posaron sobre mí, arrodillada en el suelo, el resto de la frase se le murió en la garganta.

El aire en la habitación cambió de forma instantánea y violenta.

Una oleada de granada dulce y embriagadora invadió mis sentidos, cortando de lleno la ira asfixiante de Zeff como una cuchilla. Mi corazón se detuvo en seco. Un tirón eléctrico y poderoso me golpeó las costillas, robándome el aliento por completo.

Y entonces, ocurrió un milagro. En lo más profundo de mi alma, el vacío latente y silencioso por el que había llorado hacía apenas una hora se encendió de repente. Mi loba se movió, despertando de su largo letargo para soltar un aullido alegre, desesperado y desgarrador en mi mente.

Mierda.

Los ojos plateados de Josh se abrieron de par en par. La carpeta se le resbaló de las manos, estrellándose contra el suelo de madera, pero ni siquiera se inmutó. Dio un paso rígido, casi involuntario, hacia mí, completamente paralizado. El vínculo entre nosotros era innegable, una fuerza magnética y biológica que nos exigía acortar la distancia. Podía ver la lucha interna reflejada en su apuesto rostro. Tragó saliva con fuerza, con sus grandes manos temblando a los costados.

—Josh —replicó Zeff, completamente ciego a la conexión trascendental que estaba ocurriendo a solo un metro de él. El Alfa nos dio la espalda, frotándose las sienes como si luchara contra un dolor de cabeza monumental—. Llévala a las celdas de seguridad. Ponle las esposas y enciérrala. La interrogaremos por la mañana.

Josh parpadeó, sacudiéndose violentamente del trance. Asintió con rigidez, aunque sus grandes ojos plateados no se apartaron de los míos. Dio un paso adelante y me agarró suavemente por la parte superior del brazo, poniéndome de pie y haciéndome un gesto para que lo siguiera.

Caminamos por los largos pasillos en un silencio agonizante. Mi loba recién despertada se agitaba contra mis costillas, gritándome que extendiera la mano y lo tocara, que enterrara mi rostro en su cuello y respirara su aroma. Noté que sus anchos hombros estaban increíblemente tensos; había metido sus manos temblorosas en los bolsillos para ocultar su falta de control. Se mordía el interior de la mejilla con tanta fuerza que pude oler una leve y aguda gota de sangre.

Llegamos a un edificio de hormigón armado, separado de la cabaña principal. Los guardias apostados afuera asintieron respetuosamente al Beta, abriendo una pesada puerta de hierro. Adentro había una sala común austera con una mesa redonda de metal, flanqueada por varias puertas pesadas de celdas.

Josh me llevó hasta la última puerta a la izquierda y la empujó, revelando un catre pequeño contra una fría pared de piedra. Al entrar, mi valor por fin superó a mi miedo.

—Dalia —susurré.

Josh se giró. Miró hacia el pasillo para asegurarse de que los guardias no lo vieran, y luego entró rápidamente a la celda conmigo, cerrando de golpe la pesada puerta de hierro tras de sí.

La cerradura ni siquiera había hecho clic cuando sus manos ya estaban sobre mí.

Me agarró por los hombros y me atrajo contra su pecho duro, sus labios chocando contra los míos. El beso fue urgente, desesperado y lleno de la intensidad cegadora y posesiva de nuestro vínculo recién formado. Mi cuerpo respondió por puro instinto. Le rodeé el cuello con los brazos con fuerza, acercándolo más, anclándome a él después de toda una vida sintiéndome completamente a la deriva.

Nuestros labios se movieron juntos: explorando, probando, intentando con hambre recuperar diecisiete años de tiempo perdido. El calor entre nosotros fue explosivo, derritiendo al instante el frío helado del bosque. Las grandes manos de Josh recorrieron mi espalda, pegando mis caderas a las suyas, enviándome violentos escalofríos por la columna. Podía sentir su corazón latiendo de forma frenética y errática contra mi propio pecho. El aroma a pino y a un almizcle exuberante y terroso que irradiaba de su piel era por completo embriagador.

Después de lo que pareció una eternidad, por fin nos separamos, ambos jadeando en la penumbra de la celda.

Los ojos plateados de Josh estaban abiertos de par en par, oscurecidos por un deseo salvaje y desbordado. Apoyó su frente contra la mía, y sus grandes manos temblaban mientras me acariciaban suavemente el rostro.

—He esperado toda mi vida por esto —admitió, con la voz ronca y quebrada, su aliento caliente contra mis labios hinchados.

Me besó de nuevo, esta vez de forma más suave, dolorosamente dulce, antes de separarse lentamente. El peso de su deber parecía caer sobre él una vez más. Se llevó la mano al cinturón, sacando las pesadas esposas plateadas que Zeff le había ordenado usar. Las miró con puro desprecio.

—Tengo que ponerte esto por ahora, para mantener alejados a los guardias —murmuró Josh contra mi boca, apretando mi cintura de forma posesiva antes de soltarme—. Volveré más tarde con comida. Hablaré con Zeff cuando se calme. Pero te lo juro... No te voy a dejar ir.

13

Dulce Sumisión

Liliam

—¡Estás en casa! —exclamó Owen cuando entré por la puerta. Asomó la cabeza desde su oficina; su sonrisa se desvaneció un poco al ver quién venía conmigo.

Sabía por qué. Shadow venía justo detrás de mí.

—Ah, ¿recuerdas a la tía Kathy? —dije, intentando mantener un tono ligero. Confiaba en la terrible memoria de Owen cuando se trataba de rostros o personas. La estrategia era sencilla: lo engañaría haciéndole creer que la tía Kathy —una tía que en realidad no existía— me había pedido que cuidara de su hijo durante un par de días.

—Este es Kevin, su hijo —continué, señalando a Shadow—. Me pidió que lo cuidara un rato.

Owen me miró, con un poco de confusión nublándole los ojos mientras intentaba recordar a una persona ficticia. Tras un momento, se encogió de hombros y sonrió.

—Claro —dijo, tan fácil de convencer como siempre.

Shadow se puso a mi lado, mirando a Owen con una expresión cautelosa. Era la primera vez que veía a Owen en su forma humana, y yo podía percibir su inquietud.

—Este es Owen —le dije a Shadow, lanzándole una mirada significativa—. Por favor, compórtate.

Shadow pareció entender; recordaba cómo solía gruñirle a Owen cuando era un cachorro.

—Hola, Owen —dijo, con la voz un poco rígida.

Owen sonrió y se acercó a nosotros, su corpulenta figura apenas cubierta por los pantalones cortos que llevaba. Le dio una palmada amistosa en el hombro a Shadow antes de pasar junto a él hacia la sala. Luego tomó su control blanco de PS5 y volvió a mirarlo.

—¿Quieres jugar?

Le extendió el control, y Shadow lo miró, confundido. De repente, me di cuenta de que no tenía ni idea de cuánta experiencia tenía Shadow con cosas así.

—Nunca he jugado —admitió Shadow, con voz insegura.

—¿Nunca? —preguntó Owen, parpadeando sorprendido—. ¿Nunca has jugado?

Shadow negó con la cabeza, luciendo preocupado por su falta de experiencia. Owen simplemente sonrió.

—No te preocupes, chico. Te enseñaré.

Le hizo un gesto a Shadow para que se sentara y encendió la consola, acomodándose a su lado.

Cuando la pantalla se iluminó, Shadow me miró, aún confundido. Le sonreí con tranquilidad, animándolo a intentarlo. Sentí una punzada de culpa por ponerlo en esa situación tan incómoda. Shadow siempre había sido muy cauteloso con Owen, gruñéndole cada vez que se acercaba demasiado. Y, sin embargo, ahí estaba Owen, relajado y amigable, ignorando por completo que aquel niño era el mismo cachorro que solía gruñirle.

Me dirigí a la cocina, mirando de reojo por encima del hombro para ver cómo se llevaban. Poco a poco, Shadow iba aprendiendo, con su interés provocado por la nueva experiencia. Los observaba en silencio mientras empezaba a cocinar; la sencilla cotidianidad de la escena calmaba mis nervios desgastados.

Traer a Shadow había sido idea mía. Necesitaba un ancla, algo que me mantuviera con los pies en la tierra, especialmente con todas las cosas extrañas que ocurrían por la noche. Planeaba dormir en la habitación de invitados con Shadow, esperando que su presencia me ayudara a procesar mi confusión.

Miré de nuevo hacia la sala y vi cómo los ojos de Shadow se abrían de asombro ante el juego que se desarrollaba en la pantalla. Aprendía rápido; sus pequeñas manos dominaban el control con creciente confianza. Se me calentó el corazón al verlos juntos, la curiosidad de Shadow mezclándose con la naturaleza relajada de Owen de una forma que jamás esperé.

Nos sentamos a comer juntos, y pude notar a Shadow cada vez más cómodo. Le hacía preguntas a Owen sobre el juego, y su timidez inicial había sido sustituida por un interés genuino. Owen respondía a cada pregunta con paciencia, aparentemente disfrutando de su rol de maestro.

Entonces, Shadow se movió en el sofá y chocó accidentalmente contra el brazo de Owen. Owen se tensó de inmediato. Por un microsegundo aterrador, un vacío frío y muerto se tragó por completo sus ojos marrones. Su mandíbula se apretó con tanta fuerza que le saltó un músculo en la mejilla; sus manos temblaban como si luchara violentamente para mantener bajo control algo bajo su propia piel. Cerró los ojos, tomó aire de forma entrecortada y desesperada, y forzó una sonrisa rígida y agotada de vuelta en su rostro.

—Cuidado, chico —murmuró, con la voz tensa pero suave.

Era casi... normal. Y por un momento, me permití la esperanza de que quizá, solo quizá, las cosas pudieran ser normales. Al menos por ahora.

Abrí los ojos y solté un gemido. Estaba de vuelta en el bosque de los sueños. Me había quedado dormida.

Me puse de pie y observé mi entorno familiar. Los altos árboles se alzaban sobre mí, con sus hojas susurrando suavemente con la brisa, proyectando patrones cambiantes de luz y sombra sobre el suelo del bosque.

—¿Zeff? —llamé, y mi voz resonó ligeramente en la quietud.

Se oyó un susurro cerca, y una figura salió de detrás de los árboles. El corazón se me hundió al ver quién era.

William.

—¿Qué haces aquí? —pregunté, dando un paso atrás por instinto. Mi pulso se aceleró mientras intentaba entender por qué estaba él allí, en mi sueño, en lugar de Zeff.

William miró a su alrededor, con las manos metidas en los bolsillos y una sonrisa extendiéndose lentamente por sus labios. —Me has arrastrado a este escenario —comentó, con un tono ligero, casi burlón, pero sus ojos tenían un atisbo de algo más oscuro.

—¿Te arrastré hasta aquí? —repetí, confundida—. ¿Todo esto fue culpa mía?

Él asintió, sin apartar su mirada de la mía; sus ojos estaban oscuros y brillaban con algo que no lograba identificar. —Conexión mental —explicó, con voz suave y calmada, como miel con un toque de acero—. Principalmente, se invoca para llamar a las parejas.

¿Así que fui yo todo el tiempo?

Se acercó, acortando la distancia entre nosotros, y pude oler ese aroma familiar a maracuyá mezclado con limón. Era embriagador; envolvía mis sentidos y me hacía dar vueltas la cabeza. Me mordí el interior de la mejilla, intentando mantenerme concentrada, pero su presencia era abrumadora; me oprimía como un peso.

Extendió la mano para tocar mi mejilla y quise apartarme, pero mi cuerpo se sentía pesado, casi como si tuviera vida propia esta noche. Sus dedos bajaron desde mi mejilla hasta mi cuello, dejando un rastro de calor cosquilleante a su paso. Se movieron sobre mi hombro y, antes de que pudiera estremecerme por la sensación, su mano se deslizó hasta mi cintura, atrayéndome hacia él con un toque que era a la vez suave y posesivo.

—Me da un poco de envidia que estuvieras pensando en Zeff —murmuró, con su voz baja y áspera resonando en mi oído, enviándome un escalofrío por la espalda.

Intenté apartarlo, pero estaba firme; su peso me anclaba en el sitio. Se inclinó, rozando mi lóbulo con los labios para luego besarlo suavemente. La inesperada intimidad del gesto me hizo estremecer, una reacción que no quería reconocer. Cuando se apartó un poco, vi algo diferente en sus ojos... algo que no esperaba.

Una súplica.

Este era William, el Rey de los Alfas, un líder poderoso y autoritario. Debió de haber prosperado rodeado de poder, respeto y adoración. Pero ahora había una vulnerabilidad en su mirada, una súplica silenciosa y desesperada que parecía estar fuera de lugar en los ojos de un hombre como él. Era como si, bajo toda esa fanfarronería y fuerza, hubiera una parte de él que estuviera tan perdida, en una búsqueda tan desesperada como la mía.

Quería relajarme. Quería soltar toda la tensión y el estrés que me habían estado pesando. Sentía que necesitaba desahogarme, liberar todo lo que se había ido acumulando dentro de mí. Sin pensarlo mucho, agarré un puñado de su cabello y lo atraje hacia mí con una sonrisa. El movimiento le arrancó un sonido profundo, casi gutural; un sonido que me provocó una oleada de calor.

William sonrió, con los ojos brillando en una mezcla de sorpresa y alegría. Sus músculos se tensaron bajo mi toque, a la espera, casi como si anticipara mi siguiente movimiento. Su mirada era intensa, sus labios estaban ligeramente entreabiertos, y podía sentir la tensión que irradiaba de él, como un resorte tenso a punto de soltarse.

¿Está esperando a que yo tome la iniciativa?

Sentí una extraña y emocionante sensación de empoderamiento invadirme; mi cuerpo vibraba con una energía que nunca antes había sentido. Esto era diferente. Con Zeff, siempre había sido ceder, entregarme a la conexión, al hambre suave pero insistente de su contacto. Pero aquí, con William, podía sentir algo más: una anticipación, una sensación de control completamente nueva.

Dejé que mis labios rozaran los suyos, sintiendo cómo crecía la anticipación entre nosotros. Su piel parecía hormiguear de emoción, su cuerpo vibrando con la energía que flotaba densa en el aire a nuestro alrededor. Se le cortó la respiración y sentí que su cuerpo se acercaba, su pecho contra el mío, su corazón latiendo con fuerza. Sus ojos se cerraron lentamente y sus labios apenas rozaron los míos; estaba esperando, deseando, pero sin atreverse a dar el paso final.

Cuando finalmente uní mis labios a los suyos, sentí que cedía: su boca se abrió para recibir la mía, hambrienta pero contenida, como a la espera de mi orden. Su beso era ferviente, pero había una contención, un matiz de sumisión que yo no esperaba. Era como si me estuviera cediendo el poder, dejándome liderar, y esa realización me provocó un corrientazo de poder por todo el cuerpo.

Profundicé el beso y él me siguió de buen grado, como un cachorro que sigue a su dueño, dispuesto y feliz de complacer. Su sabor era dulce y ácido, como el maracuyá en mi lengua, y la forma en que respondía, la manera en que su cuerpo parecía cobrar vida bajo mi toque, me dio una inmensa sensación de poder. Sentí sus manos moverse hacia mi cintura; su toque era firme pero suave, como si temiera propasarse.

¿Era este el gran Rey Alfa? ¿Un hombre que se alimentaba del control y el poder, convertido ahora en un participante voluntario en la sumisión? El pensamiento me provocó un escalofrío, una extraña y embriagadora sensación de dominio que no esperaba disfrutar tanto.

¿Acaso el gran Rey Alfa es un fanático de la sumisión?

La idea casi me hizo reír. Pero no había forma de negar la verdad en sus acciones: en la manera en que me esperaba, en cómo me respondía, en su cuerpo tenso por la anticipación. Podía sentir su necesidad, su deseo de complacer, de servir, y eso despertó algo muy profundo en mí. Quería explorar esto, ver hasta dónde podía llegar esta nueva dinámica.

Me aparté un poco, mis labios rozando los suyos, mi aliento mezclándose con el suyo. —¿Te gusta esto? —susurré, con voz baja y provocativa.

Abrió los ojos con dificultad, con las pupilas dilatadas por el deseo. —Sí —susurró, su voz apenas un hilo—. Me gusta... Me gusta mucho.

Su confesión me provocó una descarga de placer, una oleada embriagadora de poder que me hizo dar vueltas la cabeza. Sentí sus manos apretarse en mi cintura, acercándome más, su cuerpo presionando contra el mío. Su necesidad era palpable; un anhelo crudo, casi desesperado, que igualaba al mío.

Me incliné de nuevo, capturando sus labios con los míos, y esta vez no dudé. Sentí cómo se rendía por completo, su cuerpo relajándose contra el mío, sus manos subiendo a mi espalda para abrazarme fuerte. El beso se profundizó, volviéndose más intenso, más apasionado, y sentí cómo el mundo a nuestro alrededor se difuminaba, desvaneciéndose hasta que no quedó nada más que él, yo y ese momento.

La dinámica de poder había cambiado, y yo disfrutaba del control que tenía sobre él. Sentí una oleada de adrenalina y emoción recorriéndome las venas. Quería ver hasta dónde podía empujarlo, cuánto estaba dispuesto a darme.

Rompí el beso de nuevo, dejando mis labios flotando a solo unos centímetros de los suyos. —De rodillas —susurré, con voz llena de autoridad.

Por un momento pensé que podría resistirse, pero luego sus ojos se oscurecieron con sumisión, y lentamente se arrodilló ante mí, sin apartar su mirada de la mía. Verlo así, arrodillado a mis pies, era embriagador; una mezcla tóxica de poder y deseo que me dejaba sin aliento.

Sentí un escalofrío de satisfacción, de triunfo, al mirarlo. Era un lado suyo que no esperaba, un lado que ansiaba la sumisión, que quería ser dominado. Y yo estaba más que dispuesta a concedérselo.

Bajé la mano, enredando los dedos en su cabello y atrayéndolo hacia mí. Cerró los ojos lentamente; una expresión suave, casi de puro placer, cruzó su rostro mientras se inclinaba hacia mi caricia. Sus manos descansaban en mis muslos, con un agarre firme pero sin ser brusco, como esperando mi permiso para moverse.

—Buen chico —murmuró, y las palabras le provocaron un escalofrío. Sus labios se entreabrieron ligeramente; un suave gemido se le escapó mientras me miraba con una mezcla de asombro y deseo.

Me coloqué sobre su regazo, sentándome a horcajadas sobre él. Mis dedos se enredaron en su cabello, tirando de su cabeza hacia atrás y dejando al descubierto el pulso palpitante de su cuello. Podía sentir su excitación presionando contra mí, estremeciéndose de anticipación, su cuerpo temblando bajo mi toque. Inclinó la cabeza hacia un lado, con la respiración entrecortada mientras dejaba escapar un gemido bajo, entregándose a la sensación.

Me incliné, mis labios rozando la piel sensible de su cuello, sintiendo el calor que irradiaba su cuerpo. Su piel estaba caliente, casi febril, y el aroma a maracuyá y limón llenaba mis sentidos, embriagándome. Sentí cómo se aceleraba su respiración, su pecho subiendo y bajando rápidamente contra el mío.

Luego, sin dudarlo, clavé los dientes en su cuello, mordiendo con firmeza. Un escalofrío agudo y electrizante nos atravesó a ambos. El dolor inicial se transformó rápidamente en algo más profundo, más intenso, enviando oleadas de placer que recorrían mi cuerpo. Ambos gemimos, el sonido resonando en el claro del bosque, crudo y sin restricciones.

Las manos de William volaron a mi espalda, sus dedos clavándose en mí, sus uñas rozando mi piel mientras intentaba acercarme aún más. Podía sentir la tensión en sus músculos, cómo su cuerpo temblaba con cada movimiento, cada respiración. Sus gemidos se hicieron más fuertes, más desesperados, como si estuviera al borde de algo que no podía controlar del todo.

Me abracé a él con fuerza, con los dientes aún clavados en su cuello, saboreando la salinidad de su piel mezclada con el inconfundible sabor metálico de la sangre. La sensación era abrumadora, una mezcla embriagadora de poder y deseo que me dejaba sin aliento. Podía sentir cada escalofrío, cada estremecimiento que recorría su cuerpo, cada uno reflejado en el mío.

Las manos de William recorrían mi espalda, su toque volviéndose más rudo, más frenético. Sus caderas se movían bajo las mías, su erección presionando con más fuerza contra mi centro y enviando descargas de placer que recorrían todo mi cuerpo. Podía sentir su necesidad, su hambre, mientras gemía y jadeaba; su cuerpo moviéndose por puro instinto, buscando más, buscando liberación.

Mordí con más fuerza y él dejó escapar un gemido profundo y gutural, arqueando su cuerpo hacia el mío. Su agarre en mi espalda se apretó, sus dedos presionando mi piel con tanta fuerza que dejaron marcas. Sus quejidos se convirtieron en suaves gemidos de placer, y echó la cabeza hacia atrás, entregándose por completo a la sensación.

Una oleada de satisfacción me invadió, un escalofrío de poder recorriéndome las venas. Lo tenía en mis manos; al poderoso Rey Alfa, temblando y gimiendo debajo de mí, completamente a mi merced. El pensamiento envió otra oleada de calor por mi cuerpo, intensificando el placer que latía entre nosotros.

Su cuello palpitaba bajo mis labios, su pulso acelerándose con cada segundo. Solté mi mordida y me aparté para mirarlo. Sus ojos estaban entrecerrados, vidriosos por una mezcla de dolor y placer, los labios entreabiertos mientras jadeaba con fuerza, su aliento caliente contra mi piel. Su mirada estaba aturdida, casi suplicante, como si rogara por más, como si necesitara más.

—¿Quieres más? —susurré, con voz baja y provocativa.

—Sí —susurró, con la voz áspera y desesperada—. Por favor... más...

Su respuesta me provocó un disparo de adrenalina, una sensación absoluta de triunfo y poder. Me incliné de nuevo, rozando con los labios la marca fresca de la mordida, sintiendo el calor de su piel, la forma en que su cuerpo temblaba en respuesta.

Cuando volví a clavar los dientes en su cuello, dejó escapar un gemido entrecortado; sus manos me apretaron aún más fuerte y su cuerpo se arqueó bajo el mío. Podía sentir la intensidad de su necesidad, la forma en que su cuerpo respondía a cada caricia, a cada mordida. Era embriagadora la sensación de control, de poder, el saber que estaba completamente a mi merced.

Me aparté una vez más, mis labios flotando sobre los suyos, sintiendo su aliento mezclarse con el mío. Sus ojos estaban muy abiertos, llenos de una mezcla de asombro y deseo. Su cuerpo estaba tenso, cada músculo apretado por la anticipación, el pecho subiendo y bajando con cada respiración entrecortada.

Me miró con ojos suplicantes, los labios temblando con palabras no dichas. Podía sentir su corazón latiendo contra mi pecho, el ritmo sincronizándose con el mío, creando un latido extraño, casi hipnótico.

—Te gusta esto, ¿verdad? —susurré, con la voz cargada de satisfacción.

Asintió, moviendo débilmente la cabeza, cerrando los ojos lentamente. —Sí... Me gusta... Lo quiero... —murmuró, con la voz convertida en apenas un suspiro.

Su confesión envió otra oleada de calor a través de mí; mi cuerpo respondía a su necesidad, a su deseo. Me incliné de nuevo, capturando sus labios con los míos, sintiendo la urgencia, el hambre en su beso. Sus manos subieron para enredarse en mi cabello, atrayéndome más cerca, profundizando el beso mientras su cuerpo se arqueaba hacia el mío.

Podía sentir su excitación presionada contra mí, palpitando de deseo, y no pude evitar sonreír contra sus labios. En este mundo onírico, todo era diferente. Aquí, yo tenía el control, y William, el poderoso Rey Alfa, era mío para mandar.

14

El Mandato de la Reina

Liliam

Abrí los ojos con el corazón acelerado, intentando entender mi entorno. La habitación estaba a oscuras; las sombras familiares se extendían por las paredes. Sentí el cuerpo de Owen acurrucado detrás de mí, con sus brazos rodeando mi cintura con fuerza. Estábamos los dos desnudos bajo las sábanas otra vez. El pánico me invadió e intenté quitarme las sábanas de encima para levantarme, pero el brazo de Owen se apretó a mi alrededor, atrayéndome más hacia él.

—Estás muy calientita —murmuró somnoliento, con su aliento cálido rozando mi cuello—. No te vayas todavía.

Pero mi mente daba vueltas y mis pensamientos iban a mil por hora. El sueño con William había sido tan vívido, tan real, con cada sentido agudizado hasta el punto de estallar. La sensación de sus manos sobre mí, el sabor de su piel, la oleada de poder y control... todo permanecía, haciendo que mi piel hormigueara con la energía residual.

Necesitaba respuestas. Necesitaba saber qué era real y qué no.

—Owen —susurré, con la voz temblorosa—. ¿Nosotros... tuvimos sexo?

Owen se movió ligeramente, aún medio dormido, y su mano rozó mi estómago. —No —respondió, con la voz pesada y cargada de sueño—. No me dejaste.

El alivio y la confusión me invadieron al mismo tiempo. Si no habíamos tenido relaciones, ¿por qué me sentía tan expuesta, tan vulnerable? Tragué saliva con fuerza, intentando alejar las sensaciones persistentes del sueño, la viveza de todo. No era real. No podía ser real. Pero entonces, ¿por qué sentía que aún podía saborear a William en mis labios, sentir su aliento en mi piel?

—¿Qué pasó? —pregunté, con la voz convertida en apenas un susurro.

Owen suspiró suavemente, aflojando el brazo alrededor de mi cintura. —No lo sé... estabas inquieta... hablando dormida —murmuró—. Intenté abrazarte... pero seguías apartándote.

Cerré los ojos mientras un sudor frío brotaba en mi frente. *Hablando dormida.* ¿Qué había dicho? ¿Acaso dije el nombre de William? ¿Dije el de Zeff? Sentí una oleada de náuseas recorriéndome y el estómago se me revolvió de ansiedad.

Owen se acurrucó más cerca, presionando sus labios contra mi hombro. —Relájate, Liliam —susurró—. Quédate aquí conmigo.

Pero no podía relajarme. Ahora no. No con todas estas preguntas sin respuesta girando en mi mente, no con los ecos persistentes del sueño aún corriendo por mis venas. Necesitaba despejar la cabeza. Necesitaba averiguar qué demonios me estaba pasando.

—Necesito aire —murmuré, intentando apartarme de nuevo.

El agarre de Owen se apretó por un momento antes de soltarme finalmente con un suspiro. —Está bien —dijo en voz baja, con un matiz de frustración—. Pero vuelve pronto, ¿sí?

Asentí, me levanté de la cama y agarré rápidamente una bata. Necesitaba salir de esa habitación, alejarme de la cálida y reconfortante presencia de Owen, alejarme de la confusión que parecía asfixiarme con cada respiración. Necesitaba pensar, respirar, entender por qué mi vida se estaba descontrolando.

Estaba de pie en la fría y oscura cocina, con las manos temblando ligeramente mientras sostenía un vaso de agua medio vacío. El reloj digital del microondas marcaba las 3:45 AM. La casa estaba completamente silenciosa, salvo por el zumbido de la nevera, pero mi mente era una tormenta caótica y violenta.

Miré al vacío, con mis pensamientos girando sin descanso a través de la aterradora realidad de mi vida. Mi vida increíblemente complicada con un novio frío e inquietantemente fuerte, y dos hombres lobo Alfa listos para destrozarse mutuamente... y al mundo.

Todo lo que pasó con Zeff en ese sueño estaba latente. A flor de piel. Real. Fue profunda y dolorosamente emotivo. No pude evitar apoyarme en su recuerdo, deseando desesperadamente el calor, la profunda seguridad y la absoluta devoción de esa conexión.

Pero con William... todo era violentamente adictivo.

La energía chisporroteante que sentí con él en la cafetería despertó algo enterrado en lo más profundo de mí: un hambre de control, un deseo de liderar, de dominar. Nunca me había visto como una líder. Yo era la chica que le huía a la confrontación. Pero cuando William me tocó, hubo un cambio fundamental en mi alma. Lo sentí en la forma en que la magia brotaba, en la forma en que quería mandarlo. No solo reaccionaba a su aura de Alfa; yo tomaba las riendas, explorando un lado oscuro y poderoso de mí misma que no sabía que existía.

Con ambos, no se parecía en nada a lo que tenía con Owen.

—*Conexión mental* —había susurrado William en el bosque, con sus ojos plateados oscurecidos por promesas—. *Principalmente, se invoca para llamar a las parejas.*

¿Fui yo quien los llamó?

¿Estaba mi propia mente, aterrorizada y desesperada, conjurando estos lazos a partir de mis deseos y miedos más profundos, arrastrando a estos enormes depredadores a mi cabeza?

Un doloroso nudo de culpa me retorció el estómago, haciéndome sentir físicamente mal. ¿Era esto una infidelidad? Las líneas entre la realidad, la magia y los sueños se habían difuminado tanto que no podía distinguir dónde terminaba mi lealtad y comenzaba el vínculo.

¿Cómo es que mi vida se volvió tan increíblemente complicada? Antes era una mujer normal con un trabajo de marketing monótono y habitual. Ahora estaba atrapada en un mundo aterrador de magia ancestral, lazos de pareja, hombres lobo y cualquier entidad oscura y fría que estuviera durmiendo en la habitación principal al final del pasillo. Era demasiado.

Siempre había deseado en silencio algo diferente. Un respiro de la asfixiante monotonía de mi vida cotidiana. Bueno, ahora lo tenía, y no tenía ni idea de cómo sobrevivir a ello.

Pero... si mis encuentros con William, y el oscuro y embriagador subidón que provocaban en mi sangre, podían darme de alguna manera el poder bruto que necesitaba para protegernos a mí y a Shadow... entonces quizá valían la pena el riesgo. Aunque aún no entendiera del todo la magia, solo necesitaba averiguar cómo manejarla antes de que Owen se diera cuenta de que yo conocía su secreto.

¿Se molestaría Zeff si supiera cuánto anhelo el poder de William? La idea me revolvió el estómago de nuevo. No quería hacerle daño a Zeff. El dolor de su lobo resonaba en mi propio pecho. Pero no éramos nada, ¿verdad? Solo una conexión biológica y predestinada que nunca había pedido, lanzada violentamente a mi vida sin mi consentimiento. Se suponía que yo debía estar con Owen.

Y, sin embargo, aquí estaba, de pie en mi cocina en medio de la noche, agonizando por los hombres sobrenaturales que invadían mi alma.

Una pequeña risa amarga escapó de mis labios. —Definitivamente estoy rota —susurré para mí misma, mirando el cristal oscuro de la ventana de la cocina—. Rota y loca.

Dejé el vaso sobre el tope de granito; la superficie fría me ancló por una fracción de segundo. Mi reflejo me devolvía la mirada: pálida, cansada y desgastada, una sombra de la mujer que solía ser. Ya no me reconocía. No realmente. ¿Cómo iba a hacerlo, si todo lo que creía saber era mentira?

—¿Mamá?

Di un respingo y me volteé de golpe.

Shadow estaba en el umbral de la cocina. Se aferraba al marco de la puerta, con su cabello oscuro despeinado por el sueño y las mechas plateadas captando la tenue luz de la luna. Llevaba la camiseta grande que le había regalado; sus pies descalzos se movían nerviosos sobre el piso de madera. Sus grandes ojos ámbar me miraron, llenos de una preocupación silenciosa e innegable.

La tensión se desvaneció instantáneamente de mis hombros. El peso asfixiante de los Reyes Alfa, la oscuridad y la magia feérica se disolvió en cuanto lo miré.

No era un monstruo. No era un juego de poder aterrador. Era simplemente mi niño.

Una sonrisa suave y genuina finalmente se dibujó en mi rostro cansado. —Hola, cariño —susurré, cruzando la cocina—. ¿Te desperté?

Shadow negó lentamente con la cabeza, su voz sonando ronca y baja en la oscura casa. —No podía dormir. La cama es demasiado grande.

Me dolió el corazón. Me arrodillé frente a él, apartándole suavemente el cabello de los ojos. —Yo tampoco —admití en voz baja.

Me levanté y tomé su pequeña y cálida mano entre las mías. No quería volver a la habitación principal. No quería quedarme despierta junto al vacío helado en lo que Owen se había convertido. Necesitaba la seguridad pura y sencilla de la única familia en la que realmente confiaba en ese momento.

—Vamos —susurré, guiándolo por el pasillo hacia la pequeña habitación de invitados—. Intentémoslo de nuevo.

Aparté las sábanas de la cama individual, dejando que Shadow se metiera primero. Me acosté a su lado, cubriéndonos a los dos con la gruesa colcha. Shadow se acurrucó de inmediato junto a mí, rodeando mi cintura con su pequeño brazo para sentirse seguro, mientras enterraba la cara en mi pecho, igual que solía hacer cuando era un cachorro salvaje y magullado que dormía en el piso de mi sala.

Lo abracé con fuerza, apoyando la barbilla sobre su cabeza. El latido constante y rítmico de su corazón contra mis costillas era la magia que mejor me anclaba a la realidad en todo el mundo. Mientras mis ojos se cerraban lentamente, la tormenta en mi mente por fin se calmó y, por primera vez en toda la noche, me sentí completamente segura.

—Buenos días, rayito de sol.

El suave y familiar timbre de la voz de Owen me sacó de los últimos vestigios del sueño. Abrí los ojos, parpadeando contra la luz de la mañana que se filtraba por las persianas. Estaba sentado al borde del colchón, completamente vestido, atándose los zapatos con movimientos metódicos.

Mi corazón dio un vuelco traicionero y ansioso en el pecho.

—¿Qué hora es? —murmuré, con la voz cargada de sueño mientras me subía un poco más el edredón, de repente hiperconsciente de mi vulnerabilidad.

—Son las 8:45 —respondió, con un tono ligero, natural y completamente casual. Miró alrededor del acogedor cuarto de invitados, con un destello oscuro e inescrutable en sus ojos—. No volviste a la cama anoche.

—No quería despertarte —mentí con suavidad, con el pulso acelerado—. Kevin tuvo una pesadilla. Me quedé aquí para calmarlo.

Owen me ofreció una sonrisa cálida e impecable. Para cualquiera, parecía el novio perfecto y apuesto. Pero para mí, esa fachada impecable solo hacía que todo resultara aún más aterrador.

—Bueno, parece que tu primito es madrugador —dijo Owen, agarrando el pesado bulto negro que había preparado para su viaje—. Encontré una nota en el tope de la cocina. Decía que la tía Kathy lo matriculó en una clase de acondicionamiento deportivo de fin de semana por aquí cerca, y su entrenador lo recogió al amanecer.

Acondicionamiento deportivo. Casi resoplé, aunque el alivio inundó mi pánico. Sin duda, Shadow estaba en el bosque ahora mismo con Zeff, aprendiendo a lanzar puñetazos bajo las estrictas órdenes del Alfa.

—Por desgracia, yo no tengo el día libre —continuó Owen, ajustándose el cuello de su camisa impecable mientras se ponía de pie.

Intenté pensar en algo normal que decir, encontrar las palabras adecuadas y mundanas para mantener viva la ilusión, pero antes de que pudiera hablar, Owen se inclinó sobre la cama. Me dio un toquecito juguetón en la nariz. Sus dedos estaban helados contra mi piel cálida, enviando un violento e instintivo escalofrío por mi columna que tuve que obligarme a contener.

—Volveré antes de que te des cuenta —prometió Owen suavemente. Miró hacia la esquina vacía de la habitación donde antes solía estar la cama para perros, y su expresión cambió a una máscara de leve simpatía—. Lástima que Shadow no esté para hacerte compañía. Pero al menos tienes a Kevin para distraerte.

Forcé una pequeña sonrisa tensa.

Las mentiras se acumulaban tanto que prácticamente me asfixiaban. La excusa que le di —que Shadow se había escapado por la puerta trasera una noche para volver a su vida salvaje— había funcionado milagrosamente. Y la historia de encubrimiento que Zeff y yo habíamos inventado para el fin de semana —que Kevin era un primo lejano mío que necesitaba un lugar donde quedarse— de alguna manera había sido aceptada sin cuestionamientos.

La verdad, por supuesto, era mucho más complicada e infinitamente más peligrosa. Shadow seguía aquí. Solo que en otra forma, bajo otro nombre, escondido justo bajo sus narices.

—Bueno, deberías descansar —añadió Owen, levantando el pesado bulto. La facilidad con la que manejó aquel enorme peso fue un escalofriante recordatorio de su fuerza antinatural—. Tengo que irme, pero te lo compensaré cuando vuelva.

Se inclinó y me dio un suave beso en la coronilla; sus dedos helados acariciaron suavemente mi cabello despeinado. El gesto era tan dolorosamente familiar, tan *Owen*, pero se sentía completamente ajeno. Fue el toque de un desconocido que llevaba puesto el rostro de mi novio.

—Te amo, Liliam.

Se me hizo un nudo en la garganta. La mentira me supo a ceniza en la lengua. —Yo también te amo —respondí, con la voz más suave de lo que pretendía.

Me quedé paralizada en la cama, viéndolo salir de la habitación. Una mezcla caótica de emociones giraba violentamente dentro de mi pecho. La pesada puerta principal finalmente se cerró con un clic, y escuché la cerradura deslizarse en su sitio.

Me quedé completamente sola en el dormitorio silencioso, con la aplastante realidad de mi situación cayendo pesadamente sobre mis hombros. Solté un suspiro entrecortado y tembloroso, y me tapé la cara con las manos. Por mucho que deseara creer que todo era normal, el silencio de la casa era un recordatorio ensordecedor.

Ya nada en mi vida era normal, y se me acababa el tiempo antes de que la ilusión se rompiera por completo.

En cuanto la puerta principal se cerró y el motor del auto de Owen se desvaneció por la entrada, la sonrisa forzada desapareció por completo de mi rostro.

Solté un suspiro pesado, dejando que la tensión abandonara mis hombros, y agarré de inmediato mi celular del tope de la cocina. Marqué el número que Zeff me había dado. Apenas sonó dos veces antes de que una voz grave y profunda respondiera.

—¿Ya se fue? —preguntó Zeff, saltándose el saludo por completo. Su tono era cortante; estaba instantáneamente en alerta.

—Se fue —confirmé, apoyándome en el frío tope de mármol y cruzándome de brazos. Entrecerré los ojos hacia la cocina vacía—. Lo que me lleva a mi siguiente punto. Apenas ha amanecido, Zeff. ¿Qué demonios haces arrastrando a un muchacho de catorce años al bosque helado?

Un suspiro pesado crujió por el altavoz del teléfono. —En mi territorio hay reglas y rutinas que seguir, Liliam.

—Es un niño —respondí, frotándome las sienes—. Es un niño que ha experimentado cambios significativos recientemente. Necesita dormir y comerse un plato normal de cereales, no un campamento de entrenamiento de supervivencia al amanecer.

—Es un chico que vive en territorio Alfa —replicó Zeff, con un tono terco e inflexible—. Aquí aprendes a defenderte. Solo le estoy enseñando a lanzar un puñetazo correcto y a bloquear un golpe. Tiene instintos decentes, pero su técnica es increíblemente descuidada. No voy a dejarlo completamente indefenso por si pasa algo.

—¡No tienes que dejarlo exhausto antes de las ocho de la mañana! —protesté, subiendo la voz una octava por pura frustración maternal—. ¿Al menos le diste de comer antes de arrastrarlo al frío?

Hubo un largo y revelador silencio al otro lado de la línea. De repente, el Alfa sonó sorprendentemente a la defensiva.

—Comió tocineta —murmuró Zeff con voz áspera—. Y huevos. Josh cocinó. El chico prácticamente se tragó media salchicha de venado, Liliam. Está perfectamente bien.

Solté un gemido exasperado, mirando al techo. Sonábamos absolutamente ridículos. Estábamos al borde del caos sobrenatural, ocultando activamente al hijo de mi novio, y sin embargo, estábamos discutiendo por teléfono exactamente como dos padres divorciados peleando por las reglas de custodia del fin de semana.

—Solo... no lo rompas —dije; la combatividad abandonó mi voz, reemplazada por un agotamiento suave y genuino—. Y asegúrate de que beba agua.

—Sé cómo mantener con vida a un cachorro, Liliam —respondió Zeff, suavizando considerablemente el tono. La aspereza de su voz se transformó en algo sorprendentemente cálido y ferozmente protector—. Ve a correr. Despeja tu mente. Te lo llevaré de vuelta antes del mediodía.

—Está bien —gruñí, aunque una pequeña sonrisa involuntaria se dibujó en la comisura de mis labios—. Adiós, Zeff.

—Ten cuidado por ahí —murmuró antes de que la llamada se cortara.

Dejé el teléfono sobre el tope, negando con la cabeza ante lo absurdo que era mi vida en ese momento. Me aparté y me dirigí al clóset del pasillo para buscar mis tenis de correr y mi *windbreaker*.

El aire frío de la mañana me mordió las mejillas en cuanto salí por la puerta principal, pero agradecí el ardor. Estiré las piernas en el pórtico, me puse los audífonos y salí disparada por la tranquila calle arbolada.

Mis tenis golpeaban el asfalto con un ritmo constante. Aceleré el paso, dejando que el esfuerzo físico quemara la adrenalina que me quedaba de la mañana.

Pero por mucho que corriera, no podía escapar de la pregunta pesada y persistente que me retumbaba en la cabeza a cada paso: *¿Por qué sigo haciendo esto?*

Había pasado toda la noche acurrucada en una estrecha cama individual con un niño, solo para evitar dormir junto al hombre que supuestamente amaba. Y cuando Owen por fin salió por la puerta con su bulto de viaje, mi emoción dominante no fue tristeza por su partida.

Había sido un alivio puro y absoluto.

Así no se suponía que debía sentirse una relación. Eso era una situación de rehenes disfrazada de romance.

Solo termina con esto, exigió la parte lógica y agotada de mi cerebro mientras doblaba la esquina, con el aliento volviéndose vapor en el aire fresco. *Si no queda nada más que tensión y secretos, corta por lo sano. Dile que se acabó cuando vuelva.*

En mi cabeza sonaba tan sencillo. Pero la lógica nunca había sido un rival justo para los recuerdos.

Mi ritmo disminuyó un poco mientras mi mente volvía involuntariamente a nuestro primer año juntos. Antes de que las misiones clasificadas lo endurecieran por completo. Antes de que esos estados oscuros y asfixiantes empezaran a engullirlo.

Recordé una tarde lluviosa de domingo en nuestro primer y diminuto apartamento. El calentador se había dañado y pasamos todo el día envueltos en un montón de sábanas en el piso. Owen había pasado horas simplemente trazando las líneas de mi palma, haciéndome reír hasta que me dolían las costillas, mirándome como si yo fuera la única luz en todo su mundo sombrío. Solía sostenerme con tanta delicadeza, como si fuera algo precioso que temía romper.

Él había sido mi refugio. Cuando el resto del mundo parecía ruidoso y abrumador, Owen había construido una fortaleza tranquila y segura solo para nosotros dos.

Y aunque esa fortaleza se había transformado lenta y dolorosamente en una jaula, seguía siendo el único hogar que conocía.

El pecho se me apretó, y una ansiedad familiar y paralizante me subió por la garganta, arruinando por completo la euforia de mi carrera.

Si lo dejaba... ¿qué me quedaba? ¿A dónde iría? Owen se había integrado perfectamente en cada aspecto de mi vida, aislándome bajo su sombra protectora hasta el punto en que ya no sabía dónde terminaba él y dónde comenzaba yo. Alejarme de él significaba caminar hacia un vacío absoluto.

Me aterraba lo desconocido. Me aterraba estar completamente sola. Pero, sobre todo, tenía miedo de abandonar al hombre dulce y roto que recordaba de aquel primer año; el hombre que una vez me suplicó que no lo dejara perderse en la oscuridad.

Tragué el pesado nudo en mi garganta y empujé mis piernas para correr más rápido, intentando desesperadamente dejar atrás esos pensamientos en el asfalto. Estaba atrapada entre el fantasma del hombre que amaba y el extraño aterrador en el que se estaba convirtiendo, y no tenía ni idea de cómo liberarme.

Corrí hasta que me ardieron los pulmones y sentí las piernas como plomo, dejando que el puro agotamiento físico por fin ahogara las interminables preguntas que daban vueltas en mi cabeza. Cuando di la vuelta para regresar a mi calle, el sol de la mañana ya estaba en lo alto, proyectando sombras largas y afiladas sobre los jardines bien cuidados de mi vecindario.

Subí por la entrada de mi casa con el pecho agitado, agradecida por la vista familiar y mundana de mi propio pórtico. La casa estaba en completo silencio cuando abrí la puerta y entré. Sin Owen. Sin Shadow. Solo un espacio vacío y silencioso que parecía demasiado grande para una sola persona.

Me quité los tenis junto a la puerta y dejé las llaves sobre la consola, quitándome los audífonos. Una ducha caliente. Eso era todo lo que necesitaba en ese momento. Me lavaría el sudor, me prepararía una taza de café fuerte e intentaría recuperar la cordura antes de que Zeff trajera al niño de vuelta.

Mientras caminaba por el pasillo silencioso y subía hacia la habitación principal, una extraña y pesada sensación se apoderó de mi nuca. El aire se sentía denso. Apagado. Empujé la puerta del dormitorio y el corazón casi se me salió del pecho.

Allí, recostado justo en mi lado del colchón, estaba William. Estaba apoyado casualmente contra la cabecera, con las largas piernas cruzadas por los tobillos, como si fuera el dueño de toda la casa. Había llevado un puñado de la almohada de Owen hacia su rostro, arrugando su nariz aristocrática con absoluta repulsión.

—Hola, cariño —dijo, con una voz suave e irritantemente calmada.

—¿Qué demonios haces aquí? ¡Estás invadiendo propiedad privada! —estallé, apretando los puños mientras intentaba mantener la voz firme a pesar del terror absoluto que me recorría el cuerpo.

—Estaba por la zona —respondió con indiferencia. Tiró la almohada a un lado con una expresión de profundo disgusto y se quitó la chaqueta de su traje a la medida—. No me gusta para nada su olor. Es asqueroso... huele a fango y a sangre.

—¡Que hayamos compartido un sueño desastroso no significa que puedas entrar a mi habitación cuando quieras! —respondí, con la frustración hirviendo por encima del miedo.

—Ah, así que sí lo recuerdas —dijo William, y una sonrisa lenta, oscura y completamente arrogante se extendió por su rostro. Se levantó de la cama, y su enorme figura devoró la distancia entre nosotros en dos pasos silenciosos.

Intenté apartarlo, apoyando mi mano contra su pecho sólido, pero sus dedos se cerraron al instante alrededor de mi muñeca como una prensa de terciopelo.

—No te comportabas así en la cafetería —murmuró, invadiendo mi espacio sin esfuerzo hasta que tuve que inclinar la cabeza hacia atrás para mirarlo. Sus ojos con anillos plateados eran oscuros, intensos y completamente depredadores—. Así no se trata a una pareja, Liliam.

—No me pongas a prueba —advertí, conteniendo la respiración mientras me atraía un poco más hacia él.

Le lancé una mirada fulminante y, por un instante, vi algo brillar en lo profundo de sus ojos. Una sombra de la embriagadora sumisión que había sentido en el sueño. *¿Es real?* Mi mente iba a mil por hora. *¿Debería siquiera intentarlo? Esto no es un sueño, Liliam. Es la realidad. Si fallo, podría matarme.*

Pero en cualquier sala de juntas, quien asume el mayor riesgo es quien dicta las condiciones. Me estaba poniendo a prueba, esperando a ver si me acobardaría como una presa o si me levantaría como una reina. El recuerdo de ese poder adictivo y chisporroteante era una droga en mis venas.

Hora de un cambio de imagen, pensé con fuerza.

—¿Cómo debería tratarte, entonces? —lo reté.

Con una repentina y cegadora oleada de audacia, alcé mi mano libre, agarré un grueso puñado del cabello rubio en su nuca y tiré de él... con fuerza.

Una sonrisa oscura y jubilosa se dibujó al instante en los labios de William. El agarre de acero en mi muñeca no solo se aflojó; me soltó la mano por completo. El Rey Alfa del mundo de los hombres lobo simplemente se quedó allí, respirando de repente de forma superficial, a la espera de mi siguiente orden.

Dios mío. Es real. Sentí una chispa eléctrica chisporrotear en las yemas de mis dedos. Él quería ser dominado. Lo deseaba. Nunca en mi vida había hecho algo así, pero la oleada de autoridad absoluta que recorrió mis venas fue suficiente para borrar mi miedo por completo.

Tiré de su cabeza hacia abajo, acercándolo hasta que nuestros labios quedaron a la distancia de un suspiro. Mis ojos nunca se apartaron de los suyos. Me siguió sin oponer resistencia, con una sonrisa hambrienta en los labios mientras me miraba fijamente, completamente hipnotizado.

No sabía si era la magia oculta despertando, o un oscuro y retorcido deseo enterrado en lo más profundo de mi alma, pero empujé a William hacia atrás.

No se opuso. Obedeció con elegancia, dejándose caer de espaldas sobre el borde del colchón. Lo seguí hacia abajo, pasando una pierna por encima de sus muslos para sentarme a horcajadas sobre su abdomen. Un gruñido bajo y vibrante de pura emoción retumbó en lo más profundo de su pecho. Sus labios nunca perdieron esa sonrisa ansiosa y sumisa.

—Dime, Su Majestad —susurré, inclinándome sobre él. Arrastré mis uñas lentamente por su afilada mandíbula, trazando la gruesa columna de su cuello y enganchando los dedos bajo el cuello de su costosa camisa.

Al tocarlo, chispas de brillante energía amarilla empezaron a bailar literalmente en mis dedos. William se estremeció violentamente debajo de mí, con la magia cruda hundiéndose en su piel. Por una fracción de segundo, su ego de Alfa se rebeló con violencia. Su mandíbula se tensó y un gruñido salvaje y orgulloso amenazó con salir de su garganta, mientras siglos de supremacía real luchaban contra el impulso de inclinarse. Pero cuando el pesado y dorado peso de mi mandato feérico envolvió sus sentidos, su resistencia se rompió por completo. La tensión se transformó en un alivio profundo y voluntario.

—¿Es esto lo que quieres decir? —pregunté.

Con una fuerza que ni siquiera sabía que tenía, agarré el borde de su camisa y tiré de ella bruscamente hacia arriba, dejando la costosa tela amontonada y enredada alrededor de sus brazos. Le agarré las muñecas y le sujeté las manos planas contra el colchón, por encima de su cabeza, inmovilizando al Alfa por completo.

Debí de haber tocado un nervio letal, porque una enorme oleada de poder atravesó el vínculo entre nosotros. William dejó escapar un jadeo ronco y entrecortado; sus caderas se movieron por instinto bajo las mías y su excitación se hizo totalmente inconfundible contra mi muslo.

—¿Sabes lo agotador que es ser rey? —murmuró, con sus ojos plateados oscurecidos por la adoración—. Todos se acobardan. Todos ceden. No me inclino ante ningún lobo en esta tierra, Liliam. ¿Pero arrodillarme ante una soberana de la tierra? ¿Una verdadera reina? Eso no me hace débil. Me convierte en el consorte de una diosa. Mándame.

Antes de que pudiera responder, una voz cortó el aire.

—Su Majestad.

Una voz rígida y formal cortó el ambiente cargado como si fuera un cuchillo.

Ambos nos quedamos paralizados. Giré la cabeza hacia la puerta. Un hombre con un traje impecable y hecho a la medida estaba de pie en el umbral de mi habitación, con la cabeza profundamente inclinada, negándose a mirar hacia la cama.

Sentí cómo el cuerpo de William se ponía completamente tenso debajo de mí. Un gruñido ensordecedor y letal, cargado de absoluto desagrado, reverberó por la habitación, haciendo temblar las tablas del piso.

—¿Qué pasa, Larry? —estalló William. Su tono estaba cargado de una molestia asesina, pero, increíblemente, no se movió ni un solo centímetro. Sus manos permanecieron clavadas justo donde yo las sostenía por encima de su cabeza.

—Han enviado un mensaje desde The Front, señor —dijo el hombre, Larry, encogiéndose físicamente ante el tono de su rey, pero manteniendo la mirada fija en el suelo.

William volvió a mirarme. Sus ojos plateados ardían con una súplica silenciosa y desesperada. Estaba atrapado. Su orgullo Alfa le exigía masacrar al guardia por la interrupción, pero su cuerpo estaba completa y absolutamente entregado a mí. Estaba esperando.

¿Qué está esperando?

Me di cuenta de golpe. *A mí.* Está esperando mi permiso para moverse.

Un escalofrío perverso y embriagador me recorrió la espalda. —Di "por favor" —susurré, provocándolo.

Me sorprendió por completo cuando el aterrador Rey Alfa bajó la mirada, un leve rubor de humillación asomándose en sus pómulos, y susurró suavemente: —Por favor.

Un escalofrío oscuro y tóxico me recorrió el corazón. No solo me gustaba esto; me aterraba cuánto lo deseaba. La chica indefensa y común que solía ser se estaba desvaneciendo, siendo reemplazada por un hambre adictiva y peligrosa de control absoluto.

Le solté las muñecas lentamente.

En el instante en que mis manos dejaron su piel, el hechizo de sumisión se rompió con violencia. William se levantó de la cama de un salto; un gruñido salvaje y aterrador brotó de su garganta. Se bajó la camisa y cruzó la habitación hecho una furia, con su rabia cruda volviéndose palpable y asfixiante.

Agarró a Larry por la nuca, imponiéndose sobre el hombre a pesar de que este era más grande, y obligó brutalmente al guardia a arrodillarse en el umbral. Larry dejó escapar un jadeo ahogado de dolor cuando las garras de William se clavaron en su piel.

—Que esta sea la última vez que me interrumpes, Larry —siseó William, y su voz bajó a un tono demoníaco y autoritario.

Soltó al guardia de un empujón, con el pecho agitado mientras se alisaba la chaqueta del traje. Entonces, el Rey volvió a mirarme.

La furia asesina se desvaneció en el momento en que sus ojos se encontraron con los míos, reemplazada por una sonrisa oscura y hambrienta.

—Bueno, mi señora, me retiro —dijo William. Me hizo una reverencia amplia y profundamente burlona, poniéndose una mano sobre el pecho—. Espero con ansias esta noche.

Y con eso, se dio la vuelta y salió de la casa, con su guardia apresurándose a seguirlo.

Me quedé sentada sola al borde de la cama, con el corazón acelerado. Las yemas de mis dedos seguían vibrando con magia amarilla, pero en el mismo instante en que la luz dorada se desvaneció por completo de mi piel, la adrenalina se desplomó violentamente.

Un dolor cegador y ardiente me atravesó las sienes.

Jadeé; la visión se me nubló peligrosamente mientras la habitación parecía inclinarse sobre su eje. Mi cuerpo humano no estaba hecho para canalizar el peso aplastante de esta magia desconocida, y estaba rechazando violentamente la tensión. Me llevé una mano temblorosa a la frente, soltando un jadeo agudo y mareado mientras una sola gota de sangre caliente se deslizaba de mi fosa nasal y caía sobre mi labio.

Me la limpié, mirando la mancha carmesí en mis dedos.

¿Qué demonios acababa de pasar?

15
Despertar

Owen

Las pesadas puertas de hierro del Fuerte Bretch rasparon ruidosamente contra la grava mojada al abrirse. Era un sitio militar desmantelado, oculto en lo profundo de las montañas lluviosas; un lugar que, oficialmente, no existía.

Estacioné mi carro cerca del borde del extenso campo de entrenamiento de hormigón y apagué el motor.

Miller, un antiguo contacto de mis días en la milicia que me debía la vida tres veces, me esperaba junto a la oxidada verja de eslabones. Era un hombre enorme y desgastado, con el cabello color sal y pimienta cortado al ras al estilo militar. Una cicatriz gruesa y dentada le trazaba una línea blanca y marcada a través de la ceja izquierda, bajando por su áspera mejilla; un recuerdo permanente de la primera vez que tuve que sacarlo de un tiroteo. Se mantenía de pie con la postura inmóvil y rígida de un hombre que había pasado toda su vida en zonas de guerra, con el cuello de su pesada chaqueta táctica levantado contra la lluvia helada.

Me echó un vistazo al rostro pálido y a las oscuras y agotadas ojeras bajo mis ojos. Sus ojos duros y calculadores se entrecerraron ligeramente antes de tirar su cigarrillo a los charcos.

—Pareces un desastre, Owen —gruñó Miller, abriendo el pesado candado de la verja de aquella instalación táctica que parecía un almacén.

—Necesito el Sector Cuatro entero durante las próximas doce horas —dije, con la voz tensa, agarrando mi pesado bulto del asiento del pasajero—. Apaga las cámaras de seguridad. Y cierra las puertas del perímetro desde afuera. No importa lo que escuches desde adentro de este edificio, Miller, no abras esa puerta.

La mandíbula de Miller se tensó. Sabía que no debía hacer preguntas. Simplemente asintió, dio un paso atrás y me dejó pasar. —Doce horas. Estás encerrado, fantasma.

La pesada puerta de acero se cerró de golpe tras de mí; el cerrojo se activó con un sonido fuerte y resonante.

Me quedé en el centro del enorme y vacío almacén de hormigón. El aire estaba helado y olía a pólvora añeja, a tierra húmeda y a óxido. Era el lugar perfecto. Sin civiles, sin lobos de manada, sin Liliam.

Dejé caer mi bulto sobre el hormigón. Relajé los hombros, respiré hondo y tembloroso, y finalmente bajé los muros mentales de hierro que había estado usando desesperadamente para mantener dividida mi mente.

—Está bien —repetí en la cavernosa sala, con voz dura—. ¿Quieres empujar? Hablemos.

La respuesta no fue un sonido. Fue un eco desde lo más profundo de mi alma. A una caída repentina de mi temperatura corporal le siguió, de inmediato, una oleada de adrenalina oscura e hirviente que se sentía completamente natural para mi sangre.

¿Crees que puedes invocarme como a un perro obediente? La voz del demonio se deslizó por mi mente, goteando una diversión antigua y burlona. ***Qué valiente eres, Owen. O qué profundamente estúpido. Nacimos con el mismo aliento, Owen. Compartimos el mismo corazón. Estás luchando contra tu propia sombra.***

—Te estás volviendo demasiado ruidoso —gruñí, paseándome por el piso de hormigón. Mis manos se cerraron en puños con tanta fuerza que los nudillos se me pusieron blancos—. Casi me haces estallar con ella. Te estás filtrando en mis emociones. Estoy trazando una línea aquí. Vamos a mantener la oscuridad alejada de Liliam.

Una risa baja y vibrante sacudió el interior de mi cráneo. Me dolió físicamente, como si me clavaran una punta caliente justo detrás de los ojos.

¿Mantenerlo alejado de ella? *Ella nos pertenece,* ronroneó mi mitad más oscura, con un deseo indistinguible del mío propio. ***Juegas a ser el humano frágil y roto para ella, pero se nos escapa de las manos. Anoche ni siquiera pudo soportar dormir en la misma cama que nosotros. Los lobos la rodean. No puedes sobrevivir a lo que viene si sigues negando lo que somos.***

—¡Yo soy quien tiene el control! —rugí, con la rabia desbordándose.

¿Ah, sí?

El cambio fue instantáneo y catastrófico. No vino de afuera; brotó de la médula de mis propios huesos. Un fuego cegador y agonizante desgarró mi torrente sanguíneo. Jadeé, cayendo de rodillas mientras mi biología humana se estiraba violentamente para acomodar el peso monstruoso y absoluto de toda nuestra alma.

—¡Para! —solté atragantándome, agarrándome la cabeza.

Nos trajiste a una jaula para pelear contra ti mismo, se burló el demonio, su presencia expandiéndose, aplastando mi conciencia humana bajo una marea asfixiante. ***¿Querías probar qué mitad de nosotros es más fuerte? Déjame enseñarte.***

Intenté ponerme de pie, forzando mi voluntad humana hacia mis piernas, pero mi cuerpo ya estaba cambiando. Vi horrorizado cómo mi mano derecha se levantaba del hormigón por sí sola. La piel palideció, los nudillos crujieron y se alargaron mientras un calor oscuro y antinatural me recorría las venas.

—No —gruñí, agarrando mi propia muñeca derecha con la mano izquierda, intentando desesperadamente bajarla. Luchaba físicamente conmigo mismo, sudando profusamente, con el corazón latiendo a un ritmo letal y errático contra mis costillas.

Me lancé de lado, golpeando el hombro contra el pilar de hormigón para usar el dolor físico y centrar mi mente. *Empuja hacia abajo. ¡Empújalo hacia abajo!*

Pero el dolor solo alimentaba a la oscuridad. La resistencia física no era suficiente.

Desesperado, busqué en lo más profundo de mi alma, empujando a través de la sangre y las sombras demoníacas, aferrándome al único secreto que había mantenido enterrado toda mi vida.

Una energía blanca, pura y cegadora, chisporroteó en mi palma izquierda. Zumbaba con una vibración cruda y antigua, proyectando una luz brillante y resplandeciente contra las frías paredes de hormigón. Apretando los dientes, extendí la mano izquierda hacia mi brazo derecho, intentando desesperadamente usar la luz pura para quemar las venas oscuras y corrompidas de mi propia carne.

Pero la magia negra, enredada como telarañas, simplemente avanzó para enfrentarla.

En lugar de arder, la oscuridad pareció abrir sus fauces. Se envolvió alrededor de la energía blanca y resplandeciente, asfixiando la luz y engulléndola por completo. La magia pura chisporroteó y se disolvió instantáneamente en mi piel, alimentando al monstruo con una oleada de poder absoluto en lugar de luchar contra él.

Ah, ah, ah, lo regañó el demonio, con su voz ancestral vibrando con un deleite oscuro y nauseabundo mientras se bebía las últimas gotas de la energía blanca. ***No jugamos con la comida, Owen.***

Una oleada helada de horror me invadió.

Haré lo que sea necesario para conservar lo que es nuestro, rugió la voz, ya no solo en mi cabeza, sino sobrecargando pesadamente mis propias cuerdas vocales, impulsada por la misma magia que intenté usar en su contra.

Mi columna se arqueó violentamente. El sonido nauseabundo de mis huesos crujiendo y realineándose a la fuerza resonó en el almacén vacío. Grité, pero el sonido se distorsionó, cayendo en un rugido horrible y gutural. Los bordes de mi visión se volvieron completamente negros. Mi conciencia humana no estaba siendo desterrada; se estaba ahogando, hundiéndose profundamente en el océano negro de mi mente.

Luché contra ello con todas mis fuerzas. Pensé en Liliam. Pensé en la promesa que le hice. *No dejaré que nos conviertas en un monstruo delante de ella.*

Siempre hemos sido un monstruo, Owen, susurró el demonio.

El último lazo de contención humana se rompió.

El silencio cayó sobre la mente.

El pánico frenético y desesperado en nuestro pecho desapareció por completo, siendo sustituido al instante por una claridad fría, absoluta y aterradora.

Mi claridad.

Ralenticé nuestra respiración hasta alcanzar un ritmo profundo y calmado. Me impulsé del piso de hormigón con una fuerza devastadora y natural que el humano siempre había tenido demasiado miedo de usar. Me puse perfectamente derecho, rotando los anchos hombros mientras los últimos cambios físicos se fijaban, moldeando el hueso y el músculo a mi gusto.

Abrí los ojos. Ya no eran humanos. Eran míos. Oscuros y rojos.

El miedo se había ido. Owen guardó silencio; su frágil y agotada conciencia hundiéndose finalmente en un sueño profundo e impotente, oculta tras una gruesa pared de estática oscura. Incliné la cabeza, crujiéndome el cuello con una sonrisa oscura y profundamente satisfecha.

—Mucho mejor —murmuré en voz alta; mi voz era un barítono vibrante de doble capa que envió un eco letal por el vacío edificio táctico.

Nos había traído aquí para luchar. Nos había traído aquí para construir una jaula. Pero el muchacho iluso había malinterpretado fundamentalmente nuestra naturaleza. Nunca fuimos dos seres separados peleando por un cuerpo robado. Éramos una sola alma destrozada, y la mitad más oscura y fuerte por fin estaba tomando el control.

Respiré el aire húmedo y helado del almacén. Mis sentidos agudizados ya se expandían mucho más allá de los muros de hormigón, fijándose en la atracción magnética y distante de la existencia de ella.

Era hora de dejar esta jaula e ir a reclamar lo que es nuestro.

William

El calor persistente y embriagador de la magia feérica de Liliam aún vibraba bajo mi piel mientras salía del ascensor privado y entraba en la suite del *penthouse*. Había tomado el control de todo el último piso del único hotel medianamente decente de aquel miserable pueblo empapado por la lluvia, convirtiéndolo en mi centro de mando real temporal.

Me quité la chaqueta de mi traje a la medida, la tiré descuidadamente sobre un sofá de terciopelo y me obligué a calmar mi respiración entrecortada. La pura y adictiva emoción de su dominio absoluto era una droga, y yo apenas estaba aterrizando de la euforia.

Larry estaba de pie, rígido, junto a un pesado escritorio de caoba cerca de los ventanales de piso a techo, con la cabeza inclinada en profunda sumisión.

—La conexión cifrada con el Alto Consejo está lista, Su Gracia —murmuró, negándose a mirar mis ojos anillados en plata mientras señalaba la elegante y segura *laptop* que esperaba sobre el escritorio.

—Si esta reunión resulta ser una pérdida de tiempo, Larry, personalmente te arrancaré la carne de los huesos —advertí, con la voz convertida en un ronroneo oscuro y aterciopelado.

Me acerqué a la licorera de cristal en la mesita, me serví dos dedos de bourbon ámbar y me senté en la mullida silla ejecutiva de cuero frente a la pantalla. En el monitor, los rostros austeros y curtidos de tres ancianos del Alto Consejo me miraban desde sus respectivas propiedades.

Me recosté, haciendo girar el vaso de cristal, y adopté al instante la máscara del intocable Rey Alfa.

—Su Gracia —comenzó el anciano Vance, con su voz chisporroteando ligeramente a través de la señal encriptada—. Esperábamos su regreso a la capital hace tres días. Su prolongada presencia en el húmedo noroeste está causando... inquietud entre las manadas aliadas.

—Las manadas aliadas pueden lidiar con sus propias ansiedades —respondí con desdén y sin esfuerzo, dando un sorbo lento a mi bebida—. Actualmente estoy cumpliendo con mi deber jurado hacia la corona. Estoy supervisando la transición de apareamiento del Alfa Gunnolf.

El anciano Vance frunció el ceño; sus pobladas cejas blancas se juntaron en una profunda mueca de desaprobación. —Si está cumpliendo con su sagrado deber, Su Gracia, ¿por qué nos transmite desde lo que parece ser la suite de un hotel humano? La tradición dicta que el Alfa gobernante debe abrir sus puertas y acoger a la corona durante tales ritos.

Me burlé suavemente, haciendo girar el líquido ámbar en mi vaso. Que estos antiguos burócratas se aferraran a la pompa de la ley en lugar de a su propósito real.

—Confunden la tradición con la ley, Anciano Vance —corregí con suavidad, dejando que un matiz deliberado de condescendencia se filtrara en mi tono—. La antigua ley dicta que el Rey debe permanecer presente en la región para supervisar y ofrecer apoyo durante una transición repentina de apareamiento Alfa. Sin embargo, no dice que el Alfa esté legalmente obligado a concederme su hospitalidad ni a recibirme en su residencia personal.

Di otro sorbo lento a mi bourbon, y mis ojos plateados brillaron con oscura diversión al recordar los salvajes y brillantes ojos verdes de Zeff, y la forma en que me había pelado los colmillos horas antes. —Y el Alfa Gunnolf... se negó rotundamente a colaborar.

Lord Blackwood se erizó en su pantalla; su orgullo aristocrático estaba profundamente ofendido en mi nombre. —¿Se atreve a negarle a su Rey la entrada a su propio territorio? Señor, ese nivel de falta de respeto roza la traición.

—Roza el instinto animal más básico —lo interrumpí bruscamente, silenciando su indignación al instante—. El salvaje de Gunnolf está actuando impulsado puramente por un imperativo biológico. Es violentamente protector con su nuevo premio. Forzar mi entrada a su guarida ahora mismo solo desencadenaría una masacre y desestabilizaría toda la región. Me quedo aquí, en terreno neutral, para asegurar que la dinámica de poder siga completamente bajo mi control.

Los ancianos intercambiaron una serie de miradas pesadas y murmuraron a través de sus diferentes pantallas, apaciguados por mi lógica, pero claramente aún sospechosos.

El anciano Thorne se inclinó hacia su cámara, entrecerrando los ojos. —Así que los rumores de las tierras fronterizas son ciertos. El salvaje Gunnolf en realidad ha encontrado a su pareja. Díganos, señor, ¿quién es la hembra? ¿Es de un linaje respetable?

Una molestia ardiente y posesiva se encendió instantáneamente en mi pecho. Mi lobo se erizó con violencia al escuchar a estas antiguas reliquias hablar de *mi* Reina como si le perteneciera a Zeff. Mantuve una expresión perfectamente serena, aunque mis ojos plateados se oscurecieron con un brillo depredador.

—Su linaje se encuentra actualmente bajo... evaluación real —respondí con frialdad, cerrando la pregunta—. La situación en el territorio Gunnolf es altamente volátil. Me quedo aquí para asegurar que esta dinámica no desestabilice la región.

—Encomiable, Su Gracia —intervino Lord Blackwood, aunque su tono estaba cargado de una ambición densa e interesada—. Pero mientras supervisa los asuntos de los Alfas menores, su propio trono permanece vacío. El Consejo se cansa de su estatus de soltero. Según el tratado, un rey debe tener un ancla.

Me recosté aún más en la silla, apenas conteniendo el impulso de poner los ojos en blanco. Sabía exactamente hacia dónde se dirigía este agotador baile político.

—Mi hija, Sabrina, ha alcanzado la mayoría de edad —continuó Blackwood, inflando el pecho—. Ha completado sus preparativos para el apareamiento contractual. Es una loba perfectamente educada, totalmente sumisa a la corona y lista para consumar la unión y solidificar nuestras casas.

Sabrina. Una loba perfectamente domesticada y dolorosamente obediente, que se acobardaría a mis pies y me aburriría hasta la muerte en menos de una semana. Después de saborear el poder electrizante e indómito de una literal diosa feérica inmovilizándome contra un colchón, la sola idea de conformarme con un peón político me revolvía el estómago.

Permití que una sonrisa lenta y escalofriante se extendiera por mi rostro. No lo desestimé con ira; lo desprecié con una superioridad absoluta e innegable.

—Lady Sabrina es sin duda un orgullo para su linaje, Lord Blackwood —dije, con la voz cargada de un veneno suave y diplomático—. Sin embargo, la corona requiere mucho más que un simple tratado para asegurar su eternidad. Le alegrará saber que no necesitaré los servicios de su hija.

El rostro de Blackwood se sonrojó en la pantalla; una mezcla de profundo insulto y sorpresa. —Pero, señor, el apareamiento contractual...

—Quedará completamente obsoleto —lo interrumpí, bajando mi voz a un tono letal y autoritario que no dejaba absolutamente nada a discusión—. Recientemente he encontrado a una candidata muy... superior para el trono. Alguien que no solo cumple con un requisito político, sino que posee el poder de elevar a todo nuestro imperio.

El silencio que siguió fue ensordecedor. Los ancianos estaban demasiado atónitos por mi flagrante rechazo a su tratado más sagrado como para hablar.

No les di oportunidad de recuperarse. Desvié la mirada hacia la esquina inferior de la pantalla, donde mi Beta monitoreaba silenciosamente la señal desde la capital.

—Elijah —ordené, y mi voz cortó la pesada estática digital.

Elijah inclinó la cabeza respetuosamente. —Sí, Su Gracia.

—Despliega a Aeon inmediatamente. Dile que busque a un consultor mágico y que lo espere en *The Front* para cuando yo regrese.

La conmoción que había paralizado al Consejo se rompió al instante, transformándose en una indignación caótica y desconcertada.

—¿Un consultor mágico? —tartamudeó el anciano Vance, con su rostro pálido prácticamente pegado al lente de la cámara—. Señor, ¿para qué demonios? ¡Los Arcanistas Reales no han sido convocados a la corte en más de un siglo! No hay absolutamente ninguna magia en nuestras tierras lo suficientemente potente como para requerir...

—La magia en nuestras tierras está cambiando, Anciano Vance —solté con brusquedad, y mis ojos plateados brillaron con una autoridad absoluta y aterradora que hizo que el viejo lobo se apartara físicamente de su pantalla—. Les sugiero que intenten seguirle el ritmo.

Antes de que ninguno pudiera protestar más, cerré la *laptop* de golpe, cortando la conexión por completo.

La habitación volvió a sumirse en un aislamiento silencioso. Me levanté y caminé hacia los enormes ventanales que daban a la oscura y extensa línea de árboles del noroeste. Di otro sorbo a mi bourbon, sintiendo un oscuro escalofrío recorriéndome la espalda.

El Consejo quería a una lobezna sumisa como reina.

No podía esperar a verlos arder a todos cuando yo coronara a una diosa.

16

El espía

Josh

Como Beta, toda mi existencia giraba en torno a la lealtad hacia Zeff. Me entrenaron para reprimir mis propios deseos por el bien de la manada Gunnolf, para ser la mano firme cuando el temperamento del Alfa estallaba, y para hacer cumplir las leyes sin hacer preguntas. Pero nada del riguroso entrenamiento de mis padres me había preparado para el conflicto agonizante y desgarrador que ahora se libraba dentro de mi pecho.

Me quedé de pie frente a la pesada puerta de hierro de las celdas de seguridad, haciendo equilibrio con una bandeja de comida caliente en las manos. El rico aroma a venado asado y papas proveniente de las cocinas privadas del Alfa se elevaba en el aire, pero quedaba completamente eclipsado por el dulce y embriagador aroma a vainilla que se filtraba por la rendija debajo de la puerta.

Mi *mate*. Mi pareja predestinada.

Había pasado toda mi vida adulta anhelando ese aroma. A los veintiséis años, mientras Zeff agonizaba por su conexión con Liliam, yo me preguntaba en silencio si la Diosa simplemente me había olvidado. Ahora, la otra mitad de mi alma estaba a solo unos metros, encerrada en una celda bajo las órdenes directas de mi Alfa.

Abrí el pesado cerrojo; el fuerte golpe metálico resonó en el pasillo silencioso, y empujé la puerta.

Dalia estaba sentada en la pequeña mesa redonda de metal en el centro de la habitación. Cuando me miró, se me cortó la respiración otra vez. Bajo la dura luz fluorescente de la celda, sin la adrenalina inmediata de nuestro primer encuentro, su realidad me golpeó con la fuerza de un impacto físico.

Se veía increíblemente joven. Apenas dieciocho años.

Un instinto feroz y profundamente protector rugió en mi pecho, chocando al instante con la insignia de autoridad que yo llevaba puesta. Ella no debería estar aquí. No debería llevar esas pesadas esposas de hierro y plata atándole las muñecas. Mi lobo me arañaba las costillas, aullándome que rompiera las cadenas, la sacara de este calabozo y la escondiera en algún lugar seguro.

Pero las órdenes de Zeff eran absolutas. Era una intrusa. Una híbrida. Una amenaza.

Me obligué a destensar la mandíbula, reprimiendo el violento impulso de romper las reglas mientras me acercaba y dejaba suavemente la bandeja sobre la mesa.

—Te traje algo de comida —dije, con la voz mucho más áspera de lo que pretendía—. De las cocinas del Alfa. Es mejor que las raciones estándar.

Dalia miró el plato humeante y su estómago emitió un suave y traicionero gruñido, pero no se movió. No podía. La pesada cadena que unía sus esposas era demasiado corta como para que pudiera levantar bien los cubiertos. Miró sus manos atadas y un destello de humillación cruzó por sus hermosos rasgos.

La escena me hizo sentir que las venas estaban a punto de estallarme.

—Toma —murmuré, jalando la silla de metal frente a ella. No podía quitarle las esposas, pero me negaba a dejar que se muriera de hambre. Agarré el tenedor y corté un trocito de la carne tierna—. Déjame ayudarte.

Sus grandes ojos se abrieron ligeramente cuando me incliné sobre la pequeña mesa, ofreciéndole el bocado. La intimidad del gesto, en un ambiente tan estéril y hostil, envió una violenta descarga eléctrica a través del vínculo recién formado entre nosotros.

Vaciló una fracción de segundo antes de inclinarse hacia adelante y aceptar la comida. Cuando sus labios rozaron las puntas del tenedor, una chispa fantasma de calor bailó sobre mi propia piel.

—Sé que esto es... complicado —dije suavemente, sirviéndole otro bocado—. Me llamo Josh. Soy el Beta de esta manada. Mi familia ha servido a los Alfas Gunnolf durante tres generaciones. Es mi deber hacer cumplir la ley aquí, proteger nuestras fronteras —Hice una pausa, clavando mis ojos plateados en los suyos—. Pero también es mi imperativo biológico protegerte. Y ahora mismo, esas dos cosas me están destrozando.

Dalia masticó despacio y tragó antes de hablar. Su voz era baja, sin la feroz rebeldía que le había mostrado a Zeff en la oficina.

—No quería ponerte en esta situación —susurró.

—Dime la verdad, Dalia —le pedí con suavidad, ofreciéndole un sorbo de agua del vaso—. Si voy a convencer a Zeff de que te quite estas esposas, necesito saber exactamente qué eres y por qué estabas realmente en nuestras tierras.

Miró hacia la mesa de metal; el dulce aroma a vainilla se impregnó con una amarga nota de antigua tristeza.

—No tengo manada —comenzó, con la voz ligeramente temblorosa—. Soy huérfana. Después de que murieron mis padres, me acogió un... un grupo de personas. No les importaba mi lado lobo. Me acogieron por la magia.

—Sangre de mi padre —aclaró suavemente—. Mi madre era la loba. Mi padre era el usuario de magia. Un mago.

Eso me hizo fruncir el ceño. Que un usuario de magia masculino se apareara con una loba era increíblemente raro, casi inaudito en la historia sobrenatural moderna. —Y este grupo que te acogió... ¿Te protegieron?

Soltó una pequeña risa sin humor. —Me usaron. Necesitaban el linaje de mi padre para su propia supervivencia.

Malditos. Mi lobo gruñó en mi cabeza ante la idea de que alguien la utilizara.

—¿Por qué estás aquí, Dalia? —pregunté, manteniendo la voz firme a pesar de la rabia que me hervía en el pecho.

Se mordió el labio inferior.

Diosa, quería agarrar ese labio entre mis dientes y chuparlo. La repentina y violenta oleada de lujuria me golpeó tan fuerte que se me cortó la respiración. Debí haber proyectado ese deseo pesado y primitivo a través de nuestro vínculo recién formado, porque un rubor profundo y hermoso subió por sus mejillas, y ella apretó sutilmente los muslos bajo la mesa.

Esto empezaba a convertirse en una tortura absoluta.

Pero no respondió a mi pregunta. Un destello de preocupación profunda y genuina cruzó por sus ojos, encendiendo al instante enormes alertas para mis instintos de Beta. Estaba ocultando algo enorme y tenía miedo de decírmelo.

—Comamos por un momento —susurré, decidiendo no presionarla todavía mientras le ofrecía otro bocado.

Seguí torturándome mentalmente, viendo cómo sus labios suaves se separaban para cerrarse alrededor del tenedor de plata. Masticaba despacio, y yo me agarré al borde de la mesa de metal para mantener las manos firmes, mirando su boca y deseando desesperadamente ser yo a quien estuviera probando.

Nos quedamos en un silencio pesado y cargado durante unos minutos mientras le daba el resto de la comida. El dulce aroma de su vainilla me estaba volviendo completamente loco.

Cuando el plato por fin quedó vacío, Dalia me miró. El rubor se había desvanecido, siendo reemplazado por una pálida y nerviosa ansiedad. Miró sus manos encadenadas, y luego volvió a mirar a mis ojos.

—Josh... —empezó a hablar, con la voz convertida en apenas un susurro—. Lo siento. No lo sabía.

—¿Sobre qué?

—No sabía que te iba a encontrar aquí.

Si no pertenecía a una manada, ¿por qué estaba tan preocupada?

No. *No, no, no.* No podía ser.

Mi lobo gruñó de inmediato; un sonido feroz y sediento de sangre resonó en mi mente con solo pensar en esos chupasangres. Un pico de pura ira generacional ardió caliente en mis venas.

No pude quedarme en la silla.

Me levanté tan violentamente que las patas de metal rasparon con fuerza el piso de piedra; el sonido resonó como un disparo. Le di la espalda, con las manos agarrándome la nuca mientras empezaba a pasearme por el estrecho espacio de la celda.

Mis instintos de Beta me gritaban que me alejara. Era una híbrida. Una exploradora de los vampiros. Las voces de mis padres resonaban en mi cabeza, exigiéndome que saliera inmediatamente por esa puerta de hierro y le reportara a mi Alfa sobre una enorme brecha de seguridad. Cada año de mi entrenamiento militar, cada onza de mi lealtad a Zeff, me exigía que la dejara pudrirse en esta celda.

Pero mi lobo me estaba destrozando la mente. *Pareja,* rugió la bestia, forcejeando violentamente contra mi caja torácica, completamente en agonía por el olor de su miedo.

Proteger. Reclamar. Sanar. El conflicto me estaba partiendo literalmente en dos. Tocarla era traición. Dejarla era una agonía biológica.

Dalia se estremeció; las pesadas cadenas de hierro tintinearon mientras sus manos atadas temblaban. —Ellos... me enviaron, Josh —logró decir con dificultad, con lágrimas calientes cayendo finalmente por sus gruesas pestañas y bajando por sus pálidas mejillas—. Los vampiros que me acogieron. Me enviaron a explorar los límites de Darwood. Para recopilar información sobre las defensas de Zeff, los números de la manada, las rutas de patrullaje...

Me quedé paralizado, con la mandíbula tan apretada que me crujieron los dientes. Como su aroma único era una mezcla de lobo y magia, los vampiros sabían que podía colarse más allá de nuestro perímetro sin activar las alertas de sangre podrida contra ellos. Era una estrategia perfecta y letal.

Me giré para mirarla; la rabia luchaba violentamente contra el vínculo de pareja en mi pecho.

—¡Pero ya no quiero hacerlo! —gritó, con la voz quebrada mientras se lanzaba hacia adelante tanto como la corta cadena de hierro se lo permitía.

Sus grandes ojos asustados se clavaron en los míos, suplicando desesperadamente. —Te juro que no quería venir aquí. Solo lo hice porque les debía la vida. ¡Pero no sabía que ibas a estar aquí! ¡No sabía que tenía una pareja!

Se atragantó con un sollozo; sus manos temblorosas se extendieron hacia mí sobre la mesa, mientras las esposas de plata le mordían las muñecas. —Josh, por favor. No lo haré.

No les informaré. Jamás haría nada para dañar a tu manada ahora. En el momento en que te vi... todo cambió.

La miré, con el corazón latiendo frenéticamente contra mis costillas. El dulce aroma de su vainilla ahora estaba impregnado con la amarga sal de sus lágrimas. El terror absoluto y radiante que inundaba nuestra conexión chocó contra mi ira, ahogándola por completo en un instinto biológico feroz y abrumador de protegerla.

—Me matarán si no vuelvo con la información —susurró Dalia, bajando la mirada hacia la mesa de metal; la lucha se le había agotado por completo—. Pero no me importa. Ya no quiero ser su peón. Quiero ser leal a ti. Solo a ti.

La sinceridad absoluta que atravesaba el vínculo me golpeó como un impacto físico. Estaba aterrorizada, prisionera, encadenada, enfrentándose a la ejecución por parte de mi manada o al asesinato por parte de los vampiros, y aun así lo único que le importaba era demostrar su lealtad hacia mí.

Mi entrenamiento de Beta se rompió por completo. Al diablo con las reglas. Al diablo con las leyes del Alfa.

Crucé la angosta celda en dos largas zancadas. No me extendí por encima de la mesa; pateé la silla de metal para apartarla, la levanté por la cintura y estrellé mi boca contra la suya.

Las pesadas cadenas de hierro entre sus muñecas resonaron violentamente mientras soltaba un jadeo de sorpresa contra mis labios, pero no me apartó. En cambio, sus manos atadas se enredaron con fuerza en la tela de mi camisa, atrayéndome más cerca. Ella me devolvió el beso con un calor desesperado y hambriento que incineró por completo lo que quedaba de mi autocontrol. Sabía a vainilla, a sal y a ruina absoluta.

Mi lobo rugió en puro triunfo. Ella era mía.

Arranqué mi boca de la suya, ambos jadeando en la celda estrecha e iluminada por luces fluorescentes. La mantuve pegada a mi pecho; mis manos le agarraban las caderas con tanta fuerza que no podía moverse.

—No es así como pretendía hacerte mía —susurré con fuerza, y mi voz fue un retumbo oscuro y vibrante contra sus labios hinchados—. Pero necesito tener absoluta certeza de que no nos traicionarás. Arriesgaré toda mi reputación y mi vida por esto.

Sus inmensos ojos llenos de lágrimas me miraron, con los labios entreabiertos mientras tomaba aire para jurar su lealtad... pero no le di la oportunidad de hablar.

Mi mano subió por su nuca. Enredé los dedos profundamente en su cabello y tiré de él firmemente hacia atrás, inclinándole la cabeza y dejando completamente al descubierto la larga y pálida columna de su garganta. Dalia soltó un suspiro suave y tembloroso, con el pulso retumbando frenéticamente bajo su piel, ofreciéndose a mí sin dudarlo ni un instante.

Mis ojos brillaron con la cegadora luz plateada de mi lobo.

Bajé la cabeza, extendiendo mis colmillos por completo, y mordí con fuerza el hueco de su cuello.

El sabor metálico del cobre inundó mi boca, mezclándose perfectamente con el embriagador y dulce aroma de su vainilla. La marca de reclamación se selló en lo más profundo de mi alma; un lazo permanente e irrompible que ataba la fuerza vital de Dalia directamente a la mía. Mi lobo soltó un aullido posesivo y triunfante en el fondo de mi mente.

Retiré lentamente mis colmillos de su carne, jadeando, esperando sentir la cálida y calmante ola del vínculo completado envolvernos a ambos.

En cambio, Dalia soltó un grito desgarrador.

Las rodillas le fallaron por completo. Se desplomó contra mi pecho; todo su cuerpo se contrajo tan violentamente que las pesadas cadenas de hierro que unían sus muñecas cayeron contra el piso de piedra.

—¿Dalia? —jadeé, agarrándola por la cintura y bajándonos de inmediato al suelo frío.

No respondió. Arqueó la espalda por el puro dolor; los ojos se le pusieron en blanco. El sudor perló al instante su pálida frente, y su piel ardía como si la fiebre le hubiera subido a temperaturas letales en cuestión de segundos. De hecho, podía sentir el calor antinatural que irradiaba de ella a través de mi camiseta.

Y entonces, lo oí. El húmedo y nauseabundo crujido de su omóplato saliéndose a la fuerza de su articulación.

Se me heló la sangre.

—¡Dalia, mírame! —exigí, con la voz tensa por el pánico creciente mientras le agarraba la cara, intentando sujetar sus movimientos erráticos y agitados—. Tu loba. ¿Te has transformado alguna vez?

Sus ojos azul hielo se clavaron en los míos, abiertos de par en par y empañados por el terror absoluto. —¡No! —sollozó, ahogándose por el dolor mientras otro fuerte crujido resonaba en su columna—. ¡Nunca! ¡Josh, duele! ¡Me está destrozando!

Mierda. La marca de reclamación no solo nos había unido. La enorme oleada de mi energía Beta de sangre pura entrando en sus venas había activado violentamente su biología latente. Estaba forzando a su loba interior a salir a la superficie.

Una primera transformación forzada. A los dieciocho años, sin manada, sin años de preparación mental, y provocada por el abrumador *shock* de la mordida de su pareja. Era una de las cosas más agonizantes y peligrosas que un hombre lobo podía soportar.

Mis ojos bajaron hacia sus manos. Las esposas de hierro plateado se le clavaban en las muñecas. Mientras sus huesos comenzaban a expandirse y moverse violentamente bajo la piel, la plata iba a quemar su carne.

No podía esperar a buscar las llaves. Agarré la pesada cadena de hierro que unía las esposas, envolviéndola alrededor de mis antebrazos. Dejé que mi fuerza Beta explotara por completo hacia la superficie; mis propios ojos brillaron en un plateado resplandeciente. Con un rugido gutural, separé los brazos violentamente. El metal crujió, se deformó y finalmente se rompió con un chasquido agudo, liberando sus manos.

Inmediatamente tiré las cadenas rotas a un lado y atraje su cuerpo ardiente y agitado contra mi pecho.

—Te tengo —maldije, presionando mi boca contra su sien sudorosa. Empujé hasta el último gramo de calor reconfortante y protector que poseía a través de nuestro nuevo vínculo de pareja, intentando construir un escudo mental alrededor de su dolor agonizante—. ¡No luches, Dalia! Tienes que dejar que la loba tome el control. Si luchas contra la transformación, te romperá la mente. Déjate llevar. ¡Escucha mi voz y sigue el vínculo!

Volvió a gritar; sus uñas se me clavaron tan fuerte en los brazos que me hicieron sangrar, pero no me inmuté. La abracé fuerte, susurrándole un flujo constante de palabras de consuelo contra la piel mientras la brutal transformación la consumía por completo.

Su forma humana comenzó a derretirse, y los horribles sonidos de huesos rompiéndose y reformándose llenaron la pequeña celda iluminada por luces fluorescentes. Pero a medida que avanzaba la transformación, ocurrió algo totalmente sin precedentes.

No era solo el cambio biológico crudo de un hombre lobo. La magia latente en su sangre reaccionó a la transformación. Leves y chisporroteantes chispas de energía dorada y violeta comenzaron a bailar sobre su piel, entrelazándose con el pelaje áspero que brotaba rápidamente a lo largo de su columna. La magia parecía actuar como un ungüento, fusionándose con su loba para aliviar las etapas finales y más brutales del cambio.

Los latidos finalmente disminuyeron. Sus jadeos entrecortados y humanos se profundizaron, convirtiéndose en jadeos pesados y rítmicos.

Aflojé mi agarre poco a poco, apoyándome sobre los talones.

Tirada en el frío piso de piedra de la celda, ya no había una chica humana rota.

Había una loba. Pero era diferente a cualquier cosa que yo, o cualquier otro en la manada Gunnolf, hubiera visto alguna vez.

Era más pequeña que un pura sangre, elegante y hecha para una agilidad cegadora en lugar de para la fuerza bruta. Pero fue su pelaje lo que me robó el aliento. No era gris, ni negro, ni castaño.

El pelaje de Dalia era de un intenso y asombroso morado oscuro.

El oscuro pelaje violeta brillaba débilmente bajo la luz dura; la manifestación física absoluta de su linaje híbrido: la perfecta y hermosa colisión entre una loba y un mago.

La loba morada levantó lentamente su pesada cabeza del piso de piedra. Parpadeó, sacudió su pelaje y me miró. Sus ojos ya no eran del azul helado de su forma humana; eran de una vívida y resplandeciente amatista.

Extendí la mano, temblando levemente, y enterré suavemente los dedos en el espeso pelaje morado oscuro de su cuello. Un ronroneo profundo y vibrante comenzó en su pecho, resonando cálidamente a través de nuestro vínculo.

—Eres preciosa —susurré con absoluto asombro, apoyando mi frente contra la suya—. Eres completamente perfecta.

17

Realidad Censurada

Zeff

Me senté en mi escritorio, con los dedos tamborileando impacientes sobre la madera pesada y pulida. Montones de horarios de patrullaje e informes de actividad fronteriza estaban esparcidos frente a mí, pero mi mente estaba completamente desconectada de la tinta en las páginas.

Solo podía pensar en Liliam.

O más bien, en su angustiosa ausencia.

Durante varias noches no había podido alcanzarla en sus sueños, y eso me estaba volviendo completamente loco. La conexión que habíamos compartido en ese bosque de otro mundo había sido intensa; un salvavidas visceral que unía nuestras almas, incluso cuando la terca realidad nos mantenía separados. Me había vuelto adicto a ella. A la sensación de su presencia, al calor de su piel, a la forma en que el dulce aroma a moras y ozono llenaba mis sentidos cuando mis dientes rompían su piel.

Pero ahora... Nada.

Cerré mis brillantes ojos esmeralda, apoyando la cabeza en la silla de cuero e intentando concentrarme. Extendí la mano a través de la oscuridad, intentando sentirla. Pero solo había un vacío frío y estático en el lugar donde nuestro vínculo solía vibrar violentamente con energía y vida. Aún podía sentirla en el mundo de vigilia —sus emociones alborotadas, sus miedos, sus ansiedades asfixiantes— filtrándose por los bordes deshilachados del vínculo como un veneno lento. ¿Pero en el reino de los sueños? Me había cerrado la puerta por completo.

Un nudo frío y asfixiante de puro terror se retorció en mi estómago. Yo era el Alfa. Se suponía que debía ser el muro inquebrantable que protegía a mi manada, pero, sentado solo en esta oficina, nunca me había sentido tan absolutamente impotente. La idea de perderla —de que se deslizara en la oscuridad sin que yo pudiera alcanzarla— hacía que el pecho me doliera físicamente. Me ahogaba en la desesperante y aterradora comprensión de que toda mi fuerza física no valía absolutamente nada si ella le cerraba la puerta a mi alma.

—¿Qué está pasando? —murmuré por lo bajo, con la frustración hirviéndome bajo la piel. Me pasé una mano áspera por el cabello, tirando ligeramente de las raíces, como si el dolor físico pudiera anclarme de alguna manera.

Había intentado de todo para cruzar la división: meditación profunda, concentrarme en su esencia, incluso obligar a Gaius a aullar hacia el vacío; pero nada funcionó. Era como si hubiera construido un muro de hierro enorme e impenetrable entre nosotros, uno que yo no podía romper por mucho que lo arañara.

—Maldita sea —gruñí, golpeando el escritorio con el puño.

La fuerza del golpe hizo que la pesada madera se agrietara, enviando los informes al suelo.

Gaius se paseaba sin descanso dentro de mi pecho, igual de hambriento y agitado por la falta de contacto. Ese vacío repentino era antinatural. Se sentía fundamentalmente incorrecto.

¿Por qué ahora? ¿Por qué, después de todo lo que habíamos compartido, después de que mi lobo literalmente le hubiera marcado el alma, de repente me cortaba el paso así? ¿Acaso la intensidad del reclamo la había aterrorizado? ¿La había empujado demasiado lejos, demasiado rápido, forzando a su magia feérica a cerrarme la puerta en la cara para protegerse?

Mi mente iba a mil por hora, buscando desesperadamente alguna pista que pudiera explicar la repentina distancia. Pero nada tenía sentido.

—¿Está en peligro? —me pregunté en voz alta; mi voz fue un retumbar bajo y vibrante en la silenciosa oficina.

Gaius se erizó con fuerza ante la idea, y un gruñido protector me desgarró la garganta. *No.* Lo habría sabido si estuviera en peligro físico inmediato. El vínculo habría gritado. Habría sentido las frías manos de Owen sobre ella.

Había visto lo que les pasaba a los Alfas que dejaban que sus parejas caminaran por la línea de fuego. Todavía recordaba el olor metálico de la sangre de mi propia madre, destrozada por un grupo de exploradores vampiros rebeldes solo porque mi padre creyó que ella era lo bastante fuerte para luchar fuera de los muros de la fortaleza. Juré sobre su tumba que nunca cometería ese error. Construiría una fortaleza tan alta que nada podría alcanzar a mi Luna.

A menos que...

Apreté la mandíbula mientras un pensamiento se colaba en mi mente como una sombra oscura y asfixiante. *A menos que alguien más estuviera interfiriendo deliberadamente.* Alguien que realmente supiera cómo manipular la mente y bloquear la conexión sagrada entre parejas.

Inmediatamente pensé en William.

Había sentido la presencia persistente del Rey Alfa cerca de Liliam más de una vez. Sentí su energía arrogante y asfixiante rozando la de ella, de una manera que hacía que Gaius quisiera destrozar el mundo. William no era solo un Alfa; era de la realeza. Tenía acceso a magia oscura y arcaica que mi manada había olvidado hacía mucho tiempo.

¿Acaso William me la estaba bloqueando? O peor aún: ¿la estaba arrastrando a sus propios sueños?

La sola idea me provocó una cegadora oleada de rabia violenta. Gaius empujó violentamente hacia la superficie; mis colmillos se alargaron mientras un gruñido salvaje me sacudía el pecho. Si William estaba detrás de esto, si usaba su magia oscura para aislar a Liliam y reclamar su mente para sí mismo, quemaría todo su reino hasta los cimientos.

Me obligué a respirar de forma profunda y temblorosa, atrayendo a mi lobo de nuevo. No podía asaltar el castillo del Rey sin tener pruebas. No cuando tenía otra enorme carga mágica viviendo bajo mi propio techo.

Giré la silla y miré hacia la puerta cerrada de la oficina. Al final del pasillo, en el ala de invitados, estaba Shadow.

El muchacho llevaba aquí tres días, y cada hora que pasaba en mi territorio solo hacía que mis instintos gritaran con más fuerza. Liliam creía que su magia feérica desatada lo había transformado de un perro salvaje a un niño humano. Pero cuanto más lo observaba, más se fracturaba esa historia.

Un perro convertido en humano debería ser torpe. Debería tropezar con sus propias extremidades recién alargadas, tener dificultades con el habla humana y mostrar tics de comportamiento canino.

Pero Shadow no. Caminaba con una gracia calculada y equilibrada. Mantenía la mirada siempre baja alrededor de mis guardias, no por confusión, sino por una sumisión profundamente arraigada y disciplinada ante los lobos de mayor rango. Y ayer, cuando lo observé desde la ventana, noté que se posicionó instintivamente a favor del viento para que los guardias del perímetro no pudieran captar su olor.

Un chico humano de catorce años no sabe cómo posicionarse a favor del viento para obtener una ventaja táctica.

Estaba ocultando algo. El muchacho era una contradicción andante, y yo no tenía nada de paciencia para misterios mientras mi pareja estaba encerrada en una casa con otra cosa.

Empujé la silla hacia atrás y me puse de pie, dejando que el peso pesado y dominante de mi aura de Alfa se posara sobre mis hombros. Era hora de dejar de tratarlo como a un humano frágil. Era hora de ver exactamente de qué estaba hecho Shadow.

Salí de la oficina y me dirigí por el pasillo. Lo iba a llevar al gimnasio de entrenamiento.

Empujé las pesadas puertas dobles del gimnasio de la manada. El aroma familiar y reconfortante del cuero gastado, la tiza y el sudor rancio golpeó mis sentidos. Las instalaciones estaban vacías a esas horas de la mañana, y los pesados sacos de boxeo colgaban en silencio bajo la penumbra.

Caminé sobre las enormes colchonetas negras, con mis botas golpeando el piso, y miré por encima del hombro.

Shadow estaba cerca de la entrada. Seguía ahogándose en la ropa deportiva que Liliam le había prestado, y sus pies descalzos se movían nerviosos contra el hormigón. —Ven aquí —ordené, con mi voz resonando ligeramente en la cavernosa sala.

Shadow tragó saliva, y su nuez de Adán subió y bajó. Mantuvo la mirada baja, sin ofrecer desafío alguno, mientras pisaba las colchonetas y se detenía a unos metros de mí.

—Nos dijiste que te habías despertado así —empecé, dando un lento y deliberado semicírculo a su alrededor—. Dices que la magia de Liliam te transformó de un cachorro de lobo salvaje a un niño humano.

—Sí, Alfa —murmuró Shadow, con la voz ronca y tensa.

—Si eso fuera cierto, entonces tu mente y tu cuerpo no deberían estar alineados —dije, deteniéndome justo frente a él—. Un lobo camina sobre cuatro patas. Un lobo lucha con sus dientes y garras. Un cuerpo humano tiene un centro de gravedad completamente diferente. Si eras solo un perro, ni siquiera deberías poder caminar sin tropezar, y mucho menos sostener un vaso de leche.

Shadow se tensó, y sus pequeños dedos se enredaron ligeramente en el borde de su camiseta. Era inteligente. Se dio cuenta exactamente de hacia dónde quería llegar con esto.

Tiré un par de guanteletas ligeras de combate sobre la colchoneta entre nosotros. —Recógelos.

Dudó una fracción de segundos antes de agacharse. Agarró los *pads* acolchados y se levantó, mirándome con ojos marrones, grandes y aprensivos.

—Póntelos —le ordené, cruzándome de brazos sobre el pecho—. Muéstrame lo que sabes.

Shadow se tropezó con las correas de velcro, intentando parecer torpe a propósito. —No sé nada, Alfa. Es solo que... Solo intento mantener el equilibrio.

—Ya veremos —gruñí. Bajé los brazos y adopté una postura relajada y abierta. No iba a hacerle daño —jamás golpearía a un cachorro—, pero necesitaba ver sus reflejos en bruto—. Lanza un golpe. Golpea mi mano —Levanté la palma derecha, manteniéndola plana.

Shadow soltó un suspiro tembloroso. Retiró el brazo torpemente y lanzó un golpe desordenado y descoordinado que aterrizó con suavidad en mi palma. Era exactamente el tipo de puñetazo que lanzaría un niño humano aterrorizado y sin entrenamiento.

—Otra vez —dije, entrecerrando los ojos.

Lanzó otro puñetazo torpe.

Gaius resopló en mi mente. *Está fingiendo.*

Bajé la mano. —Bien. Quítatelos.

Las pequeñas manos de Shadow despegaron el velcro, y las pesadas guanteletas de combate cayeron al suelo. —Ahora, defiéndete.

Sin previo aviso, me lancé hacia adelante y le tiré un golpe de barrido con la mano abierta, dirigido directamente a su hombro. Era lo suficientemente lento como para hacer que un humano normal se estremeciera, pero lo bastante rápido como para activar un instinto puro de supervivencia.

Shadow no se inmutó. No se acobardó ni se cubrió la cabeza con las manos, como haría cualquier niño humano.

En una fracción de segundo, su cuerpo reaccionó. Bajó su centro de gravedad al instante, deslizando su pie trasero para anclarse a la colchoneta. Levantó su antebrazo izquierdo en un bloqueo perfecto, de manual, desviando mi mano lejos de su cuerpo, mientras su mano derecha se cerraba instintivamente en un puño apretado, inclinándose hacia atrás para golpear mis costillas expuestas.

Se detuvo en el último milisegundo.

El gimnasio quedó en un silencio absoluto. Shadow se quedó paralizado, con su pequeño puño flotando a pocos centímetros de mi costado. El color desapareció por completo de su pálido rostro al darse cuenta exactamente de lo que acababa de hacer. Se le cortó la respiración e inmediatamente retiró los brazos, encogiéndose sobre sí mismo mientras su fachada de "niño asustado" volvía violentamente a su sitio.

Me enderecé lentamente, imponiéndome sobre él. El aire entre nosotros crujió con una densa e innegable tensión de Alfa.

Ese no era un torpe reflejo humano. Y, desde luego, no era el instinto de un cachorro salvaje.

Fue una maniobra defensiva precisa y calculada. Era exactamente la postura de contraataque que yo mismo le enseñaba a usar a mis ejecutores de élite para defenderse de oponentes más grandes.

—Los lobos esquivan, Shadow —dije, bajando la voz a un gruñido peligrosamente suave y vibrante—. No anclan su peso para lanzar un contragolpe. Y, definitivamente, no conocen técnicas de bloqueo de nivel militar.

Shadow dio un paso lento hacia atrás, con el cabello plateado cayéndole sobre los ojos asustados. —Yo... Solo reaccioné, Alfa. No quería...

—¿Quién te enseñó a pelear? —exigí, dando un paso hacia él y clavando mis ojos esmeraldas en los suyos—. Porque eso no lo aprendiste durmiendo en el piso de la sala de Liliam. Has sido entrenado.

Shadow retrocedió a toda prisa, con sus pies descalzos chirriando contra la densa espuma de la colchoneta. —¡Lo vi en el televisor, Alfa! —tartamudeó, y su voz ronca subió un tono por el pánico artificial—. Mamá estaba viendo una película. ¡De peleas! ¡Solo copié lo que hizo el hombre!

Gaius gruñó ferozmente en mi mente. *Mentira.*

—Una película —repetí, bajando la voz a un retumbo vibrante que pareció sacudir el aire del gimnasio vacío—. Ejecutaste un bloqueo perfecto anclando tu peso, que aprendiste de la pantalla de un televisor, mientras supuestamente mutabas de un perro salvaje a un niño humano.

Shadow asintió frenéticamente, con sus grandes ojos oscuros suplicantes. —¡Sí! Lo juro, Alfa. Estoy confundido. Mi cuerpo se siente raro.

—Vamos a poner a prueba esa confusión —gruñí.

No le di ni un segundo para respirar ni pensar. Me lancé hacia adelante, acortando la distancia en un borrón de velocidad Alfa. Le lancé una patada de barrido directo a las piernas; no con la fuerza suficiente para romperle un hueso, pero sí para derribarlo si no reaccionaba.

Shadow chilló. Intentó desesperadamente mantener la fachada de humano torpe, dejándose caer hacia atrás y aceptando el golpe. Cayó con fuerza contra la lona, rodando con un jadeo agudo y doloroso.

No me detuve. Me mantuve justo encima de él, sin darle tiempo a su mente para procesar nada, confiando únicamente en que su sistema nervioso lo traicionara. Me arrodillé y lancé un golpe pesado con la mano abierta, directo hacia su pecho.

Shadow se apartó de un salto; sus movimientos se tensaron de repente. El acto del humano descontrolado se estaba desvaneciendo. Rodó para ponerse de pie con una agilidad fluida que me hizo entrecerrar los ojos.

—¡Para! —suplicó Shadow, levantando sus pequeñas manos, con el pecho agitado—. ¡Por favor, Alfa!

—Deja de mentirme —ladré, y mis ojos esmeralda brillaron en la tenue luz del gimnasio—. ¿Quién te entrenó?

Volví a lanzarme hacia adelante. Esta vez, no contuve mi velocidad. Lancé una rápida sucesión de golpes: izquierda, derecha, una finta a la cabeza, un agarre dirigido a sus hombros. Lo estaba acorralando sin piedad, forzando a que su instinto de supervivencia dominara a su cerebro.

Shadow paró el primer golpe. Se agachó en el segundo. Al tercero, un pánico puro e indómito inundó su olor. Se estaba quedando sin colchoneta, acorralado directamente contra la pared acolchada.

Retiré el puño, canalizando una oleada de energía pura, y lo impulsé hacia adelante. Tenía toda la intención de detener el golpe a un milímetro de su cara, pero para sus instintos aterrorizados, lucía como un ataque letal e inevitable.

Los ojos de Shadow se abrieron de par en par. Por una fracción de segundo, sus iris color ámbar oscuro destellaron con un dorado brillante y aterrador.

Un gruñido gutural salió de su pequeña garganta.

En un parpadeo, el muchacho desapareció.

No hubo ningún destello cegador de luz feérica. No hubo ninguna mutación mágica ni grotesca. Solo se escuchó el crujido fluido y violento de los huesos remodelándose en el aire. La camiseta y los pantalones cortos le quedaron grandes y cayeron vacíos sobre la colchoneta, y de debajo de la tela colapsada, salió disparado un lobo oscuro con vetas plateadas.

Cayó al suelo sobre sus cuatro patas, con las garras clavándose con fuerza en la espuma negra mientras se deslizaba justo por debajo de mi brazo, esquivando mi golpe por completo. Se giró de golpe, con su pelaje oscuro erizado y su pequeño pecho subiendo y bajando, mientras me mostraba sus afilados dientes en un gruñido defensivo e infantil.

Me quedé paralizado, con el puño aún suspendido en el aire.

El aroma de la habitación había cambiado fundamentalmente. El olor mundano había desaparecido por completo. En su lugar, estaba el fresco e innegable aroma a sangre de hombre lobo, impregnado de ozono.

Pero él no era un simple lobo.

Tensé la mandíbula mientras bajaba el brazo lentamente y me giraba para mirarlo. Gaius se quedó completamente quieto dentro de mi pecho, reconociendo la verdad absoluta que teníamos justo frente a nosotros.

—No eres un perro —susurré; la revelación golpeándome como un puñetazo físico—. Y no fuiste transformado por la magia de Liliam.

Di un paso lento y deliberado hacia adelante, con mis ojos brillantes fijos en el cachorro de rayas plateadas que ahora temblaba bajo el peso aplastante de mi mirada de Alfa.

—Eres un cambiaformas.

El pequeño lobo de rayas plateadas se pegó contra la pared acolchada del gimnasio, con el pecho agitado mientras me mostraba sus afilados dientes. Era una muestra infantil de desafío; un intento desesperado de mantenerse firme frente a un Alfa adulto.

Pero yo ya no estaba para juegos.

—Vuelve a tu forma normal —ordené.

No grité. No hacía falta. Dejé que el poder crudo y antiguo de mi sangre de Alfa impregnara las palabras, convirtiéndolas en un pesado ancla física que se desplomó sobre la sala. La orden recorrió su pequeño cuerpo; una fuerza innegable que exigía la sumisión absoluta de un lobo de menor rango.

Shadow dejó escapar un gemido lastimoso y agudo. Su desafío se rompió al instante. La magia del cambio se revirtió violentamente; el nauseabundo crujido de los huesos resonó en el silencioso gimnasio mientras la forma de lobo colapsaba.

En cuestión de segundos, el niño de catorce años regresó, jadeando por aire sobre las colchonetas negras. Se arrastró frenéticamente a gatas, agarrando la enorme camiseta y pasándosela por la cabeza, abrazando las rodillas contra su pecho mientras se acurrucaba contra la pared. Temblaba con violencia, negándose a mirarme a los ojos.

Avancé con paso firme, deteniéndome a solo unos centímetros de sus pies descalzos. Me incliné sobre él, con la mandíbula tan apretada que me dolían los dientes.

—Me mentiste —gruñí, y la traición me dolió más de lo que quería admitir—. Le mentiste a Liliam. Te sentabas en su casa, comías su comida y la dejabas pensar que solo eras un animal indefenso. Dejaste que creyera que su magia te hizo esto.

Shadow apretó los ojos y una gruesa lágrima resbaló por su pálida mejilla. —Alfa, por favor...

—Se acabaron los juegos, Shadow —solté con brusquedad, agachándome para quedar exactamente a su altura. Mi mirada esmeralda lo inmovilizó—. Tienes reflejos de nivel militar. Sabes exactamente cómo disimular tu olor para hacerte pasar por un perro normal. Eso requiere años de disciplina. ¿Quién te entrenó?

Shadow se atragantó con un sollozo, y sus pequeñas manos agarraron la tela de su camiseta. —Yo... No puedo decírtelo. Está prohibido. ¡Si te lo digo, lo arruinaré todo!

—Te infiltraste en mi territorio —dije, bajando la voz a un retumbo letal e inquebrantable—. Te apegaste a mi pareja. Necesito saber si eres un espía. ¿Te envió William? ¿Los Brogan?

—¡No! —gritó Shadow, y su voz se quebró de puro y genuino horror—. ¡No, yo nunca trabajaría para el Rey! ¡Lo juro por la Diosa, Alfa!

—¿Entonces quién te envió? —exigí, y el poder de Alfa estalló en la sala, exigiendo que la verdad fuera arrancada de su garganta—. ¡¿Cuál es tu propósito con Liliam?!

—¡Se supone que solo debo vigilarla! —tartamudeó, intentando frenéticamente esquivar el peso aplastante de mi orden. Las lágrimas caían libremente ahora; sus pequeños hombros temblaban por el esfuerzo de contener su secreto más oscuro—. ¡Se supone que solo debo quedarme cerca de ella! ¡Por favor, no me obligues a decirlo!

—¡Dime por qué estás aquí, Shadow! —rugí; la paciencia se me había agotado por completo—. ¿Quién te envió a esa casa?

—¡Me enviaron para proteger a mamá de ti!

Las palabras me golpearon más fuerte que una hoja de plata clavada en el corazón. Me eché hacia atrás y mis ojos esmeralda parpadearon. El aura de Alfa, que normalmente llenaba la sala como un peso físico, se evaporó por completo en un instante.

—¿De mí? —susurré, con la voz quebrada—. Yo moriría por ella. Soy su pareja.

Shadow se mantuvo firme; su pequeño pecho subía y bajaba, y sus ojos dorados ardían con un odio forjado a lo largo de los años. —Eso es lo que siempre dices, papá. Dices que la estás protegiendo mientras le construyes una jaula. Dices que la amas mientras drenas su magia para alimentar la tuya. El nombre "Gunnolf" no es un título de líder de manada. ¡Es el nombre de un monstruo! ¡Y ni siquiera sé cómo funciona la línea de tiempo! ¡No conozco la ciencia de esto! Solo sé dar puños y ocultar mi olor, porque eso fue todo lo que me enseñaste antes de que empezara la guerra. ¡No me entrenaron para ser espía, me entrenaron para sobrevivir!

Me quedé completamente paralizado. El asfixiante aura que había estado proyectando desapareció al instante, dejando solo el frío *shock* de sus palabras resonando en mis oídos. No me importaron las horribles palabras que pronunció sobre mi nombre.

Me llamó *papá*.

Miré las mechas plateadas en su cabello oscuro. Miré la forma feroz y terca de su mandíbula. El olor a lluvia, pino y a algo profunda e innegablemente conectado a mi propio linaje de repente se sintió dolorosamente obvio. Esos profundos ojos color ámbar que me habían resultado tan increíble e inquietantemente familiares desde el instante en que los vi por primera vez...

Mi mente giraba con violencia, intentando armar un rompecabezas imposible. Había llamado a Liliam *mamá*. Me llamó *papá*.

¿Acaso Shadow es mi hijo? ¿*Nuestro* hijo?

—¿Qué... qué acabas de decir? —respiré, y mi voz fue apenas un susurro mientras toda la rabia me abandonaba, reemplazada por una confusión profunda y devastadora.

¿Viajes en el tiempo? Desafiaba todas las leyes de la física y la naturaleza. Pero justo delante de mí había un chico que poseía entrenamiento militar de élite, habilidades de transformación activadas por magia Fae, y los ojos de mi pareja.

Liliam me eligió a mí.

Él era mi sangre. Mi legado, allí, frente a mí, maltrecho y completamente aterrorizado por el hombre en el que me convertiría. Toda la agresividad Alfa desapareció de mis venas. Caí pesadamente de rodillas sobre la colchoneta negra; mis manos temblaban mientras me extendía, desesperado por abrazar a mi hijo por primera vez.

¡PUM!

Las pesadas puertas de metal del gimnasio se abrieron violentamente, golpeando con tanta fuerza contra la pared de hormigón que las bisagras crujieron.

Shadow se estremeció, acurrucándose en una bola apretada contra la alfombra. Me giré de golpe; Gaius se lanzó hacia adelante al instante con un gruñido protector, listo para destrozar a quienquiera que acabara de irrumpir en la sala.

Era Josh.

Mi Beta estaba de pie en el umbral, con el pecho agitado como si hubiera corrido a toda velocidad desde la casa de la manada. Su actitud normalmente relajada había desaparecido por completo. Su rostro estaba pálido, la mandíbula apretada en una línea rígida de pura tensión, y su olor se había vuelto agrio bajo una gruesa y pesada capa de frío miedo.

Ni siquiera miró a Shadow. Cruzó las colchonetas negras de frente, acortando la distancia entre nosotros, y me metió un grueso sobre de manila directamente contra el pecho.

—Tenías razón —susurró Josh, con la voz tensa y entrecortada—. Por la Diosa, Zeff, tenías toda la razón sobre él.

Agarré el expediente; la amenaza inmediata y asfixiante hacia Liliam eclipsó al instante el misterio del niño. Abrí la gruesa cartulina.

Sentí que el estómago se me desplomaba.

Aquel no era el expediente militar limpio e impecable que había visto antes en mi oficina. Esto era una pesadilla plasmada en papel. Página tras página, el documento estaba completamente destruido por gruesas y pesadas líneas negras. Había sido censurado masivamente por el Departamento de Defensa. Párrafos enteros, fechas y coordenadas de misiones estaban tachados, dejando a la vista solo fragmentos de contexto aterradores.

—La verificación de antecedentes del novio humano... chocó contra un enorme muro cibernético. Tuve que pedir favores en el Pentágono para conseguir esto —explicó Josh—. Owen no es solo un humano poseído. El Departamento de Defensa lleva años manteniendo un expediente clasificado sobre él. Durante un despliegue de combate, su escuadrón fue emboscado, y Owen expuso por completo su verdadera naturaleza para masacrarlos.

Recorrí las líneas negras con el pulgar; la sangre se me heló. —¿Qué es esto? ¿Qué le pasó a su unidad?

—Todo el equipo fue aniquilado. Pero Owen no murió. Fue el único sobreviviente y completó el objetivo principal completamente solo.

Miré a mi Beta, frunciendo el ceño. —¿Cómo?

—Con sus propias manos —susurró Josh, con el horror brillando en sus ojos—. El informe dice que se quedó sin municiones y perdió su arma principal. Literalmente destrozó a los combatientes enemigos a mano limpia, Zeff. Fuerza bruta. Fue una muestra de violencia tan salvaje e imposible que el ejército no le dio de baja; en cambio, lo designaron como un activo autorizado para operaciones encubiertas. Lo usan como una sombra bajo el radar para cazar a otros.

Me quedé mirando el papel censurado, con las palabras fragmentadas grabándoseme en la retina.

Un humano normal no sobrevive a una misión suicida ni masacra a una fuerza enemiga armada usando solo sus manos. *Ese fue el momento.* Fue entonces cuando la oscura y antigua entidad que ahora vivía dentro de él tomó el control, dándole a su envase humano la fuerza sobrenatural para sobrevivir a la masacre. El ejército pensó que habían reclutado a un supersoldado de élite indestructible.

Pero yo sabía la verdad. Habían convertido a un monstruo en un arma.

Un terror frío y paralizante me apretó el corazón. Alcé la vista, mirando ciegamente hacia las puertas del gimnasio.

Mi lobo, Gaius, ya estaba inquieto; se paseaba frenéticamente dentro de mí, percibiendo el catastrófico cambio en la atmósfera. Podía sentir su inquietud recorriéndome las venas, un gruñido bajo y retumbante creciendo en lo más profundo de mi pecho.

Y entonces, me di cuenta.

No fue un pensamiento. Fue un impacto físico.

Terror. Un terror crudo, sin filtros, cegador.

Retrocedí tambaleándome, dejando caer la carpeta de manila mientras me agarraba el pecho. El vínculo Fae se encendió con violencia, atravesando el muro psíquico que ella había construido e inundando mis venas con el miedo de Liliam. Me golpeó como una ola de hielo y fuego. Mi corazón latía de forma errática, mis respiraciones se volvieron cortas y entrecortadas mientras el asfixiante pánico amenazaba con dejarme de rodillas.

—Liliam —susurré; mi voz apenas fue audible. Podía sentir su desesperación. Su horror absoluto. Me estaba destrozando por dentro.

El misterio imposible sobre la confesión de Shadow desapareció por completo de mi mente. Ya nada más importaba.

Sin pensarlo más, me giré hacia mi Beta, con mis ojos brillando en un tono esmeralda letal y radiactivo. —¡Preparen a los guardias! ¡AHORA!

No esperé a que Josh respondiera. Salí corriendo.

Irrumpí por las pesadas puertas del gimnasio y salí disparado a toda velocidad por los terrenos del complejo. No me molesté en buscar la guagua. Necesitaba velocidad pura y descontrolada. Me abalancé más allá de la línea de árboles y, con un rugido gutural, dejé que Gaius tomara el control total.

Mis huesos crujieron con violencia y se reformaron en medio de mi carrera. La ropa se me callo mientras caía al suelo del bosque sobre cuatro patas enormes. Con mi boca la recogí lo más rápido. El mundo a mi alrededor se difuminó en una mezcla borrosa de verdes y marrones mientras obligaba a mi lobo a ir más rápido, más fuerte que nunca. Gaius aulló dentro de mi mente; un sonido primitivo y furioso que reflejaba mi propio y absoluto terror.

Aguanta, Liliam, supliqué a través del vínculo, con mis enormes garras arrancando trozos de tierra y musgo con cada salto. *Aguanta.*

Las ramas afiladas me azotaban la cara y me rasgaban el pelaje oscuro, pero no me importaba. No sentía dolor alguno. Lo único que importaba era acortar la distancia. Lo único que importaba era llegar a ella antes que el demonio. Mis pulmones ardían con cada respiración, mis pesados músculos gritaban en protesta mientras yo superaba los límites de mi propia resistencia, pero no podía parar.

El vínculo volvió a pulsar; una nueva y agonizante ola de terror me golpeó el cráneo. Tropecé, y mi hombro rozó contra un grueso pino, pero me recuperé al instante, gruñendo mientras empujaba mi cuerpo hacia adelante.

Voy en camino, Liliam, prometí, y la feroz promesa vibró en mi pecho. *Ya voy.*

18
La Brecha

Liliam

Abrí los ojos, esperando encontrar la familiar luz del sol moteada del bosque de los sueños. Los árboles ancestrales se alzaban a mi alrededor, con sus ramas meciéndose suavemente por una brisa invisible. Me levanté, con el corazón latiendo en una mezcla caótica de anticipación y temor, esperando la energía chisporroteante y adictiva de William, o el calor protector y reconfortante de Zeff.

Pero el claro estaba inquietantemente vacío.

Estaba demasiado silencioso. La sinfonía del bosque estaba completamente muerta. El aire no estaba cálido por la magia feérica; hacía un frío cortante, con el tenue olor metálico de sangre vieja y ozono.

—Estoy muy decepcionado con tu comportamiento, Liliam.

La voz me recorrió la espalda con un escalofrío violento y helado. No pertenecía a este espacio mágico. Me quedé paralizada.

—Corriendo hacia acá con tus mascotitas.

Me giré despacio. De pie al borde de la línea de árboles estaba Owen. O al menos, algo que llevaba su rostro. Sus manos descansaban naturalmente en los bolsillos de sus pantalones; su postura, de forma antinatural, permanecía completamente inmóvil.

Pero sus ojos estaban completamente mal. La esclerótica blanca había sido engullida por un vacío negro y sin fondo, rodeado por un anillo sangrante y brillante de un rojo infernal.

Se me cortó la respiración. —No deberías estar aquí.

—Oh, pero sí lo estoy —respondió la entidad. Una sonrisa cruel y sádica se extendió por el rostro familiar de Owen, tensándole la piel un poco de más—. El pobre Owen no lo entendía. Se esforzaba mucho por hacer el papel de humano compasivo y paciente. Así que tuve que intervenir.

Un pánico puro y sin filtro me recorrió las venas. *Este es mi sueño*, gritaba mi mente. *Despierta. ¡Despierta!*

Apreté los ojos con fuerza, arañando desesperadamente mi propia conciencia, rezando para que la aterradora visión terminara.

Me desperté de golpe, con un jadeo agudo desgarrándome los pulmones.

Miré hacia el techo oscuro de mi dormitorio, con el corazón latiendo con fuerza contra mis costillas. *Fue solo una pesadilla.* Pero el aire helado no se había ido.

Un peso asfixiante se acomodó de repente sobre mis caderas.

—No vas a ir a ningún lado, cariño —se burló una voz desde la oscuridad.

Grité.

Una mano —helada y tan densa como el acero sólido— se apretó brutalmente sobre mi boca, ahogando el sonido.

Mis ojos se abrieron de par en par por el horror absoluto. Owen estaba flotando justo encima de mí en la cama, sentado a horcajadas sobre mi cintura. El dormitorio estaba a oscuras, pero no necesitaba la luz para ver sus ojos. Seguían siendo de ese negro inquietante y abisal, con los anillos rojos brillando con una satisfacción depredadora entre las sombras.

No fue un sueño. El monstruo estaba en mi cama.

No sabía exactamente qué especie sobrenatural me estaba acorralando contra el colchón, pero la podredumbre helada que irradiaba de su piel se sentía como un demonio literal sacado de una película de terror. Una entidad antigua y parasitaria que llevaba el rostro de mi novio.

—Si tan solo me hubieras escuchado a mí, a Owen —gruñó el demonio, bajando su voz a una octava oscura y vibrante que me hizo doler los huesos. Se inclinó, y su aliento helado me rozó la mejilla—. De verdad lo intentamos, Liliam. Jugamos el juego. Jugamos a las casitas durante años solo para mantenerte callada y dócil. Pero no, tuviste que irte con tus perros mojados y despertar tu sangre.

Las palabras me golpearon como impactos físicos.

Años. Mi mente giraba violentamente, repasando toda mi relación. Tres años de cenas compartidas, noches tranquilas de películas y dormir justo al lado de esto. Había culpado su frialdad, su disciplina rígida y sus miradas distantes al estrés postraumático militar. Le había inventado excusas. Lo había amado.

La aterradora epifanía me golpeó. ¿Owen alguna vez me había amado de verdad? ¿O el verdadero Owen había muerto en esa misión suicida clasificada hacía años? Yo no acababa de toparme con el mundo sobrenatural hace unos días; me había estado ahogando en él, completamente ciega. Había estado viviendo con un demonio. Cazada por un Rey Alfa. Reclamada por otro.

Yo era el centro de una lucha sobrenatural; un peón despistado manipulado por todos y cada uno de los hombres de mi vida por un poder que ni siquiera entendía.

—Pensabas que eras tan normal, ¿verdad? —se burló el demonio, trazando una uña, afilada como una navaja, por el lateral de mi cara—. Una humana deliciosamente ordinaria. No tenías ni idea de lo que estabas filtrando. Eras una batería inactiva, Lily. Tan llena de magia antigua y deliciosa de las hadas, solo pidiendo a gritos ser cosechada.

No iba a quedarme aquí tumbada dejando que me drenara.

Dejé de forcejear. Cerré los ojos una fracción de segundo, buscando desesperadamente el poder chisporroteante y eléctrico que había sentido con William, el calor crudo y vibrante que había compartido con Zeff. Visualicé los hilos de mi magia feérica dormida, aferrándome a ellos con fuerza y tirándolos violentamente hacia la superficie.

Mi pecho se encendió con un calor repentino y cegador. Empujé ambas manos planas contra su pecho sólido, canalizando cada onza de miedo y rabia en una explosión de energía dorada, esperando lanzarlo al otro lado de la habitación.

La magia chisporroteó intensamente contra mis palmas.

Pero el demonio no salió volando hacia atrás. Ni siquiera se inmutó.

En cambio, soltó una risa oscura y retumbante. El vacío helado dentro de su pecho pareció expandirse, abriéndose como un agujero negro. Jadeé al sentir que los hilos de mi magia se enganchaban. No solo resistía mi poder; lo estaba absorbiendo.

La luz dorada que parpadeaba en mis dedos se apagó rápidamente, tragada por la fría oscuridad de su piel. Estaba apagando la magia, literalmente comiéndosela de mis venas. Cuanto más empujaba, más débil me sentía, y un letargo helado se extendió rápidamente por mis brazos.

—Delicioso —susurró el demonio, y sus ojos anillados en rojo brillaron aún más mientras se alimentaba de mi ataque desesperado. Dejó caer todo su peso sobre mí, apretándome dolorosamente la boca con la mano—. Podría haberte dado lo que querías, Liliam. ¿Quieres que te muestre cómo se siente el poder real?

La sangre se me heló. Iba a violar mi alma y arrancarme hasta la última gota de magia por la fuerza.

Me ardían los pulmones. Mi visión empezó a nublarse con manchas negras mientras mi magia robada alimentaba su fuerza antinatural, y su agarre helado se preparaba para asestar el golpe final.

Y entonces, justo cuando la oscuridad parecía cerrarse completamente sobre mí...

¡CRAK!

El sonido explosivo de la pesada puerta principal de abajo, rompiéndose en mil pedazos, sacudió todos los cimientos de la casa.

La cabeza del demonio se alzó de golpe, cortando abruptamente su alimentación mientras sus brillantes ojos rojos se entrecerraban hacia el pasillo.

Unos pasos pesados y furiosos retumbaron por las escaleras de madera a una velocidad imposible e inhumana. Antes de que el demonio pudiera quitarse de encima de mí, la madera maciza de la puerta de mi habitación explotó violentamente hacia adentro, cubriendo la oscura recámara con astillas irregulares.

A través del borrón de mis lágrimas, una silueta enorme llenó el marco de la puerta destruida. El aire en la habitación cambió al instante, pero no fue el calor terroso y reconfortante del bosque lo que nos inundó. Era una ola asfixiante y chisporroteante de pura y aristocrática furia.

Sus ojos ardían en la oscuridad con una letal y resplandeciente luz plateada.

William.

El Rey Alfa estaba de pie entre los escombros de mi puerta; se había deshecho de su costosa chaqueta y su ancho pecho subía y bajaba. Con solo ver a la entidad demoníaca inmovilizándome en la cama, la aterradora y arrogante compostura que siempre mostraba desapareció por completo, siendo sustituida por el rostro despiadado y salvaje de un rey a punto de ejecutar a un intruso.

—Quítale tus sucias manos de encima —gruñó William, con su voz vibrando con un poder oscuro y antiguo que literalmente hizo temblar las paredes— a mi reina.

Antes de que yo pudiera siquiera procesar las palabras —*mi reina*—, William se movió.

Cruzó el dormitorio más rápido de lo que mis ojos podían seguir. Un segundo, me estaba asfixiando bajo el peso aplastante y helado del demonio; al siguiente, una violenta ráfaga de viento sacudió el colchón cuando la enorme mano de William se aferró al cuello de Owen.

Con un rugido gutural y estremecedor, el Rey Alfa arrancó al monstruo de encima de mí. La fuerza del movimiento hizo que las tablas del piso crujieran. William lo lanzó al otro lado de la habitación como si no pesara absolutamente nada.

El cuerpo de Owen voló por el aire y se estrelló contra la pared del fondo. El impacto fue ensordecedor; reverberó por toda la casa y sacudió los cimientos mismos. Me arrastré hacia atrás contra la cabecera, jadeando con avidez por aire, con las manos agarradas al pecho mientras veía cómo el cuerpo de mi novio se desplomaba en el piso.

Se oyó un crujido húmedo y nauseabundo. Conocía ese sonido. Los huesos se habían hecho añicos bajo la fuerza catastrófica del impacto. Por un instante, la habitación quedó en un silencio absoluto, y una esperanza salvaje y desesperada se encendió en mi pecho de que William lo hubiera matado.

Pero entonces... el demonio se rio.

Era un sonido oscuro, retorcido y resonante que se metió bajo mi piel de nuevo, revolviéndome el estómago violentamente.

—Por eso no me gusta que recojas perros callejeros, Liliam —escupió el demonio, usando la voz de Owen, aunque cargada de una burla densa y demoníaca. Se levantó lentamente—. Siempre son tan agresivos.

El sonido de esa risa era como uñas raspando una pizarra. William dio un paso lento y pesado hacia él, con cada músculo de su ancha espalda tenso por una rabia letal. El aire en la sala chisporroteaba con el asfixiante dominio aristocrático del Rey, chocando violentamente contra el vacío helado del demonio.

—Sabía que tu olor era desagradable —gruñó William, con los ojos plateados fijos en la oscura y enrojecida mirada del monstruo—. Debí haber sabido qué clase de escoria eras en realidad.

La expresión del demonio se torció en una sonrisa oscura. Sin apartar la mirada del Rey, extendió la mano y agarró su propio brazo, que lucía destrozado y en un ángulo antinatural. Con un chasquido casual y repulsivo, devolvió el hueso roto a su lugar.

Me tapé la boca con una mano para ahogar un grito. Ni siquiera le había afectado.

—Yo estaba aquí primero, perro —se burló el demonio, con sus ojos negros brillando con algo antiguo y vil.

William no dudó. Se lanzó hacia adelante, moviéndose con una velocidad cegadora y depredadora. Agarró al demonio por el cuello, levantándolo por completo del suelo, y lo estampó contra la pared con una fuerza catastrófica. El panel de yeso se agrietó y se astilló a su alrededor, lanzando polvo sobre el piso de madera.

Pero esa maldita sonrisa seguía perfectamente pintada en el rostro de Owen. Era inflexible. Burlón.

—¿Crees que puedes protegerla? —rasgueó el demonio, y su voz estaba llena de una enfermiza diversión, incluso mientras William lo estrangulaba.

La mandíbula de William se tensó. Podía ver la aterradora silueta de su lobo empujando contra los bordes de su piel humana. Estrelló al demonio contra la pared por segunda vez, con aún más fuerza; la pared cedió bajo el impacto.

—No es tuya —gruñó William, bajando la voz a un tono oscuro, apenas humano, que hizo que mi propia sangre ardiera.

La sonrisa del demonio solo se ensanchó. Sus ojos infernales se movieron por encima del hombro de William, fijándose en mí mientras yo temblaba contra la cabecera.

—Pero ya la tuve, ¿no? —susurró la entidad de forma enfermiza e íntima, violando mi mente—. Ella me eligió a mí. Me dejó entrar.

Cerré los ojos con fuerza, y lágrimas frescas rodaron por mis mejillas mientras la horrible verdad de sus palabras me golpeaba. Lo había dejado entrar. Lo había amado. Le había dado un hogar a este monstruo.

—No tienes ni idea de a qué te enfrentas —siseó el demonio entre dientes, atrayendo la atención de nuevo hacia William, con la voz impregnada de un antiguo desprecio.

La enorme espalda de William se tensó. Apretó su agarre letal alrededor del cuello del demonio. Observé con asombro y terror cómo las uñas de William se alargaban hasta convertirse en garras afiladas y brutales, clavándose profundamente en la piel humana de Owen y dejando oscuros rastros de sangre.

—No eres el primer monstruo que mato —gruñó William, con la voz cargada de una rabia real e inquebrantable—. Y no serás el último.

El demonio simplemente volvió a reír, completamente imperturbable ante la sangre que le corría por el cuello. —No la mereces —escupió la entidad, y su voz se volvió puro veneno—. Nunca lo harás. Ella me pertenece.

Las palabras golpearon a William como un puñetazo físico, avivando el fuego dentro de él hasta convertirlo en un auténtico infierno. Con un rugido ensordecedor, William lo estampó contra la pared por tercera vez, con una fuerza tan explosiva que hizo vibrar las ventanas de la habitación en sus marcos.

—¡Tú no la posees! —gruñó William; su control de Alfa se rompió por completo mientras se preparaba para arrancar la cabeza del demonio de sus hombros.

Las tablas del pasillo crujieron violentamente bajo un peso enorme. Un segundo después, lo que quedaba de la puerta de mi dormitorio fue arrancado por completo de sus bisagras, volando hacia la habitación y destrozándose contra el piso.

Zeff estaba de pie en el umbral, con el pecho agitado y la mandíbula apretada en un gruñido salvaje. Sus ojos ardían con un fuego esmeralda letal y radiactivo, y tenía las garras completamente extendidas mientras su lobo empujaba agresivamente contra su piel humana.

William ni siquiera giró la cabeza. Mantuvo al demonio firmemente inmovilizado por la garganta contra la pared agrietada, mientras una sonrisa oscura y aristocrática asomaba en sus labios.

—Siempre llegas tarde a la fiesta, Gunnolf —gruñó William, y su voz fue un ronroneo mortal que vibró por toda la habitación.

El demonio, aun con el rostro ensangrentado y magullado de Owen, soltó una risa oscura y áspera. —El otro chucho decide unirse a nosotros. Qué romántico —se burló la entidad, y sus ojos negros y rojos brillaron con antigua malicia.

El agarre de William en su garganta se apretó brutalmente en respuesta; los nudillos se le pusieron blancos por el enorme esfuerzo de contenerse para no decapitar al monstruo en ese mismo instante.

Zeff ignoró por completo el insulto. Sus brillantes ojos verdes recorrieron la habitación y se fijaron de inmediato en los míos. Yo seguía temblando contra la cabecera, con lágrimas corriéndome por el rostro, completamente paralizada por la pesadilla que se desarrollaba en mi cuarto. La expresión de Zeff cambió; la rabia pura y asesina se suavizó por una fracción de segundo, transformándose en una feroz y desesperada ola de instinto protector que invadió nuestro vínculo.

Sin decir palabra, Zeff entró a la habitación, con los músculos tensos. No había vacilación, ni miedo a la entidad demoníaca; solo una determinación cruda e imparable de llegar hasta mí.

—Sácala de aquí, Gunnolf —ordenó William. La voz del Rey era fría, peligrosa y rebosaba de una autoridad absoluta que nunca le había escuchado usar antes. Su brillante mirada plateada no se apartó del demonio ni un segundo, pero pude sentir la intensidad de su orden como si fuera una fuerza física—. Yo me encargo de este pedazo de basura.

—¡Oh, ella no irá a ninguna parte! —resonó la voz del demonio, de repente aguda, metálica y completamente amenazante.

Antes de que cualquiera de los Alfas pudiera reaccionar, la presión del aire en la recámara implosionó con violencia.

Una onda expansiva catastrófica de energía oscura y helada explotó desde el pecho del demonio. Fue como la detonación de una bomba: una onda de choque invisible pero aterradoramente potente. Vi con absoluto horror cómo William, un enorme Rey Alfa adulto, salía literalmente volando. Fue lanzado hacia atrás por los aires con la fuerza de un tren de carga, estrellándose directamente contra la pared de la habitación y cayendo hacia el pasillo.

El estruendoso sonido de la madera astillándose, el yeso rompiéndose y los cristales estallando llenó el aire, aturdiendo mis sentidos por completo.

Grité, cubriéndome la cabeza con las manos mientras la fuerza de la onda expansiva me derribaba contra el colchón. Mis oídos zumbaban con un pitido agudo. Los escombros caían sobre la cama.

Retrocedí a ciegas, intentando escapar, pero de repente, algo helado e inhumanamente fuerte se apretó como una prensa de hierro alrededor de mi tobillo.

El pánico me recorrió las venas como agua helada.

Con un tirón brutal, me arrastraron violentamente por el colchón y me sacaron del borde de la cama. Caí al suelo con fuerza, gritando mientras el demonio me halaba hacia atrás, hacia el caos. Arañaba frenéticamente las tablas de madera del piso, con mis uñas rascando inútilmente mientras intentaba agarrarme de algo, pero la fuerza de la entidad era totalmente imposible de combatir.

—¡Liliam!

La voz de Zeff cortó de lleno el ensordecedor zumbido en mis oídos. Giré la cabeza justo cuando él cargaba a través de la nube de polvo. Su rostro lucía salvaje de puro terror y determinación, y una chispa desesperada de esperanza surgió entre el pánico que me asfixiaba.

En ese preciso momento, el montón de escombros en el pasillo explotó hacia afuera.

William rugió. Fue un sonido tan primitivo, tan lleno de una furia apocalíptica, que sacudió la casa hasta los cimientos.

Cubierto de polvo de yeso y completamente ileso, el Rey se lanzó de nuevo a través del enorme boquete en la pared con una ferocidad que yo nunca había visto. Chocó contra el demonio como una fuerza de la naturaleza. El impacto fue catastrófico. Las paredes temblaron, el piso se sacudió violentamente y, durante un segundo aterrador, todo pareció suspendido en un caos violento. La risa cruel del demonio se cortó al instante cuando el poder bruto de William los hizo estrellarse contra la pared opuesta.

El agarre helado en mi tobillo desapareció de repente.

Antes de que pudiera siquiera procesar que estaba libre, Zeff ya estaba allí. Se arrodilló, y su fuerte brazo me rodeó la cintura con fuerza. En un solo movimiento rápido y fluido, me levantó del suelo y me echó sobre su ancho hombro como si no pesara nada. Salió disparado de la habitación destrozada y echó a correr por el pasillo.

Detrás de nosotros, la casa temblaba violentamente. Otro estruendo explosivo que sacudió los cimientos resonó desde mi cuarto, seguido por el ensordecedor sonido de madera rompiéndose y un rugido demoníaco y resonante.

—¡Zeff, bájame! —grité, golpeando frenéticamente su espalda musculosa con los puños—. ¡No podemos dejarlo!

—Él es el Rey Alfa, Liliam. Puede sobrevivir. Mi único trabajo es mantenerte con vida —gruñó Zeff, completamente concentrado en sacarnos por la puerta principal.

—¿Pero y si no puede? —grité, con lágrimas calientes corriéndome por el rostro. El terror absoluto que me provocaba esa entidad helada seguía fresco en mi mente. El demonio no solo tenía una fuerza antinatural; absorbía la magia—. ¿Y si esa cosa lo mata, Zeff? ¡No podemos dejarlo luchar solo!

—¡No voy a arriesgarte! —rugió Zeff en respuesta, apretando su agarre en mi cintura de forma protectora mientras salíamos a la calle.

Yo no podía simplemente huir. No podía permitir que William fuera destrozado por intervenir para salvarme la vida. Un pensamiento desesperado y frenético atravesó mi pánico: *Owen*.

El demonio se había burlado de mí, pero si Owen había estado allí en algún momento, su alma tenía que estar en algún lugar. Si lograba alcanzar al verdadero Owen, tal vez podría luchar contra el demonio desde adentro. Quizás podría recuperar el control.

Necesitaba hacer algo. Cualquier cosa.

Mi magia respondió al llamado desesperado.

Una oleada aguda y violenta de energía dorada chisporroteó bajo mi piel. Una descarga eléctrica estalló hacia afuera y crujió como un látigo contra el pecho de Zeff.

Zeff dejó escapar un agudo gruñido de dolor. El impacto (*shock*) hizo que sus músculos se contrajeran involuntariamente, aflojando su agarre de hierro lo suficiente para que yo me zafara de sus brazos y cayera al suelo.

—¡Liliam, no! —gritó Zeff, con sus ojos esmeralda abiertos de par en par por el pánico. Se lanzó hacia adelante para agarrarme de nuevo con sus enormes manos.

Cerré los ojos con fuerza, con el corazón latiendo a mil por hora, y cada célula de mi cuerpo deseando desesperadamente volver a la pelea... estar donde ellos estaban.

Cuando las yemas de los dedos de Zeff me rozaron el brazo, el aire a mi alrededor se distorsionó por completo.

Un destello cegador y brillante de pura energía amarilla envolvió todo mi cuerpo. La sensación de gravedad desapareció, siendo sustituida por una ráfaga de viento y luz que me revolvió el estómago.

No huí. Desaparecí.

Un instante después, las plantas de mis pies golpearon la madera astillada. Tropecé, jadeando mientras mi visión se aclaraba.

Estaba de pie en el pórtico delantero.

La fachada de la casa había quedado completamente destruida. Los enormes ventanales estaban destrozados y la puerta principal era un montón de astillas. En medio de los escombros, William y el demonio estaban enfrascados en un devastador duelo a muerte, empapados en sangre. William estaba cubierto de polvo y sangraba por una profunda herida sobre un ojo, pero sus iris plateados ardían con una sed de sangre aterradora e implacable. Tenía las garras levantadas, rompiendo la guardia del demonio, preparándose para asestarle un golpe brutal y decapitador.

Me vino como un recuerdo vívido.

El apartamento estaba completamente a oscuras, salvo por la pequeña lámpara encendida en la mesa de noche. Owen estaba sentado al borde de nuestro colchón, con los anchos hombros encorvados hacia adelante en una derrota total. Estaba desnudo hasta la cintura, y su torso se había convertido en un lienzo de moretones oscuros y horribles, con puntos de sutura frescos y enrojecidos por una misión de la que se negaba a hablar. Otra "extracción clasificada".

Sus manos, que normalmente eran tan firmes, temblaban.

Me senté a su lado, aplicando suavemente un paño tibio y húmedo sobre los cortes de sus nudillos. Le había preparado una taza humeante de té de zarzamora; un aroma dulce y terroso que siempre lograba anclarme, envolviendo mis sentidos como un recuerdo preciado y seguro.

Yo también quería esa seguridad para él.

—Bebe —susurré suavemente, dejando el paño a un lado y presionando la taza caliente contra sus manos frías.

Owen no bebió. Simplemente miró el líquido oscuro, con la mandíbula tensa como si intentara tragar cristal roto. Cuando finalmente me miró, el agotamiento absoluto en sus ojos me partió el corazón en dos.

El operativo frío y distante se había ido. En ese momento, él era solo Owen. Un hombre aterrorizado y roto, atrapado en una vida violenta de la que no parecía poder escapar.

—Estoy tan cansado, Lil —susurró, y su voz se quebró de forma violenta en la silenciosa habitación—. Las cosas que me obligan a hacer allá afuera... Cada vez es más difícil quitármelas de encima. Cada vez que me envían de vuelta, siento que dejo otra parte de mí en esa tierra.

Las lágrimas resbalaron por mis pestañas. Extendí la mano, deslizando cuidadosamente los brazos alrededor de su maltrecho torso, teniendo cuidado con sus costillas. Empujé su cabeza hacia abajo para que se apoyara en mi hombro.

Owen dejó caer la taza en la mesa de noche y enterró desesperadamente su rostro en mi cuello. Sus brazos me rodearon con un agarre aplastante y frenético, como si yo fuera lo único sólido que le impedía caer por el borde del abismo. Temblaba contra mí, con un temblor silencioso y agonizante que me empapó la camisa.

—Eres lo único bueno que me queda —soltó con dificultad, con la voz ahogada contra mi piel—. Cuando estoy allá afuera, eres lo único que me mantiene cuerdo. Por favor, Liliam. Prométeme que no me dejarás perderme. Solo quiero estar contigo. Solo quiero mantenerte a salvo.

Presioné mis labios firmemente contra su sien, y mis lágrimas resbalaron por mis mejillas mientras lo abrazaba con más fuerza. Él era todo mi mundo. No me importaba el ejército, ni los secretos que tenía que guardar. Solo me importaba el hombre que temblaba en mis brazos.

—Estoy aquí contigo —le aseguré con la voz cargada de emoción, pasando los dedos por su cabello—. Nunca te dejaré ir, Owen. Lo prometo.

—¡Owen, por favor, detente! —solté en un grito penetrante, lanzándome hacia el tumultuoso combate.

Ambos monstruos se quedaron paralizados por una fracción de segundo al escuchar mi voz.

—¡Owen, mírame! —supliqué, fijando la mirada en los oscuros ojos anillados de rojo de la entidad, vertiendo toda mi emoción en las palabras para anclarlo desesperadamente—. ¡Prometiste que me protegerías! Eres un sobreviviente, ¡nunca te rindes ante nadie! ¡Sigues ahí adentro, Owen! ¡Pelea!

Durante un momento nauseabundo en el que contuve el aliento, la entidad simplemente me miró.

Y entonces, un temblor violento sacudió su cuerpo. El rostro del demonio se retorció con un dolor absoluto. El vacío completamente negro en sus ojos se fracturó de repente.

Por un microsegundo —solo un breve y parpadeante segundo—, los anillos rojos desaparecieron, y el familiar y cálido color marrón de los verdaderos ojos de Owen asomó a la superficie. Jadeó; emitió un sonido humano, desesperado y lleno de pura agonía.

Fue la única oportunidad que necesitaba.

Lancé mis manos hacia adelante. El poder crepitante y adictivo que William había despertado en mí ese mismo día cobró vida. Gruesas y brillantes cintas de energía dorada brotaron de mis palmas. Salieron disparadas hacia adelante como látigos, envolviendo violentamente el torso y los brazos de Owen, atando al demonio con cadenas de luz sólida.

Al mismo tiempo, empujé la magia hacia afuera, levantando un denso y brillante escudo de energía justo en el momento en que las letales garras de William bajaban. El golpe del Rey Alfa chocó contra mi magia con un estruendo ensordecedor, deteniéndose a solo unos centímetros del cuello de Owen.

—¡Liliam! —rugió William; sus ojos plateados estaban abiertos de par en par por la sorpresa al verse contenido por mi magia.

Lo había logrado. Los había detenido a los dos.

Pero el esfuerzo absoluto e imposible de atar a un demonio antiguo y, al mismo tiempo, contener a un Rey Alfa era demasiado para mi cuerpo recién despertado. La luz dorada estalló intensamente y entonces, como si cortaran un cable, la conexión se rompió por completo.

Cada gota de fuerza abandonó mis venas al instante. El mundo se inclinó violentamente sobre su eje.

—Liliam... —llamó una voz, pero sonaba como si estuviera bajo el agua.

Mi visión se redujo a un túnel oscuro y asfixiante. Sentí cómo se me doblaban las rodillas y el aire frío de la noche me rozó el rostro mientras me tambaleaba, cayendo finalmente hacia una oscuridad absoluta e inconsciente.

19

La elección de la reina

Liliam

Sus voces parpadeaban como la tenue luz de un fuego a lo lejos, rompiendo la asfixiante neblina de miedo que aún me envolvía. Me quedé allí, entumecida, intentando concentrarme en sus palabras, intentando salir de la oscuridad.

—¡La dejaste completamente expuesta a esa asquerosa criatura, Gunnolf! —siseó la voz de William, vibrando con un desprecio aristocrático y letal—. ¡Tú jugabas al noble protector mientras un demonio literalmente se alimentaba de su magia en su propia cama!

—¡No sabía qué había ahí adentro! —rugió Zeff en respuesta, y su tono de Alfa hizo temblar las tablas del piso—. ¡Intentaba mantenerla oculta de ti!

—¡Manteniéndola en la completa ignorancia! —escupió William, con el asco evidente en cada sílaba—. Ella es *Fae*. Ella es una reina. Dile lo que es, Gunnolf. Merece conocer el poder absoluto que lleva en la sangre.

—Absolutamente no —gruñó Zeff.

La expresión fría y definitiva de su tono me golpeó con la fuerza suficiente para sacarme de mi estado de entumecimiento. Contuve la respiración mientras escuchaba al hombre que yo creía mi protector.

—Sabes perfectamente lo que pasará si ella despierta del todo —continuó Zeff, con la voz cargada de temor y de una autoridad obstinada—. Sabes el resultado catastrófico que eso traerá a este mundo. Cerberus no es solo un líder supremo; es un *kunglig*. Su verdadero poder es la capacidad de absorber y manejar magia pura. Si consigue a una *Fae* completamente despierta, no solo la drenará; la atará a su alma. Ella se convertirá en una batería ilimitada y agonizante para él, permitiendo que un vampiro empuñe sin cesar el antiguo y catastrófico poder de la tierra. No dejaré que se convierta en un arma, William. Se queda en la oscuridad, donde está a salvo.

Un abismo frío y vacío se abrió en el centro de mi pecho.

Sabía lo que yo era. La realización destrozó los fragmentos que quedaban de mi realidad.

Zeff había sabido exactamente lo que yo era todo este tiempo. Todos esos momentos en los que me decía que ignorara la magia, que me mantuviera con los pies en la tierra, que me sometiera a las reglas de su manada... no era solo para protegerme. Era para manipularme. Me mantenía débil y ciega a propósito porque le aterraba lo que yo podría llegar a ser. No me confiaba mi propia alma.

El último y frágil hilo de mi confianza en Zeff Gunnolf se rompió con violencia.

La oscuridad pesada y asfixiante finalmente dio paso a un dolor sordo y palpitante detrás de mis ojos. Parpadeé ante la luz tenue; mis sentidos se fueron reuniendo poco a poco.

Estaba acostada en un colchón mullido, envuelta en una colcha gruesa. Intenté incorporarme, pero una aguda oleada de agotamiento me ancló contra las almohadas.

—Te tiene miedo —susurró una voz ronca.

Giré la cabeza. Sentado en una silla de madera junto a la cama estaba Shadow. Parecía exhausto, con el cabello plateado despeinado, pero sus profundos ojos ámbar me miraban con una comprensión antigua y triste.

—Shadow... —grazné, con la garganta irritada. Intenté levantarme de la cama, preparándome para que el niño se acercara a mi abrazo.

Él enterró la nariz en mi clavícula y respiró profundo. —¿Recuerdas el otro día, cuando me preguntaste a quién debías elegir? —preguntó suavemente—. Y yo señalé al Rey.

Tragué saliva con dificultad, mientras el recuerdo cruzaba por mi mente. Asentí despacio.

—No estás preparada para elegir a papá, mamá —dijo.

La palabra *mamá* salió de sus labios con una certeza que sacudió mi mundo. Escucharlo decirlo en voz alta —escucharlo llamar a Zeff su *padre*— envió una onda de choque mareante por todo mi sistema.

—Para detener la locura que se avecina en este mundo, necesitas hacerte más fuerte —continuó Shadow, con su joven rostro completamente serio—. Necesitas tu magia. Y William es esa ruta.

Me quedé mirando al niño de catorce años, con la mente dando vueltas violentamente mientras intentaba procesar la verdad imposible que tenía delante. Tenía mis ojos. Tenía la mandíbula de Zeff. Era un hombre lobo con magia feérica.

Era mi hijo. De el futuro.

—Pero... —balbuceé, con la voz temblorosa mientras la lógica de todo aquello me golpeaba—. Si no elijo a Zeff ahora... si nunca naces... dejarás de existir. ¿No es así como funcionan los viajes en el tiempo?

—No entiendes lo que eso nos hace, mamá —susurró Shadow, y sus ojos dorados se vieron atormentados por recuerdos que un niño nunca debería tener.

—En mi tiempo, el cielo estaba permanentemente ahogado por las cenizas de los bosques en llamas. Cerberus no solo masacraba a las manadas; le ponía collares a los sobrevivientes. Usaba a los Alfas literalmente como perros de caza para rastrear a los últimos linajes feéricos. Vi a mis propios compañeros de manada secarse en la nieve. Si te mantienes oculta, ese futuro ocurre.

Extendió la mano, y su pequeña y cálida mano tomó la mía con suavidad. —En el momento en que llegué aquí, todo cambió. Todo el orden de las cosas cambió. Mi línea temporal ya ocurrió, mamá. Solo estoy aquí para asegurarme de que tú prosperes en esta.

Las lágrimas me picaron los ojos, cayendo calientes y rápidas por mis mejillas. El profundo y desgarrador sacrificio que este niño había hecho por mí era abrumador. Apreté sus dedos con fuerza; mi pecho subía y bajaba mientras la aterradora lógica de sus palabras finalmente encajaba. Zeff quería ocultar mi magia. Quería mantenerme a salvo en la oscuridad. Pero la oscuridad es exactamente donde viven los monstruos. William no quería ocultar mi poder; quería desatarlo, alimentarlo, hacerlo absoluto.

Si iba a sobrevivir a esta locura, si iba a reescribir la línea temporal y proteger a mi hijo, no podía permitirme ser una Luna protegida. Tenía que ser un arma.

Tomé la decisión más difícil de mi vida. Mi vínculo me gritaba que me quedara, pero si Shadow estaba sacrificando su pasado para ayudarme a construir uno nuevo, no podía dejar que fuera en vano. No podía quedarme con un hombre que quería tenerme en una jaula, por más dorada que fuera.

—Quédate con él, Shadow —susurré, con la voz cargada de emoción—. Cuando me vaya... quédate con Zeff. Necesitará tu fuerza.

Shadow se estremeció físicamente; sus pequeños hombros cayeron mientras un destello de profunda inseguridad cruzaba su rostro. —Pero... a mi padre nunca le caí bien. Me mira como si fuera una amenaza.

—Las cosas están cambiando, ¿verdad? —Le ofrecí una sonrisa débil y entre lágrimas, levantando la mano para acariciarle suavemente la mejilla—. Quizás eso también cambie.

Shadow se apoyó en mi palma, sonriendo débilmente. Una expresión de amor profundo y sincero cruzó su joven rostro.

—Harald —susurró.

—¿Qué?

—Me llamaste Harald —explicó, y su pulgar acarició suavemente mis nudillos—. Pero siempre estuve justo detrás de ti. Día y noche. Solías bromear diciendo que me había convertido en tu pequeña sombra.

Un sollozo se me atascó en la garganta. Miré los mechones plateados en su cabello —una manifestación física de la magia feérica que heredó de mí— y el fiero e innegable sangre de hombre lobo que heredó de su padre.

—Por supuesto que lo eres —susurré con fuerza, secándole una lágrima de la mejilla—. Ahora... ve a ser la sombra de tu padre.

Shadow se deslizó de la cama alta, con sus pies descalzos golpeando el piso de madera. Caminó despacio hacia la puerta entreabierta donde los dos Alfas seguían discutiendo ferozmente, sus palabras profundas y retumbantes completamente amortiguadas por el pesado agotamiento que nublaba mi mente.

Me sequé las lágrimas ardientes antes de que cayeran. Podía sentir mi propio cuerpo vibrar, cada nervio y fibra de mi ser quejándose mientras el peso pesado y agonizante de mi decisión se hundía lentamente en mi corazón.

—Mamá está despierta.

La voz ronca y baja de Shadow cortó la hostilidad del pasillo como una hoja plateada.

Los gritos cesaron abruptamente. El silencio que siguió fue tan absoluto, tan asfixiante, que parecía que todo el oxígeno se había esfumado de la habitación.

Se acercaron pasos pesados y apresurados. La puerta del dormitorio se abrió del todo, y Zeff llenó el marco.

Su enorme pecho subía y bajaba, su cabello oscuro estaba despeinado por donde claramente se había pasado las manos por frustración. El letal y resplandeciente fuego esmeralda en sus ojos había desaparecido por completo, reemplazado por una desesperada y aplastante ola de alivio.

—Liliam —susurró Zeff, con la voz cargada de emoción cruda. Cruzó la habitación en dos largas zancadas, extendiendo la mano hacia mí; sus instintos le exigían atraerme hacia su pecho y asegurarse de que yo estaba a salvo.

No me acerqué a él.

En cambio, apoyé la espalda firmemente contra la cabecera y levanté la mano, con la palma hacia afuera.

—No lo hagas.

La advertencia salió de mis labios como un bloque de hielo.

Zeff se quedó paralizado al instante; su mano extendida se quedó flotando en el espacio vacío entre nosotros. Me miró, completamente desconcertado, frunciendo el ceño mientras el violento rechazo resonaba a través de nuestro vínculo de pareja. El repentino y agonizante dolor punzante que me golpeó el pecho casi me hizo jadear, pero forcé a mi expresión a mantenerse completamente neutral. No podía dejar que me viera quebrarme. No podía dejar que me encerrara otra vez.

—Liliam, ¿qué pasa? —preguntó Zeff, bajando la voz a un ronroneo vibrante de pura confusión y dolor—. Ahora estás a salvo. El demonio se ha ido. Te tengo.

—Lo sabías —susurré, con la voz temblorosa por la fuerza de mi ira contenida.

La mandíbula de Zeff se tensó y un destello a la defensiva cruzó su rostro. —Liliam, te juro que no sabía qué era Owen. Al principio no. No fue hasta que me dio un cabezazo la otra noche —hasta que sentí esa densidad helada y antinatural en sus huesos— que empecé a sospechar que algo andaba muy mal. En el instante en que Josh sacó su expediente militar censurado hoy, corrí directo a tu casa.

—¡No estoy hablando de Owen! —solté de forma brusca, con la voz quebrada, cortándolo por completo.

Zeff se quedó aterradoramente quieto.

—Hablo de mí —continué, y las lágrimas amenazaron con brotar de nuevo, aunque mi mirada estaba fija en la suya con una convicción absoluta e inquebrantable—. Sabías exactamente lo que yo era todo este tiempo. Sabías de la magia feérica. Sabías que yo era un objetivo. Y en vez de decirme la verdad, en vez de enseñarme a manejarla para protegerme, me dijiste que la ignorara. Intentaste mantenerme ciega porque tenías miedo de lo que podría llegar a ser.

—Liliam, intentaba protegerte de que te destrozaras —suplicó Zeff, dando un paso desesperado hacia adelante—. ¡La magia feérica es volátil! ¡Destruye todo lo que toca! ¡Intentaba mantenerte a salvo del resto del mundo!

—¡Intentabas controlarme! —respondí, y la magia amarilla estalló caliente e instintiva en mis dedos, haciendo que él se echara hacia atrás físicamente—. No necesito una jaula, Zeff. Necesito saber cómo sobrevivir.

Desde la puerta, una risa lenta, oscura y profundamente satisfecha resonó en la tensa habitación.

William salió a la luz. El Rey Alfa lucía exhausto, con un corte profundo y moretones sanando sobre su ojo plateado tras la brutal batalla con el demonio, pero su postura era impecable. Se mantenía erguido; la perfección a la medida de su traje arruinado no hacía nada por ocultar al letal depredador aristocrático que había debajo.

No miró a Zeff. Su brillante mirada plateada estaba completamente fija en mí.

—Te dije que no era una lobita sumisa, Gunnolf —ronroneó William; su voz fue una promesa oscura y aterciopelada que me recorrió la espalda con un escalofrío adictivo.

Zeff se giró hacia el Rey, y un gruñido salvaje y estremecedor salió de su garganta. —¡Sal de mi casa de la manada, Kane! ¡Antes de que te arranque el corazón del pecho!

—Pruébalo —desafió William, con la mandíbula tensa mientras su aura de Alfa se encendía con violencia, igualando por completo la agresividad de Zeff—. Pero creo que verás que la dama ya ha tomado su decisión.

Zeff se volvió hacia mí, con los ojos esmeralda muy abiertos, rogándome que lo negara. El vínculo entre nosotros gritaba, suplicándome que extendiera la mano y lo tocara, que calmara el rechazo agonizante que estaba destrozando a su lobo. Miré más allá de él, y mis ojos encontraron a Shadow —a Harald— de pie en silencio junto a la puerta.

Mi hijo me dio un solo asentimiento lento y desgarrador.

Me obligué a apartar la mirada de la expresión destrozada de Zeff. Miré directamente al Rey Alfa.

—Llévame contigo —ordené.

Las palabras quedaron suspendidas en el aire, absolutas y definitivas. El rostro de Zeff palideció; la traición se transformó instantáneamente en un pánico desesperado y frenético. Se lanzó hacia adelante, extendiendo las manos para agarrarme por los hombros.

—¡Liliam, no! Por favor, no sabes lo que estás haciendo —suplicó Zeff, con la voz cargada de terror—. ¡No sabes en qué se convertirá, en qué te convertirá a ti! Puedo arreglar esto, solo déjame...

Antes de que los dedos de Zeff pudieran siquiera rozar mi piel, William se materializó entre nosotros. El brazo del Rey Alfa se extendió, empujando a Zeff hacia atrás con la fuerza de un ariete.

—La Reina dio su orden, Gunnolf —gruñó William, y sus ojos plateados brillaron con un deleite letal y posesivo—. Atrás.

Esa fue la chispa que detonó el polvorín.

Zeff perdió el control por completo. Un rugido ensordecedor y salvaje se escapó de su garganta cuando

Gaius tomó el mando violentamente. —¡Es mía! —bramó, lanzándose contra William con las garras completamente extendidas.

Los dos enormes Alfas chocaron con la fuerza de un tren de carga. El impacto hizo vibrar toda la habitación, haciendo temblar las ventanas en sus marcos. Se agarraron, gruñendo y desgarrándose el uno al otro a una velocidad cegadora. William agarró a Zeff por el cuello y lo estampó violentamente contra la pared del dormitorio. El panel de yeso se astilló, haciendo caer una lluvia de polvo mientras Zeff contraatacaba, clavándole un rodillazo brutal en las costillas a William y lanzando al Rey contra la pesada base de roble de la cama.

La catastrófica fuerza del golpe impactó en la cama. Grité cuando el colchón se volcó violentamente, lanzándome por completo hacia el borde. Caí contra el duro piso de madera, quedándome sin aire.

Me puse de rodillas a trompicones, con los oídos zumbándome por el sonido de la carne desgarrada, la madera rompiéndose y los rugidos ensordecedores de dos lobos Alfa intentando arrancarse la garganta mutuamente.

Alcé la vista, tosiendo por el polvo del yeso. En medio del caos violento, mis ojos se fijaron en Shadow.

Mi hijo estaba pegado al marco de la puerta del pasillo. Tenía sus pequeñas manos tapándose los oídos y los hombros encorvados; sus profundos ojos ámbar estaban abiertos de par en par por un terror absoluto y paralizante mientras veía a su padre perder el control por completo.

Una chispa blanca y ardiente se encendió en lo más profundo de mi pecho.

No. Me negué a dejar que mi hijo se acobardara de miedo. Me negué a dejar que estos hombres destrozaran mi mundo mientras me trataban como una pieza indefensa de daño colateral.

Cerré los ojos y respiré hondo y tembloroso. No sabía cómo tejer un hechizo. No tenía años de entrenamiento antiguo. Pero, al mirar a mi hijo aterrorizado, no intenté controlar la magia; simplemente dejé de contenerla. Abrí la válvula por completo. No fue una orden calculada; fue una detonación desesperada y catastrófica de todo lo que había estado reprimiendo.

Arranqué la energía de mi centro y la liberé violentamente.

Una cegadora onda de choque de poder dorado y chisporroteante estalló desde mi cuerpo. La presión del aire en la sala no solo bajó, sino que se multiplicó instantáneamente por mil. No era solo energía cinética; era pura e inmaculada dominancia. Antigua, pesada y absolutamente asfixiante.

La onda expansiva golpeó a los dos Alfas que luchaban.

Sus rugidos se cortaron abruptamente. El peso aplastante de la magia los golpeó como si les cayera una montaña encima. Ambos hombres enormes fueron separados con violencia; la fuerza opresiva penetró directamente en sus huesos.

¡Pum! ¡Pum!

William y Zeff cayeron de rodillas con fuerza contra el piso de madera, completamente sorprendidos. La magia los inmovilizó allí, pesada y eléctrica, obligando a sus anchos hombros a encorvarse hacia abajo.

Pero por mucho que su sangre Alfa se resistiera, ninguno de los dos hombres podía ponerse de pie.

Y no eran solo ellos. A través de las paredes destrozadas del pasillo, pude ver a Larry en la puerta abierta, desplomado sobre sus manos y rodillas, jadeando por aire. Afuera de la casa en ruinas, los lejanos sonidos de gritos y fuertes golpes resonaban en la noche, a medida que los guardias Gunnolf que custodiaban el perímetro eran aplastados simultáneamente contra la tierra. Mi magia no solo estaba dominando a dos hombres en un dormitorio; transmitía una soberanía innegable y aterradora que subyugaba a cada lobo en un radio de una milla. Estaba fracturando activamente la jerarquía de todo el territorio.

Me incorporé lentamente del suelo; mi piel vibraba con una tenue luz amarilla palpitante.

Pero el costo de la onda expansiva fue devastador. Un dolor agudo y cegador estalló detrás de mis ojos. La sangre caliente fluía libremente por ambas fosas nasales, goteando por mi barbilla y manchándome la camisa. Sentía las venas como si estuvieran llenas de cristal molido. La magia literalmente estaba quemando vivo a mi recipiente humano desde adentro hacia afuera, pero me negué a dejar que mis rodillas flaquearan.

Me mantuve erguida a pesar del dolor agonizante, mirando hacia abajo a los dos hombres más poderosos que conocía, ambos arrodillados ante mí.

—Ya basta —dije; mi voz resonó con una autoridad fría y absoluta que hizo eco en la silenciosa habitación.

Ambos Alfas estaban inmovilizados contra el piso de madera. Zeff luchaba con todas sus fuerzas; sus enormes hombros temblaban y tenía la mandíbula apretada en un gruñido salvaje mientras su lobo se desataba contra esa sumisión antinatural. Sus ojos esmeralda ardían con una mezcla de traición desgarradora y una furia desesperada y posesiva.

Pero la reacción de William fue completamente diferente.

Los músculos del Rey Alfa estaban inicialmente tensos para atacar, y sus ojos plateados brillaban con sed de sangre... hasta que me miró.

Mientras el peso dominante de mi magia feérica lo envolvía, la agresividad salvaje desapareció instantáneamente del rostro de William. No luchó contra la presión que lo empujaba hacia abajo. En cambio, una oscura y reverente admiración se extendió por sus rasgos aristocráticos. Me miraba no como a una amenaza, sino como a una deidad que por fin había despertado.

Di un paso lento y deliberado hacia él; mi piel aún vibraba con el violento y eléctrico pulso de mi poder. Extendí la mano, y mis dedos temblorosos rozaron la línea afilada de la mandíbula de William.

En el momento en que mi piel tocó la suya, los últimos rastros de su tensión letal se disolvieron por completo. Se apoyó en mi toque, cerrando sus ojos plateados mientras un suspiro profundo y vibrante escapaba de su pecho.

—Perdóname, mi Reina —murmuró William. Su voz fue un ronroneo grave que expresaba una sumisión absoluta y voluntaria.

Al otro lado de la habitación, Zeff dejó escapar un sonido ahogado y agonizante.

El vínculo de pareja explotó violentamente en mi pecho. Me gritó en un lamento biológico y desgarrador de agonía que casi me hizo caer de rodillas. Una parte primitiva de mí —la parte que Zeff había despertado— se debatía, arañando desesperadamente mi caja torácica, suplicándome que fuera hacia Zeff, que calmara su dolor, que cayera en sus brazos y le suplicara perdón. La devastación cruda que atravesaba la conexión era tan intensa que podía saborear su desamor como ceniza en mi lengua.

Se me humedecieron los ojos y se me cortó la respiración mientras el impulso de rendirme al vínculo casi me superaba.

No. No podía volver a la oscuridad. No podía volver a la jaula.

Cerré los ojos con fuerza, agarrando los hilos chisporroteantes de mi magia, y los arrastré violentamente hacia adentro. Visualicé una enorme y pesada puerta de hierro bajando justo en el centro del vínculo que conectaba el alma de Zeff con la mía. Con una oleada de voluntad despiadada y agonizante, cerré esa puerta de un portazo.

La hemorragia emocional se cortó abruptamente. El tirón agonizante del vínculo se apagó al instante tras una pared de estática dorada y fría.

Abrí los ojos. Mi pecho se agitaba; mi corazón estaba frío y reservado. No miré atrás hacia Zeff, ni a la destrozada devastación que sabía que se reflejaba en su rostro. Tampoco me permití mirar a Shadow.

Mantuve la mirada fija y completamente concentrada en el Rey Alfa arrodillado ante mí.

Bajé la mano de su rostro y di un paso atrás, mientras la magia dorada se desvanecía lentamente en el aire, soltando su dominio sobre la habitación.

—Llévame a casa, William —ordené; mi voz estaba completamente carente de la chica que yo solía ser.

20
Impotente

Zeff

Me obligué a luchar contra el tirón agonizante, con los músculos temblando y los huesos rechinando mientras intentaba desesperadamente resistir el peso invisible y aplastante de su magia. Cada instinto de Alfa dentro de mí gritaba que me levantara, que rompiera su agarre, que la conquistara.

—Liliam —grazné, con la garganta completamente seca y la voz convertida en apenas un susurro ahogado—. ¿Qué... qué estás haciendo?

Se giró hacia mí. Y sus ojos se encontraron con los míos.

En cuanto lo hizo, fue como si me estuviera ahogando. Sentí como si ella hubiera atravesado directamente mi caja torácica, apoderándose de mi alma y envolviéndola por completo con su magia dorada y chispeante. Jadeé, intentando apartarme por puro instinto, pero no había absolutamente ninguna escapatoria.

Esto no era solo poder bruto. Esto era dominación absoluta.

Me estaba asfixiando bajo ese peso absoluto, pero al mismo tiempo... no quería huir.

Mi sangre ardía como fuego líquido bajo su mirada resplandeciente. Gaius estaba violentamente desgarrado, debatiéndose a ciegas entre la necesidad inherente de someterse a nuestra pareja y el feroz y territorial impulso de reclamarla. No entendía por qué verla así —letal, intocable, poderosa— estaba reprogramando por completo mi cordura.

Apenas registré a William arrodillado a unos metros de distancia.

Solo la veía a ella. Todo lo que sentía era a ella. Y, Dios, la deseaba. Más que nunca.

Un gruñido pesado y vibrante se formó en lo más profundo de mi garganta. No era un sonido de ira, sino de algo infinitamente más profundo, oscuro y completamente primitivo.

Entonces, parpadeó, apartando sus ojos brillantes de mí para bajar la mirada hacia el Rey Alfa.

Al instante, la fuerza asfixiante e invisible que oprimía mis hombros se evaporó. Estaba retrayendo la magia, atrayendo su pesada dominancia de nuevo hacia su piel para poder hablar con él. Inhalé con dificultad, con el pecho subiendo y bajando mientras me ponía de pie. Los músculos me dolían intensamente por la resistencia; Gaius se paseaba nervioso, inquieto y errático dentro de mi mente.

Me mantuve erguido, pero cuando giré la cabeza para mirar a William, una oleada de náusea visceral y violenta me revolvió el estómago.

Porque no era solo sumisión forzada lo que había en sus ojos plateados.

Era una adoración absoluta.

Las manos de William se levantaron lentamente, posándose en la cintura de ella como si estuviera tocando algo sagrado. Reverente. Profundamente entregado. El Rey de los lobos se había rendido completamente a ella.

Y ella se lo permitió.

Extendió la mano y le tomó el rostro entre las manos. Su toque era suave; su expresión, una máscara inescrutable de fría autoridad.

Lo odiaba.

Odiaba lo fácil que ella aceptaba su oscura devoción. Odiaba lo sencillo que era para él entregarle su orgullo de Alfa. Pero, sobre todo, odiaba que no fuera yo.

Ella lo ayudó a ponerse de pie con una orden suave y devastadora. —Llévame a casa, William.

Algo dentro de mí se rompió con violencia.

Mis pies se movieron antes de que mi cerebro pudiera detenerlos. —Liliam...

Se volvió hacia mí otra vez. Preparé mis músculos, esperando de lleno que el peso aplastante de su poder me golpeara de nuevo, que me obligara a caer al piso.

Pero el golpe físico nunca llegó. El aire permaneció perfectamente quieto.

En cambio, sus ojos brillantes se suavizaron. No con amor. Con una profunda y absoluta decepción.

Esa mirada me golpeó más fuerte que cualquier ataque mágico. Fue un cuchillo clavado directamente en mi esternón. Retrocedí tambaleándome; mi mano subió por instinto para agarrarme el pecho mientras el dolor se extendía por mi cuerpo como un veneno letal.

Y entonces, hizo algo infinitamente peor.

Sentí cómo desviaba su atención hacia su interior. Buscó el lazo brillante y feérico que unía nuestras almas —el vínculo de pareja que había anclado a mi lobo desde el instante en que la miré— y, con una despiadada y agonizante oleada de fuerza de voluntad, lo cortó violentamente.

Una pesada y fría puerta de hierro se cerró de golpe en mi pecho. La hemorragia emocional de nuestro vínculo se cortó de forma instantánea y brutal.

Un segundo, mi alma estaba llena de su calor, de su miedo, de su presencia vibrante; al siguiente, solo quedaba una estática ensordecedora y agonizante. Un vacío total y helado.

Gaius soltó un aullido desesperado, enfurecido y completamente roto dentro de mi mente. El silencio repentino y absoluto en mi alma era paralizante. Me quedé allí, físicamente libre por completo, pero emocionalmente destrozado.

Avancé a ciegas, intentando alcanzarla, desesperado por abrir esa puerta de nuevo. Pero William fue más rápido.

El inmenso desgaste de magia finalmente le pasó factura. Liliam se tambaleó de repente; su cuerpo flaqueó mientras la luz dorada se desvanecía por completo de su piel. Estaba totalmente exhausta; su cuerpo humano aún no estaba acostumbrado a canalizar ese tipo de poder catastrófico.

Los brazos de William la rodearon con fuerza, sujetándola antes de que pudiera caer. La sostuvo pegada a su pecho, con su gran mano descansando de forma feroz y posesiva en su cadera. Me miró por encima del hombro, con una sonrisa oscura y victoriosa dibujándose en sus rasgos aristocráticos.

La visión hizo que el último hilo de cordura que me quedaba se rompiera. Apreté los puños hasta que mis garras me rompieron la piel de las palmas, apenas logrando contener la rabia asesina.

—Liliam —la llamé, con la voz quebrada en una súplica patética y desesperada.

No sirvió de nada.

No se giró hacia mí. No luchó contra el Rey. Simplemente se apretó más en el abrazo protector de William.

El aire abandonó mis pulmones en una exhalación silenciosa y entrecortada. Ni siquiera me miró.

—Vámonos, William —murmuró una última vez, con su voz suave, definitiva y completamente firme.

William dio media vuelta y se alejó, guiándola fuera del dormitorio en ruinas con un agarre firme y territorial alrededor de su cintura.

¿Y yo?

Mis rodillas golpearon el piso de madera con un sonido fuerte y hueco. Me desplomé entre el polvo y los escombros, completamente roto. Completamente derrotado.

Cada célula de mi cuerpo me gritaba que me levantara y corriera tras ella. Que le arrancara la cabeza a William de los hombros. Que la recuperara y luchara por ella hasta mi último aliento. Pero mis piernas no se movían. Ella ya había tomado su decisión. Le había cerrado la puerta a mi alma.

Por primera vez en toda mi vida, arrodillado entre las ruinas de la casa de mi propia manada, me di cuenta de que el amor predestinado no significaba absolutamente nada si la persona que amabas ya no te quería.

Se había ido.

Y nunca me había sentido tan absoluta y aterradoramente impotente.

21

El eco del arrepentimiento

Harald (Shadow)

Me quedé completamente paralizado junto al marco astillado de la puerta, con mis manos pequeñas apretando la madera con tanta fuerza que me dolían los nudillos. El peso asfixiante de la magia Fae de mi madre desapareció en el momento en que ella caminó por el pasillo con el Rey Alfa, pero el silencio absoluto y resonante que dejaron atrás era infinitamente más pesado.

Observé a mi padre.

No se había movido. Se quedó en el mismo sitio exacto del piso de madera, arrodillado entre los escombros de la casa de su propia manada, mirando fijamente hacia la puerta entreabierta por donde ella había desaparecido. Sus enormes manos estaban cerradas en puños sueltos y derrotados contra sus muslos.

Durante un largo y agonizante minuto, el único sonido en la habitación fue el tirón entrecortado e irregular de su respiración.

Entonces, un temblor violento recorrió sus anchos hombros. Inclinó la cabeza, y su cabello oscuro cayó hacia adelante para ocultar su rostro.

Y entonces, un sonido que yo nunca había escuchado en toda mi existencia resonó en la habitación silenciosa.

Un sollozo.

No era solo un llanto. Era un sonido áspero, roto, que hacía jadear su pecho y que parecía salir a la fuerza de su garganta, arrastrando pedazos de su alma con él. Era el sonido de un hombre desangrándose por dentro.

El sonido me dolió físicamente, golpeándome el pecho con tanta fuerza que mi propia respiración se entrecortó. Miré al Alfa de la manada Gunnolf; mi visión se nubló instantáneamente con lágrimas ardientes.

En la línea temporal de la que vengo, mi padre era una fortaleza impenetrable. Era un muro de hielo, de reglas estrictas y de una asfixiante autoridad de Alfa. Me miraba con fría sospecha, manteniéndome siempre a distancia. Nunca, ni una sola vez, lo había visto vulnerable.

Y por esa frialdad, lo odiaba.

—*Ojalá simplemente te dejara* —le grité una vez, años en el futuro, alimentado por la amarga ira de un hijo ignorado—. *Ojalá nunca te hubiera conocido. Ojalá ella te dejara y me llevara lejos de aquí.*

Había repetido esas palabras en la oscuridad de mi habitación cien veces. Solía pensar que, si mi madre alguna vez se alejaba de él, sería una victoria. Pensé que sería un triunfo. Un alivio.

No sabía que se vería de esta manera.

No sabía que luciría como un enorme y aterrador depredador reducido a un cascarón vacío y lloroso en el piso. Ver cómo su corazón se rompía de verdad —ver la catastrófica devastación que lo desgarraba al callarse el vínculo de pareja— hacía que cada uno de esos deseos del pasado me supiera a veneno amargo en la boca.

La culpa era absoluta y asfixiante. Me arrepentí de cada vez que lo había maldecido.

Tragué el pesado y doloroso nudo en mi garganta y solté el marco de la puerta. Avancé hacia la habitación; mis pies descalzos no hicieron ruido alguno sobre las tablas polvorientas del piso. Mi mente iba a mil por hora, intentando desesperadamente encontrar una forma de consolar a un padre que ni siquiera sabía realmente quién era yo. Me detuve a unos metros de él, con mis manitas jugueteando nerviosas a los lados.

—Lo siento —susurré; las palabras roncas y temblorosas apenas rompieron el silencio. Me disculpé por la línea temporal. Por alejarla. Por cada vez que había deseado que llegara este momento exacto.

Zeff levantó lentamente su pesada cabeza.

Me miró. Sus ojos esmeralda ya no brillaban con el fuego volátil y radiactivo de su lobo. La aterradora dominancia de Alfa había desaparecido por completo. En cambio, sus ojos estaban inyectados en sangre y llenos de lágrimas, reflejando una tristeza intensa y desgarradora que parecía envejecerlo diez años en cuestión de segundos.

Me miró a mí: al chico con la mandíbula de él y los ojos profundos y expresivos de Liliam. Yo era un fantasma vivo y palpitante de la mujer que le acababa de destrozar el alma.

El frágil y desesperado dique que mantenía unida el resto de su cordura se vino abajo.

Zeff soltó un grito gutural y agonizante, y se derrumbó por completo. Enterró el rostro en sus grandes manos y sus enormes hombros temblaron con violencia mientras lloraba abiertamente por la pareja que se acababa de marchar.

Di otro paso, acortando la distancia, y coloqué con cautela mi pequeña mano temblorosa sobre su hombro agitado.

No se apartó. No me fulminó con la mirada. Simplemente se inclinó de forma imperceptible hacia mi frágil toque y lloró, completamente roto.

Mientras me quedaba allí de pie entre las ruinas, con mis propias lágrimas cayendo finalmente por mis mejillas al ver cómo el Alfa inquebrantable se desmoronaba por completo, una profunda y pesada revelación me invadió.

Al regresar, al empujar a mi madre hacia el Rey para asegurar su supervivencia, yo había roto fundamentalmente la línea temporal. El padre frío y distante que yo conocía había desaparecido, siendo reemplazado por este hombre destrozado. Todo estaba cambiando, transformándose en una realidad completamente nueva.

Simplemente, aún no sabía si era para bien... o para mucho, mucho peor.

Owen

Me desplomé contra la fría pared de piedra, con las rodillas dobladas y los brazos colgando flojamente sobre ellas. La celda olía a paja añeja y a sudor rancio, y su frío húmedo me calaba hasta los huesos. Las pesadas cadenas tintineaban cada vez que me movía, un duro recordatorio de que no iba a ir a ningún lado pronto.

¿Cómo habíamos llegado a esto?

Solté una risa amarga, mirando los barrotes de hierro que me separaban del pasillo. Mi mirada siguió el solitario resplandor de una antorcha, que proyectaba sombras temblorosas sobre el piso helado. A lo lejos se escucharon pasos, amortiguados y pausados. Probablemente guardias. O quizás no era nada. Nada más que el eco vacío de mis propios arrepentimientos.

Entonces, una voz ondeó en mi cabeza, tan familiar como mi propio reflejo, pero infinitamente más retorcida.

Deberíamos habernos deshecho de esos chuchos.

Ese tono sarcástico y seguro de sí mismo me hizo apretar los dientes. —Cállate —murmuré, con la voz sonando dura en el aire inmóvil.

Una risa baja retumbó en mi interior. ***¿Cállate? Deberías darme las gracias por haberme quedado callado tanto tiempo mientras tú convertías todo en un desastre. Deberías haberlos detenido, haber traído a Liliam de vuelta...***

—Cállate. Ya —gruñí y susurré a la vez, empujándome contra la pared. Las cadenas tintinearon mientras daba unos pasos, solo para ceder cuando su corto alcance me tiró hacia atrás. La rabia estalló en mi pecho, encendiendo la diversión del demonio.

¿Cómo crees que escaparás de esta jaula si no me dejas ayudarte? se burló el demonio, ignorando mi orden. ***No olvides la última vez que te resististe. Recuerdas muy bien cómo terminó eso.***

Inhalé bruscamente, reprimiendo el recuerdo. —Causaste una masacre —dije, con la voz temblorosa de ira—. Tuve que limpiar tus desastres. Casi lo destruyes todo.

Pero sobrevivimos, respondió el demonio. ***Sobreviviste gracias a mí.***

—Sobrevivir a costa del sufrimiento de todos a mi alrededor no es sobrevivir —solté con brusquedad, pasándome la mano por el cabello—. La atacaste. Lo que le hiciste a Liliam... Mis palabras se desvanecieron; las imágenes eran demasiado dolorosas para evocarlas. Los ojos aterrorizados de Liliam, su cuerpo temblando. *Dios, ¿qué he hecho?*

Y lo harías de nuevo si eso significara mantenerla a salvo, dijo el demonio, con voz sedosa y confiada, deslizándose por mis pensamientos como una serpiente. ***Es***

lo que somos. No dejamos que nada se interponga entre nosotros y lo que nos pertenece.

—Nuestro —repetí con amargura. La palabra me supo a sal en una herida abierta—. Ella... ya no es nuestra, ¿verdad?

El demonio guardó silencio por un instante. ***¿Y de quién es la culpa?*** dijo por fin, sonando casi aburrido.

El dolor me atravesó el pecho y la culpa se me revolvió en el estómago. La perdí. —No puedo... No puedo simplemente matar a los Alfas —Mi voz bajó, como si temiera que alguien pudiera oírme—. No puedo matar a uno, y mucho menos a dos. Ambos son de sangre real.

Oh, tengo mis métodos, me recordó con ese tono burlón. ***Pero te has vuelto demasiado blando. Prefieres pudrirte aquí encadenado antes que dejarme libre para hacer lo que hay que hacer.***

—¿Hacer lo que hay que hacer? —Solté una carcajada hueca—. La última vez, prácticamente arrasaste con todo a tu paso.

Pero te mantuve con vida, replicó el demonio, y su voz se afiló en un gruñido. ***Te aferras a la ilusión de que eres mejor, de que sigues siendo lo suficientemente humano como para manejar las cosas con suavidad. Despierta, Owen. Somos una mezcla de demonio y humano. Somos ambas cosas.***

Dejé de pasearme, con los puños apretados a los costados. El corazón me latía con fuerza en el pecho y cada latido resonaba en mis oídos. —Yo nunca pedí nada de esto —susurré, y el dolor se filtró en mis palabras.

No, estuvo de acuerdo el demonio. ***No lo hiciste. Pero es lo que somos.***

La tensión me endureció los músculos. *Mi demonio.* Vivía dentro de mí como un segundo latido, alimentando una rabia que yo no siempre podía controlar.

Cerré los ojos, intentando desesperadamente recordar quién solía ser antes de que la oscuridad echara raíces en mí. Intenté imaginar a mi unidad de *Marines,* el sol abrasador sobre el desierto, los rostros de los hombres a los que llamaba hermanos. Pero las imágenes estaban completamente distorsionadas. La arena del desierto parecía ceniza. Los rostros de mis amigos estaban borrosos, sustituidos por el aterrador y emocionante recuerdo de destrozar cuerpos con mis propias manos.

Mis recuerdos humanos se estaban consumiendo, siendo anulados por la enfermiza satisfacción del monstruo. No solo estaba perdiendo mi cuerpo; estaba perdiendo la cabeza. Nos estábamos desangrando el uno al otro. Y, sin embargo, él no estaba del todo equivocado. Si lo hubiera soltado, tal vez no estaría encadenado ahora mismo. Pero el precio... ¿acaso no era ya lo suficientemente alto?

Entonces, dime, ronroneó el demonio, con su voz volviendo a su habitual suficiencia. ***¿Vas a seguir lamentándote o vas a hacer algo al respecto?***

Apreté la mandíbula con tanta fuerza que me dolió. —No lo entiendes. No puedo simplemente cederte el control. Lo destrozarías todo, matarías a la gente que...

¿Qué importa? terminó el demonio por mí. ***¿Crees que es más misericordioso dejar que ella caiga en manos de***

Cerberus? ¿Dejar que Liliam se te escape de las manos para siempre?

Se me revolvió el estómago al escuchar su nombre. Las imágenes del rostro de Liliam pasaron por mi mente: su risa, sus lágrimas, la noche en que me miró con terror absoluto.
—No seré un monstruo —dije finalmente, con la voz temblorosa.

Ya eres un monstruo, fue la respuesta fácil de la entidad. ***La verdadera pregunta es: ¿qué tipo de monstruo vas a ser?***

Esa pregunta se quedó flotando en el aire, hiriendo más profundo que cualquier cadena. Me dejé caer en el pequeño banco al fondo de la celda, masajeándome las sienes. Mis ojos se dirigieron hacia la ventana con barrotes en lo alto, que dejaba entrar un delgado rayo de luz lunar. El demonio soltó una risa sin alegría, como si percibiera mi desesperación.

No puedes mantenerme enjaulado, Owen. Tarde o temprano me necesitarás.

No respondí. Sentía la garganta demasiado cerrada como para formar palabras. Una vez más, la presencia del demonio comenzó a retirarse, dejándome solo con el eco de mi respiración entrecortada, el leve goteo del agua filtrándose en las profundidades de este lugar, y la fría realidad de mi situación.

Momentos después, escuché el lejano golpe de una puerta abriéndose y pasos acercándose por el pasillo. Un guardia, quizás revisando a los prisioneros o entregando las escasas raciones. Mi corazón latió con un inútil impulso de esperanza. *¿Y si simplemente lo explico...?* No. No les importaría. Para ellos, yo era solo otra amenaza tras las rejas.

Las palabras del demonio se repetían en mi mente. ***¿Vas a seguir lamentándote o vas a hacer algo al respecto?***

Apreté las manos con tanta fuerza que las uñas se me clavaron en las palmas. Me imaginé a Liliam, y la mirada atormentada en sus ojos. La expresión feroz de Zeff; el poder imparable del rubio. Alfas con nivel de reyes. Y yo, una abominación entre demonio y humano, encerrado en una celda porque era demasiado peligroso o demasiado débil... o ambas cosas.

Un lento suspiro escapó de mis labios y dejé caer la cabeza contra la pared. Quizás el demonio tenía razón. Quizás, al final, tendría que desatarlo de nuevo. Si eso significaba salvarla, salvarlos a ellos o corregir mis propios errores. Pero una parte de mí no podía quitarse el miedo de encima: *si lo dejo libre, ¿podré regresar esta vez?*

Los pasos del guardia llegaron hasta mi celda. Alcé la vista, encontrándome con su mirada a través de las barras de hierro. Me miró con desinterés, tiró un pedazo de pan duro al piso y se fue sin decir palabra.

Solo otro día más en cautiverio.

Me quedé quieto, observando el pasillo hasta que volvió a quedar en silencio. Luego recogí el pan con cuidado, intentando ignorar la suciedad que se le había pegado. El estómago se me retorció de hambre, pero mi mente estaba a kilómetros de distancia, dando vueltas con cien planes y mil arrepentimientos.

La noche se asentó, el resplandor de la luna se movió por el piso y la presencia demoníaca se deslizó por los bordes de mi conciencia. *Solo dame la orden,* susurró. *Puedo romper estas barras en cuestión de minutos.*

Me estremecí, negándome a responder. En cambio, apoyé la frente contra la piedra helada, tragándome la frustración. *No voy a hacer esto ahora,* me dije a mí mismo. *No puedo.*

En ese momento, sentí que la diversión del demonio estallaba; una diversión teñida con un atisbo de desprecio. Se fue alejando de nuevo, dejándome, irónicamente, más solo que nunca. Mis pensamientos daban vueltas en círculos, luchando entre la sed de venganza y el deseo de ver a Liliam a salvo.

Pero a medida que pasaban los minutos y el cansancio tiraba de mis ojos, una revelación se hizo presente: si me quedaba aquí, indefenso, corría el riesgo de perder a todos los que me importaban... otra vez. Y el demonio tenía razón en una cosa: Cerberus no juega limpio, y los Alfas tampoco. Si quería tener alguna posibilidad de redención —o de retribución—, quizás sí necesitaba la oscuridad que tanto despreciaba.

Las cadenas tintinearon mientras me movía, obligándome a acostarme en el banco de madera, ignorando la paja que me pinchaba el cuello. Mi mente giraba, cargada de arrepentimiento y anhelo, de ansiedad y desafío; todo arremolinándose en una mezcla desesperada. Finalmente, mis párpados se volvieron demasiado pesados para mantenerlos abiertos y caí en un sueño ligero e inquieto.

Aun así, sentía al demonio acechando, esperando. ***Cuando estés listo, aquí estaré.*** Y, en algún lugar en el fondo de mi mente, no sabía si debía sentirme reconfortado por eso... o aterrorizado.

Boundary Waters, Minnesota

—Informen —ordené; mi voz fue un murmullo suave y vibrante que no necesitaba volumen para exigir obediencia absoluta.

Me giré despacio, dejando que mi largo cabello rubio pálido cayera sin esfuerzo sobre mis hombros. Fijé mis ojos rojos en los dos hombres arrodillados sobre la intrincada alfombra frente a mi escritorio.

Silas mantuvo la mirada respetuosamente baja, con sus rasgos afilados y aristocráticos apretados por una tensión subyacente. A su lado estaba arrodillado Alister, uno de mis rastreadores principales: un vampiro enorme y lleno de cicatrices que carecía de la crueldad refinada de Silas, pero que lo compensaba con una eficiencia pura y despiadada.

—Habla, Silas —murmuré, acercándome a ellos—. ¿Qué noticias hay de nuestra pequeña avecilla híbrida? ¿Ha localizado la fuente de la magia?

Silas tragó saliva; una señal microscópica de su ansiedad. —No hay informes, señor. El pergamino gemelo permanece en blanco. Han pasado veinticuatro horas desde su transmisión inicial al cruzar el perímetro de Gunnolf. Silencio absoluto desde entonces.

Me detuve, mirando el cabello negro azabache de Silas. Un silencio de veinticuatro horas significaba una de dos cosas: Dalia había encontrado su escurridizo valor y había huido, o los lobos habían captado su olor y la habían masacrado. De cualquier manera, no había traído de vuelta el premio. Una molestia menor, pero temporal. Inevitablemente, me encargaría de ella.

—Una inversión decepcionante —afirmé fríamente, desechando a la híbrida de mis preocupaciones inmediatas. Empecé a pasearme lentamente por la oscura alfombra—. ¿Y qué hay del Príncipe? ¿Hemos localizado su patético santuario?

Silas bajó la cabeza un poco más, ansioso por dar mejores noticias. —Sí, señor. Nuestros exploradores los vieron. Se ha refugiado en los antiguos terrenos; el territorio exacto donde esas abominaciones estaban guardadas. Allí está protegiendo activamente a los rezagados y sobrevivientes. Nuestras unidades de avanzada están terminando de recopilar los datos geográficos y los diseños defensivos para montar un asalto total.

Una risa baja y oscura retumbó en lo más profundo de mi pecho, y el sonido resonó de forma escalofriante contra las antiguas paredes de piedra.

—Mi querido, suave y justo hermanito —murmuré, con una sonrisa enfermiza y venenosa en los labios—. Siempre jugando a ser el salvador de las cosas rotas. Que recoja a sus perros callejeros. Nos ahorrará el trabajo de cazarlos individualmente cuando finalmente quememos su santuario hasta convertirlo en cenizas.

Dejé que la retorcida diversión se desvaneciera de mi rostro, y la máscara del comandante calculador volvió a deslizarse sobre mis facciones sin esfuerzo mientras desviaba la mirada hacia el rastreador.

—¿Y el barrido más amplio por el noroeste, Alister? ¿Qué encontraron los exploradores del perímetro?

Alister se aclaró la garganta, levantando la cabeza lo justo para dirigirse a mí. —Las enormes oleadas de energía cerca de la frontera con Montana se han detenido por completo, señor. El territorio quedó en absoluto silencio anoche. Pero nuestros exploradores en las carreteras exteriores avistaron un convoy fuertemente fortificado que avanzaba hacia el sur, alejándose de las tierras de los lobos.

Entrecerré los ojos. —¿Un convoy?

—Sí, mi señor —confirmó Alister, con voz áspera—. No podíamos acercarnos lo suficiente para ver dentro sin provocar una guerra, pero los emblemas de los vehículos eran innegables. Era la guardia privada del Rey Kane. Movían una carga valiosa bajo una fuerte protección de élite.

Una oscura y profunda claridad se asentó en mi mente.

Las piezas encajaban con una precisión impecable y hermosa. La magia feérica se había despertado violentamente, sumiendo al noroeste en el caos. Y ahora, el gran Rey Kane abandonaba el territorio de repente, en plena noche, con una carga fuertemente custodiada.

Kane no había ido a Montana solo a negociar con lobos. Había encontrado a la *Fae*. Y, lo más seguro, es que se la había llevado.

—¿A dónde van? —pregunté, bajando la voz a un susurro letal y sedoso.

—A Colorado, señor —respondió Alister de inmediato—. Probablemente directo hacia *The Front*.

Silas finalmente levantó la vista, y sus ojos rojos brillaron con una alarma depredadora. —Si Kane asegura a una *Fae* en su fortaleza, su poder se volverá absoluto. Será intocable. Señor, debemos interceptar el convoy antes de que crucen las fronteras estatales.

—No —lo interrumpí, levantando una sola mano pálida.

La boca de Silas se cerró al instante.

Les di la espalda lentamente, caminando hacia la mesa de caoba donde se extendía un enorme y antiguo mapa de los territorios. Recorrí con una uña larga y perfectamente manicurada las fronteras de Colorado.

Una sonrisa lenta y escalofriante se dibujó en mi rostro.

Interceptarlos ahora requeriría una guerra masiva y sangrienta a mar abierto en la carretera. Sería un desastre. Sería un acto desesperado. Y yo no era ninguna de esas cosas. Yo era una criatura de paciencia suprema.

—Dejen que crean que han ganado —murmuré; la oscura diversión vibraba en mi pecho—. El poder de un *Fae* es salvaje y profundamente indomable. Dejen que Kane la lleve a su castillo. Que él haga el trabajo duro de doblegarla y explotar su magia. La moldeará hasta convertirla en un arma y, cuando llegue el momento adecuado, eso nos será increíblemente beneficioso.

Giré ligeramente la cabeza, mirando a mis tenientes por encima del hombro, y mis ojos rojos brillaron con una promesa antigua y catastrófica.

—Dejen que Kane construya el trono —ordené suavemente—. Mientras tanto... haré algunas llamadas y cobraré favores muy antiguos. Cuando se asiente el polvo, no nos quedaremos solo con la *Fae*. Nos llevaremos su corona con ella.

GLOSARIO

Especies y Entidades Sobrenaturales

- **Fae:** La encarnación literal de la magia concentrada y sin usar. Surgen aproximadamente una vez cada siglo para equilibrar la energía mágica del universo. Su sangre y esencia son altamente adictivas y volátiles para otras criaturas, lo que llevó a que fueran cazados casi hasta la extinción hace seiscientos años.
- **Hombre Lobo (*Werewolf*):** Seres bendecidos con el alma de un espíritu de lobo por la Diosa de la Luna. Poseen dinámicas de manada y vínculos de pareja profundos e instintivos, y son los descendientes modernos del linaje extinto de los Lycans.
- **Bruja / Mago (*Witch / Wizard*):** Humanos o híbridos bendecidos con el instinto innato y la habilidad de manipular la magia ambiental del mundo. Mientras que los *Fae* están hechos de magia pura y concentrada, las brujas y los magos actúan como conductos vivos que pueden moldear y comandar las corrientes mágicas a su alrededor.
- **Demonio (*Demon*):** Entidades oscuras del Abismo impulsadas por un hambre intensa y voraz de fuerza vital y magia. Están atados a la voluntad absoluta del Soberano.

- **Cambiaformas (*Shifter*):** Seres sobrenaturales capaces de transformar su forma física. A diferencia de los hombres lobo, sus habilidades no están ligadas a la Diosa de la Luna ni al extinto linaje Lycan.
- **Híbrido (*Hybrid*):** Un ser sobrenatural nacido de la mezcla de dos especies distintas, como un humano y un hombre lobo, o una bruja y un hombre lobo. Debido a que carecen del estatus de sangre pura, los híbridos (como Dalia) suelen ser vistos con profunda sospecha por las clases dominantes y con frecuencia son utilizados como peones prescindibles.

La Jerarquía Vampírica

- **Kunglig (La Familia Real):** Seres supremos nacidos puros, forjados por el Primer Rey (*Blodkonung*). Poseen habilidades únicas y actúan como los gobernantes indiscutibles del mundo vampírico.
- **Sanguis (Primeros Vampiros Superiores):** Creados a través de oscuros rituales que fusionan la sangre del *Blodkonung* con brujas oscuras. Sirven como vasijas excepcionales capaces de dar a luz a la descendencia *Kunglig*.
- **Vampyrs:** Los descendientes directos y estándar de la clase *Upyr*.
- **Upyr:** Los primeros humanos convertidos directamente en vampiros por el *Blodkonung* como un experimento inicial con la mortalidad.

- **Dhampirs:** Seres mitad humano y mitad vampiro creados cuando un *Sanguis* embaraza a una humana. Son vistos como una "mancha" no deseada por los ancianos y a menudo son expulsados a su suerte como abominaciones.

Facciones, Organizaciones y Lugares

- **El Alto Consejo (*The High Council*):** El antiguo cuerpo gobernante de las manadas de hombres lobo. Están profundamente arraigados en la tradición, los tratados y los matrimonios políticos, y a menudo entran en conflicto con los deseos inmediatos del Rey Alfa.
- **La Manada Gunnolf (*The Gunnolf Pack*):** Una poderosa y feroz manada de hombres lobo situada en las fronteras del noroeste (Idaho/Montana), liderada por el Alfa Zeff.
- **The Front:** La propiedad real principal y fuertemente fortificada del Rey William, ubicada en Colorado.
- **Fuerte Bretch (*Fort Bretch*):** Un sitio militar clandestino clausurado, escondido en lo profundo de las montañas lluviosas, utilizado por operativos como Owen para entrenamiento clasificado y aislamiento fuera del radar.
- **Operaciones Militares Cerberus (*Cerberus Military Operations*):** Una sombría y despiadada organización militar de operaciones encubiertas, responsable de enviar a operativos como Owen a extracciones

clasificadas que poco a poco les arrebatan su humanidad.

- **Consultor Mágico / Arcanista Real (*Magical Consultant / Royal Arcanist*):** Un antiguo rol de asesoría para el Rey Alfa, que ha quedado en desuso durante más de un siglo debido a la falta de magia potente en las tierras de los hombres lobo.

Eventos Históricos y Tradiciones

- **La Gran Guerra (*The Great War*):** Un conflicto catastrófico y sangriento que casi destruye el mundo sobrenatural. Fue provocado por la tiranía absoluta y descontrolada de una monarquía Alfa permanente. La inmensa devastación de esta guerra forzó una reestructuración completa de las leyes de los hombres lobo y el desmantelamiento del gobierno soberano absoluto.
- **La Selección (*The Selection*):** Una serie de pruebas agotadoras y brutales que se celebran cada ocho años para determinar al próximo Rey Alfa. Instituida justo después de la Gran Guerra, esta rigurosa competencia asegura que el trono se gane a través de la fuerza, la astucia y el mérito, en lugar de por un linaje permanente, evitando así el surgimiento de otro tirano descontrolado.

Reconocimiento

Quisiera dar las gracias a las personas que me han apoyado en este camino. A mi amiga de los clubes de lectura de **Érase una vez un libro y un café, Wishalys, Jennifer, Paloma,** con quienes he escuchado y compartido momentos, recuerdos, opiniones y tantas historias locas. Tenerlas a ustedes para compartir historias y crecer ha transformado mi vida.

Estoy profundamente agradecida a los fans que me han apoyado de forma constante y han abrazado mi mundo en cada evento. Gracias.

Estoy profundamente agradecida a los hermosos bookstagramers, Bookishskull, TheBookishBagel y Chikielau, por su comunidad y compromiso con el apoyo a los autores puertorriqueños en toda la isla.

Un agradecimiento a la autora y colega Jeannette Serrano (@jeannettessbooks), quien tomo de su tiempo de leer y brindar su ayuda en el proceso. Gracias por tu ayuda.

A la lectora Isamar López (@isi_books228) quien emocionadamente tomo de su tiempo para leer. Gracias por el apoyo a lo de aquí

Este libro ha sido un viaje de muchas mejoras y mejoras. Me senté a leer y aprendí a hacer esto para convertirme en un mejor narrador para ti. No ha sido fácil renunciar a tantas escenas (este libro originalmente tenía 27 capítulos) para mantener un buen ritmo y desarrollo.

Gracias y hasta pronto.

Sobre la autora

Liliz Black es una apasionada narradora de San Juan, Puerto Rico. Su amor por la lectura y la escritura se despertó con la serie *de Harry Potter*, que también jugó un papel clave para ayudarla a aprender inglés. Bilingüe en español e inglés, creció imaginando escenarios audaces de —qué pasaría si— que luego florecieron en historias completas.

Comenzó su camino como escritora con fanfiction antes de diversificarse hacia obras originales, donde ahora construye universos complejos que abarcan romance, fantasía, drama e intriga oscura. Bajo el nombre de **Liliz Black**, escribe historias audaces y emotivas para un público adulto, manteniendo **a Yaniliz Negrón** para sus proyectos familiares e infantiles.

Estudió diseño gráfico y diseño de videojuegos en Atlantic College y actualmente vive en San Juan con su marido, sus dos hijos, dos perros y siete gatos. Ya sea diseñando, escribiendo o cuidando de sus mascotas, la creatividad está en el centro de todo lo que hace.

Sigue su viaje y sumérgete en sus mundos:

Instagram: @lilizblack

Facebook: @LBLilizBlack

www.lbbookspr.com

OTROS LIBROS

Made in the USA
Coppell, TX
22 June 2026

83255788R00167